06.05

DER KLEINE BUCH VERLAG

Das Buch

Eigentlich hätte Arabella Herzog über ihre neue Stelle als Kommissionsleiterin bei der Stuttgarter Mordkommission glücklich sein können. Doch schon bald stellt es sich heraus, dass eine mysteriöse Mordserie ihre Fähigkeiten als Ermittlerin auf die Probe stellt. Beharrlich verfolgt sie in der Schwabenmetropole die Spuren des Täters. Sie stößt im Schwarzwald auf alte Familiengeheimnisse und rollt am Rhein einen längst vergessenen Fall auf.

Als sie auf einer Party dem Anwalt Arno Steinfeld und ihrer ehemaligen Klassenkameradin Judith begegnet, ahnt sie noch nicht, wie nah sie der Lösung des Falls ist.

Auch nicht, dass ihr Leben und das von Judith eine überraschende Wendung nimmt, sogar in Gefahr gerät.

Arabella Herzog blickt in menschliche Abgründe und erkennt, dass fast niemand so ist, wie es den Anschein hat, sondern nahezu jeder, dem sie begegnet, etwas zu verbergen hat. Im Laufe der Zeit wird klar, dass hier Täter zu Opfern und Opfer zu Tätern werden.

Die Autorin

Gudrun Weitbrecht, Jahrgang 1947, ist gebürtige Hessin, in einem kleinen Dorf am Rande des Westerwalds aufgewachsen und lebt seit 1973 in Stuttgart. Sie ist verheiratet und hat einen inzwischen erwachsenen Sohn.

Nachdem sie lange Zeit in einem medizinischen Beruf gearbeitet hat, fing sie an zu schreiben und veröffentlichte 2001 ihren ersten Kurzkrimi. Er wurde gemeinsam mit ihrem Porträt als Clip im Hessischen Rundfunk verfilmt. Seitdem erfolgten zahlreiche Veröffentlichungen von Kurzkrimis sowie Kriminalromane.

Sie ist außerdem Herausgeberin sowie Mitautorin von vier Schwabenanthologien, hat an Schulen Krimiworkshops gegeben und Kreatives Schreiben unterrichtet.

„*Leere Augen*" ist ihr dritter Kriminalroman.

GUDRUN
WEITBRECHT

LEERE AUGEN

STUTTGART-KRIMI

DER KLEINE BUCH VERLAG

Personen und Handlung sind frei erfunden. Ähnlichkeiten mit Personen und Sachverhalten sind rein zufällig und vom Autor nicht beabsichtigt.

Die deutsche Nationalbibliothek verzeichnet diese Publikation in der Deutschen Nationalbibliografie; detaillierte bibliografische Daten sind im Internet unter ww.dnb.de abrufbar.

Gudrun Weitbrecht, Leere Augen
Der Kleine Buch Verlag, Karlsruhe

Projektmanagement:
Julia Prus, Der Kleine Buch Verlag, Karlsruhe

Lektorat:
Beatrice Hildebrand, Der Kleine Buch Verlag, Karlsruhe

Umschlaggestaltung:
röger & röttenbacher GbR, r2 | Büro für Gestaltung, www.roeger-roettenbacher.de

Umschlagbild: © Glasshouse Images / LOOK-foto

Satz & Layout:
Satzpunkt Ursula Ewert GmbH, Bayreuth

Druck:
Orga-Concept e. K., Filderstadt

ISBN: 978-3-7650-8807-0

Dieser Titel ist auch als E-Book erschienen:
ISBN: 978-3-7650-2107-7

http://www.derkleinebuchverlag.de
http://www.facebook.com/DerKleineBuchVerlag

Jeder Mensch ist ein Abgrund,
es schaudert einen, wenn man hinunterschaut.

Georg Büchner

Januar

eins

Als Eric gegen 22 Uhr den Fernseher ausschaltete und seinen Jogginganzug gegen Jeans und T-Shirt tauschte, ahnte er noch nicht, dass er sich heute ein letztes Mal für die Arbeit fertig machen würde.
Irgendetwas beunruhigte ihn. Woher dieses Gefühl kam, wusste er nicht. Es war nicht seine gewohnte Unruhe, ein Kribbeln am ganzen Körper, die Wut, die ihn bisher getrieben hatte, sondern eine neue Empfindlichkeit - so als ob etwas Unbekanntes, nicht Fassbares auf ihn lauerte.

Auf dem Firmenparkplatz lag eine dünne Schneedecke, die nur von seinen Reifenspuren und Fußabdrücken gezeichnet war. Niemand sonst parkte hier, das Unternehmen ordnete über den Jahreswechsel Kurzarbeit an. Die Nachtschicht fiel schon länger aus. Während des Aufschwungs bis nach der Jahrtausendwende hatte das Unternehmen drei Schichten gefahren. Die Konjunktur in der Autobranche lief zwar im Augenblick gut, was sich auch auf die Zulieferer auswirkte. In den letzten Jahren hatte es dennoch Entlassungen gegeben. Vielleicht war es nur eine Frage der Zeit, bis er dran war, falls sie seinen Lebenslauf näher unter die Lupe nahmen. Daran würde auch sein Vater nichts ändern können. Eric mochte nicht daran denken.
Er stieg aus seinem 3er BMW und nahm den Rucksack

aus dem Kofferraum. Darin waren sein Vesper und zwei Flaschen Bier.
Als er die 200 Meter zu Fuß zum Fabrikgebäude ging, übermannte ihn wieder das Gefühl verfolgt zu werden. Nachdem er die Straße mit den Industriegleisen überquert hatte, erreichte er die Schranke. Rasch schlüpfte er an ihr vorbei und schaute in die Pförtnerloge. Sie war unbesetzt. Während er die Stechuhr bediente, sah er sich um. Niemand war zu sehen. Er überlegte, seit wann er sich so verhielt. Alles hing miteinander zusammen.
Dass seine Ankunft und das Verlassen des Firmengeländes penibel erfasst wurden, machte ihn nicht zum ersten Mal wütend. Wie er es hasste, beobachtet zu werden. Mit Grausen erinnerte er sich daran, als die in Oliv gekleideten Männer das Guckloch öffneten, um einen Blick auf ihn und den Raum zu werfen. Aber die Zeiten waren Gottseidank vorüber.
Schon bei seinen ersten Rundgängen auf dem Firmengelände hatte er eine lockere Zaunstelle hinter dem Fabrikgebäude entdeckt. Wenn er sie hochschob, war sie gerade groß genug für eine Person. So konnte er unbemerkt das Grundstück betreten und verlassen, zumal es dort keine Überwachungskameras gab.
Von da waren es nur ein paar Schritte bis zum Hintereingang des Haupthauses. Ganz easy war es gewesen, den dazugehörigen Schlüssel nachmachen zu lassen. So konnte er nicht nur unbemerkt von außen das Haus betreten, sondern es auch während seiner Tour verlassen, damit er seine nächtlichen Bierchen trinken und dabei rauchen konnte. Alkohol und Zigaretten verbot die Unternehmensleitung während der Arbeitszeit und in den Hallen strikt.

Nur ein paar Sekunden lang erlag er der Versuchung, den kürzeren Weg durch den Zaun und den Hintereingang zu nehmen. Aber die blöde Zeituhr stand wie ein warnendes Mahnmal da, und so wenig er sich in der Vergangenheit an Regeln gehalten hatte, bemühte er sich jetzt umso mehr, ein normales, unauffälliges Leben zu führen. Nichts sollte seine neue Freiheit stören. Solange er sich im Griff hatte, würde alles so bleiben.

Freigesprochen! Beim Gedanken an das Urteil musste er grinsen. Das sollte ihm mal jemand nachmachen!
„Ich helfe dir ein letztes Mal“, hatte ihm der Alte eingebläut, nachdem er mit ihm das Gerichtsgebäude nach dem Richterspruch verlassen hatte. „Versau es nicht wieder!“
Allerdings konnte Eric die Strafpredigt des Alten nicht ganz ernst nehmen. Bereits nach Abbruch von Schule und Lehre hatte er das Gleiche gebrüllt und ihn dabei verdroschen. Eric hasste ihn. Aber wenigstens ließ der Alte als Betriebsrat seine Kontakte spielen und hatte ihm den Job als Werksschutz besorgt.

Die Fabrik bestand aus mehreren Gebäudekomplexen und befand sich am Rande eines Wohngebiets in Feuerbach mit umliegenden Parkplätzen für Mitarbeiter und Besucher. Die zahlreichen Werksanlagen deckten einen Teil des nordöstlichen Stadtgebiets ab. In den angrenzenden Grundstücken hatten sich früher Betriebe niedergelassen, die inzwischen pleite waren oder aufgehört und die Grundstücke verkauft hatten. In einer ehemaligen Maschinenfabrik residierte neuerdings ein Sozialkaufhaus. Ein anderes Areal besetzten zahlreiche undefinierbare Kleinbetriebe, unter deren Müllbergen sich Ratten heimisch fühlten. Ein Abbruchunternehmen lieferte Schutt an. Eric hörte dort die ganze Nacht Hunde bellen.

Eigentlich war sein neuer Job kinderleicht: Alle halbe Stunde eine Runde durch diesen Teil der Firma laufen. Fenster und Türen überprüfen. Auf die Bildschirme schauen, ob alle Kameras funktionieren oder ob sich etwas Ungewöhnliches ereignet hat. Neue Videokassetten am Ende seiner Schicht einlegen. Die vorherigen archivieren. Am Morgen das Übergabeprotokoll abhaken.

Eric genoss es, allein zu sein. Es machte ihm nichts aus. Im Gegenteil, es gab ihm das Gefühl, sein eigener Herr zu sein.

Schon bald hatte er herausbekommen, wie man die Überwachungskamera vor der Tür zum Aufenthaltsraum ausschalten konnte. Drinnen gab es keine, dafür aber ein Sofa. Ab ein Uhr würde er es sich darauf gemütlich machen und die restliche Nacht pennen. Für den Hungerlohn riss er sich jedenfalls nicht den Arsch auf. Verbittert dachte er daran, dass er am zwanzigsten des Monats regelmäßig pleite war. Gut, dass ihm seine Mutter dann immer Scheine zusteckte. Heimlich, damit der Alte nichts merkte.

Bei dem Gedanken an seine Mutter kam so etwas wie Dankbarkeit auf, obwohl er sie für einfältig hielt. Aber auf sie konnte er sich verlassen, schließlich hatte sie ihm in der Vergangenheit immer wieder aus der Patsche geholfen. So auch bei der letzten Sache, die dann glimpflich vor Gericht ausging. Nur blöd, dass sie ihm nun dauernd mit ihrer Nörgelei auf den Wecker ging, seit-

dem er wieder in sein altes Kinderzimmer eingezogen war.
Ansonsten lief zurzeit alles easy. Seinen Klotz am Bein, Sandy, die Bitch mit dem Kind, war er losgeworden. Aufgrund des Bratens in ihrer Röhre hatte er sie heiraten müssen. Nur wegen ihr und dem Unterhalt für das Kind war er jetzt ständig klamm. Trotzdem entspannte sich sein engelhaftes, unschuldig wirkendes Gesicht zu einem Lächeln, wenn er an seinen Sohn dachte. Obwohl … Seit dieser blöden Sache hatte er ihn nicht mehr gesehen.
Bei dem Gedanken an Sandy stieg in ihm die Wut hoch. Immer wieder hatte er ihr gesagt, dass sie in der Schwangerschaft nicht rauchen und trinken solle. Aber sie hatte nur an sich gedacht, sich einen Deut darum geschert und ihn ausgelacht. Wie gerne hätte er damals eine kleine Familie gehabt. Sandy hatte alles versaut.
Das Kribbeln, die Unruhe kam wieder, er fühlte seine angestaute Wut. Am liebsten hätte er mit seinen Fäusten etwas zertrümmert oder mit den Füßen zertreten. Hier ging das nicht. Sie würden ihm auf die Schliche kommen, falls er Firmeneigentum zerschlug. Schließlich konnte er nicht alle Kameras ausschalten; das würde auffallen. So musste er bis morgen früh warten. Vielleicht kam ihm irgendein Assi in die Quere, an dem er seinen angestauten Zorn loswerden konnte.

An der Hauswand des Hauptgebäudes stand ein verbeultes Fahrrad. Es gehörte Josef. Josef war die Tagesschicht und ein Ehemaliger, der sich ein Zubrot zur Rente verdiente. Das war das Einzige, was Eric von ihm wusste. Und dass der Penner bei Wind und Wetter sein

Fahrrad nahm und es nicht wie vorgeschrieben in den Ständer schob, sondern an die Hauswand lehnte. Fahrradfahrer hielten sich sowieso nie an Regeln und meinten, sie dürften sich im Straßenverkehr alles erlauben. Eric hasste sie.

Er schob seine Chipkarte in den Schlitz neben dem Eingang. Abrupt wurde die Tür von innen geöffnet. Der Flur lag in absolutem Schwarz, denn Josef schaltete jedes Mal beim Gehen sämtliche Lichter aus. Schon fertig angezogen, stand sein Kollege bereit und befestigte gerade seine Hosenklammern, die im Dunklen leuchteten. Eric fand es lächerlich. Der Freak konnte sich noch nicht einmal ein Auto leisten. Wie jedes Mal verabschiedete sich Josef mit einem genuschelten: „Keine besonderen Vorkommnisse. Guts Nächtle."

„Nabend", brummte Eric und ging demonstrativ schnell an ihm vorbei. Er hatte keine Lust, sich mit dem Alten zu unterhalten – oder gar anzufreunden. Sofort legte er den Schalter für die Neonlampen wieder um. Seit seiner Zeit in Stammheim fürchtete er die Dunkelheit wie der Teufel das Weihwasser.

Der Flur, das Treppenhaus und die Werkshalle wurden in ein grell bläuliches Licht getaucht und ließen sie kalt und trostlos aussehen.

Neben dem Aufenthaltsraum für die Arbeiter befanden sich Spinde. Eric stellte seinen Rucksack hinein, zog Lederjacke, Jeans und die Boots aus, bis er nur in Boxershorts und T-Shirt da stand. Dann schlüpfte er in die bereitgestellte, frischgewaschene, schwarze Baumwollhose, in die dazugehörige Jacke und die klobigen Arbeitsschuhe. Die Kleidung war vorgeschrieben. Zwar fand er die Schuhe ausgesprochen hässlich und unbe-

quem, aber bevor er seine Eigenen durch das Öl beschmutzte, das zum Reinigen der Maschinen benötigt wurde, zog er lieber die Treter an.
Eric kramte seinen Kamm hervor und fuhr damit durch sein blondes Haar. Es ließ ihn wie einen Botticelli-Engel aussehen. Wenigstens waren die Haare wieder nachgewachsen, nachdem er es bei seinem Zwangsaufenthalt aus Angst vor Übergriffen schwuler Mithäftlinge abrasiert hatte, obwohl er ahnte, dass es wahrscheinlich nichts genutzt hätte.
Seinen Ausweis mit der Chipkarte, auf dem ihm sein Foto entgegen lächelte, klemmte er an die Brusttasche. Anschließend nahm er die Tageszeitung mit den Stellenausschreibungen aus seinem Rucksack. Er steckte die Taschenlampe, die er vorsorglich immer bei sich trug, in die rechte Hosentasche der Jacke.
Ihn fröstelte. Die Firma wollte an den Betriebskosten sparen und drehte während der Nacht die Heizung herunter. Eric nahm seine Lederjacke wieder aus dem Spind und zog sie über. Den Rucksack mit dem Bier und den Zigaretten würde er nachher holen, sobald er seine Pause antrat.
Er blickte sich um. Alles war ruhig. Die Maschinen waren abgestellt. In der Luft hing ein eigentümlicher Geruch, ein Gemisch aus Öl, Schweiß und Putzmitteln. Alles schien normal zu sein. Trotzdem spürte er, dass etwas nicht stimmte. Sein Instinkt schickte ein Warnsignal an sein Gehirn. Das Frösteln war mehr als eine Reaktion auf die Temperatur.
Mit angespanntem Körper und auf alles gefasst, ging Eric langsam durch die Halle. Er kontrollierte die Fenster und den Hintereingang. Verschlossen. Ein paar Kis-

ten standen herum. Er schob sie zur Seite, öffnete die Tür nach draußen und trat an die frische Luft. Mit seiner Taschenlampe, den Lichtkegel in der Runde kreisend, leuchtete er den Hof aus. Keine Fußspuren im Schnee zu sehen. Schulterzuckend ging Eric wieder hinein und versuchte das Schloss einschnappen zu lassen. Aber die Tür klemmte. Er legte die Taschenlampe innen auf einem Fenstersims ab und zog mit beiden Händen mit aller Kraft an der Klinke, damit der Ausgang verschlossen war.

Das Gebäude war außer ihm menschenleer. Weder drinnen noch draußen gab es Hinweise, dass sich jemand Unbefugtes Zutritt verschafft hatte. Trotzdem verstärkte sich das Gefühl des Beobachtetseins.

»Vielleicht bin ich in letzter Zeit zu viel allein gewesen und meine Nerven liegen blank«, dachte Eric.

Gewöhnlich begann er seine Schicht zuerst mit einer Tasse Kaffee und las dazu ausführlich die Zeitung.

Das Büro mit den Bildschirmen lag im ersten Stock über der Werkshalle. Dort gab es auch eine Kaffeemaschine, daneben standen kleine Einzelportionen Kaffeesahne. Wie ihm Josef gleich zu Anfang erklärt hatte, war es üblich, für Kaffee und Sahne 50 Cent in ein Sparschwein zu stecken. Eric hielt sich selten daran, obwohl er mindestens zwei Tassen in den ersten Stunden seiner Schicht trank. Bis jetzt hatte ihn noch niemand gerügt.

Während er die Treppe in den oberen Stock hinaufstieg, klackten die Stahlkappen seiner Arbeitsschuhe auf den Metallstufen. Er war fast oben, als er anhielt und über das Geländer nach unten schaute. Am Fuß der Treppe, in einem Winkel, befand sich die Tür zum Lager und

stand offen. Eric war sich sicher, dass sie vorhin verschlossen war.
Als er das Büro betrat, drückte er den Lichtschalter. Nichts. Der Raum blieb dunkel. Gleichzeitig gingen alle Neonröhren in der unteren Etage aus. Eric suchte nach seiner Taschenlampe. Verflucht, er hatte sie auf dem Fenstersims vergessen. Im gleichen Moment ergriff ihn Panik. Er spürte es: Diesmal war es mehr als ein Gefühl, diesmal war es ein lebendiges, atmendes Wesen, das auf ihn lauerte.
Seine Nackenhaare und die Härchen auf den Handrücken sträubten sich. Wie angewurzelt stand er da. Seine Augen versuchten, sich an die Dunkelheit zu gewöhnen. Voller Alarm, die Fäuste ballend, schüttete sein Körper kampfbereit Adrenalin aus. Er spürte, wie ihm der Schweiß den Rücken herunterrann.
„Wer bist du? Was willst du?“, schrie Eric in die Schwärze hinein. Nur wenige Sekunden verstrichen, in denen er krampfhaft überlegte, wer ihm da auflauerte. Dann tastete er sich mit ausgestreckten Armen an die Tür heran. Das Licht ging so plötzlich wieder an, wie es ausgegangen war. Blinzelnd versuchten sich seine Augen wieder an die Helligkeit zu gewöhnen. Niemand zu sehen. Erleichtert ließ er sich auf das Sofa fallen.

Eric blieb keine Zeit sich zu wehren. Er sah die Szene in jedem winzigen Detail. Die Gestalt des Eindringlings, groß, schlank, muskulös, die Arme hinter dem Körper versteckt. In einem weißen, blickdichten Overall und schwarzer Sturmhaube, die das Haar bedeckte und nur die Augen frei ließ. Sie blickten ihn kalt und prüfend an. Geradezu tänzerisch bewegte sich die Gestalt auf ihn zu, zog einen Arm hinter dem Körper hervor. Eric blinzelte noch immer, trotzdem erkannte er das Logo eines Herstellers von Insektiziden - eine riesengroße Fliege. Das Letzte, was er sah, war der feine Nebel des Sprays, das aus der Düse spritzte. Es traf ihn im Gesicht, drang in seine Augen ein, machte ihn blind, raubte ihm den Atem. Er bekam kaum Luft, seine Augen schmerzten höllisch. Zusammengekrümmt hielt er sich die Hände vor das Gesicht.

Ohne dass er es wusste, hatte er so die perfekte Haltung für den Angreifer eingenommen. Ein 36er Schraubenschlüssel krachte auf seinen Nacken und zerschmetterte die oberen Halswirbel. Durch die Wucht des Schlags schnellte Erics Kopf wieder hoch. Mehrere Hiebe zerstörten sein Gesicht, bis es nur noch ein blutender Breihaufen war. Noch immer bei Bewusstsein rutschte Eric wie eine Gliederpuppe vom Sofa und glitt zu Boden. Nun war es nur noch eine Frage von Sekunden, bis ihm der Angreifer sämtliche Rippen zerschmetterte, sich eine Rippe in seine Lunge bohrte und Eric zu Boden ging. Danach spürte er die heftigen Tritte auf seinem Brustkorb, immer wieder. Wie ein Fisch auf dem Trockenen nach Luft schnappend, gab sein zuckender Körper nach einigen Augenblicken den Kampf auf.

Die Tagesschicht fand Eric. Sein Gesicht konnte nur durch das Foto auf seinem Firmenausweis identifiziert werden. Auf seiner Brust - oder dem, was von ihr übrig war - prangte die Zahl 2. Der Mörder hatte sie fein säuberlich mit Zigaretten eingebrannt.

Als Reporter eines Privatfernsehsenders Josef interviewten, meinte dieser, dass Eric zwar zurückhaltend, aber freundlich gewesen sei. Er habe keinem Menschen etwas zuleide getan. Ein solches Ende hätte er nicht verdient.

Zu diesem Zeitpunkt wusste noch niemand, dass dieses Verbrechen eine Reihe unterschiedlichster Morde in der Schwabenmetropole einläutete und Eric nicht der Einzige bleiben würde.

März

zwei

Arabella Herzog zog einen der schweren Umzugskartons vom Flur ins Wohnzimmer. Dort gab es noch ein Regal, in dem vorher die Kochbücher von Mathias gestanden hatten. Mittlerweile waren sie in die Küche gewandert, damit Arabella wenigstens einen Teil ihrer Lektüre aufstellen konnte. Eigentlich war die über 100 Quadratmeter große Wohnung für zwei Personen groß genug. Neben der Küche und dem gemeinsamen Wohn- und Schlafzimmer besaß jeder von ihnen ein eigenes Arbeitszimmer. Trotzdem stritten sich Mathias und sie immer wieder über den Platz für ihre mitgebrachten Möbel und Gegenstände.

»Genau genommen ist es kein richtiger Streit«, dachte Arabella. »Männer sehen die Dinge nur anders«.

Mathias hatte mit dem Kopf geschüttelt, als er die vielen Umzugskartons und Kleiderkisten registriert hatte, die von Möbelpackern in den ersten Stock geschleppt worden waren. Noch ungläubiger staunte er über die Unmassen von Schuhen, die in ihrer alten Wohnung originalverpackt in Einbauschränken verstaut und so für ihn unsichtbar gewesen waren. Aber diese Schränke fehlten in ihrer neuen Bleibe. Arabella hatte noch nichts Vergleichbares zum Einräumen gefunden; die Schuhkartons standen überall im Weg. Demonstrativ stellte sie ihre roten Gummistiefel, die sie bei schlechtem Wetter und Außeneinsätzen zu Tatortbesichtigungen anzog, neben einen Farbeimer in den Flur.

Sicher würde es noch Wochen dauern, bevor sie ihre Habe einräumen konnte. Für einige Möbel und Gegenstände bot sich als Interimslösung die Lagerbox einer Spedition an.

Wichtiger als alles andere aber waren die Leitzordner, in denen sie in den letzten zwölf Jahren eine berufliche Bibliothek mit Zeitungsausschnitten und Querverweisen angelegt hatte. Neben der Computerrecherche ein wahrer Fundus an Informationen.

Vielleicht hätte sie vor ihrem Umzug nach Stuttgart noch mehr aussortieren sollen. Aber sie war nicht mehr dazu gekommen. Bis zuletzt hatte sie Zweifel, ob überhaupt eine Stelle bei der Stuttgarter Mordkommission frei werden würde. Die Wahrscheinlichkeit hatte sie als sehr gering eingeschätzt und sich auf eine lang andauernde Wochenendbeziehung eingestellt.

Seitdem sie und Mathias sich vor einem Jahr während des Karnevals kennen gelernt hatten, pendelte sie zwischen Koblenz und Stuttgart hin und her. Aber dann ging alles ganz schnell. Völlig überstürzt hatten sie geheiratet. Vielleicht gab die Tatsache, dass sie nun einen Ehering trug, im Innenministerium den Ausschlag.

Mittlerweile waren seit ihrem Umzug fünf Wochen vergangen. Ihr stand noch ein Rest Urlaub zu, bevor sie ihre neue Stelle im Polizeipräsidium antreten würde. Ursprünglich hatte sie sich vorgenommen, sich zuerst einmal in Ruhe in ihrem neuen Domizil einzuleben und sich mit der Stadt vertraut zu machen. Bisher kannte sie nur einige Läden – vorwiegend solche, die Schuhe verkauften.

An den Wochenenden, an denen sie in ihrer alten Dienststelle keine Bereitschaft schieben musste und zu Mathias fuhr, verbrachten sie die meiste Zeit im Bett oder er kochte für sie. Einmal waren sie über den Weihnachtsmarkt geschlendert, hatten Glühwein getrunken und er hatte ihr ein kitschiges Lebkuchenherz geschenkt. Als sie es später suchte, lag es zwischen ihren High-Heels.
Ein anderes Mal gingen sie in eine Besenwirtschaft. Sie lag mitten in den Weinbergen zwischen Bad Cannstatt und Schmiden. Mathias erklärte ihr die Sache mit dem Besen und hatte dabei ein Viertele Roten zu viel getrunken. Seit diesem Zeitpunkt wusste Arabella, dass das Viertele im Schwabenland der Name für den Schoppen im Rheinland war und traditionell in einem bauchigen Henkelglas ausgeschenkt wurde. Sie selbst nippte nur am Wein und brachte Mathias nach Hause.
Damals lebte er noch in einer winzigen Zweizimmerwohnung, die er nach seiner Scheidung gemietet hatte. Arabella wäre ohnehin nie in sein ehemaliges Reihenhaus gezogen, welches außerdem nicht so schnell frei werden würde, da es seine Ex-Ehefrau weiterhin für sich und die zwei Kinder beanspruchte. Als er Arabella kennenlernte, ließ sich Mathias auf einen Deal ein, um endlich Ruhe vor seiner Ex zu haben.
„Jeder Monat meiner Ehe hat mich im Nachhinein 5000 Euro gekostet“, erzählte er Arabella.
Sie sah ihm die Verbitterung an und überlegte, was er wohl nach einem möglichen Aus ihrer Ehe über diese Kosten sagen würde.
Insgeheim beglückwünschte sie sich, dass sie finanziell unabhängig war und einen Ehevertrag unterschrieben hatte. Auch drängte sie von Anfang an auf getrennte

Kassen. Sollte die Beziehung scheitern, wollte sie sich nichts nachsagen lassen.

Sie war ein »gebranntes Kind«. Ihre letzte Beziehung hatte gerade mal zwei Jahre gedauert – und da hatte sie noch nicht einmal mit dem Mann zusammen gewohnt – endete in einem Fiasko.

Nachwuchs hatten Mathias und sie nicht eingeplant. Arabellas biologische Uhr tickte mittlerweile langsamer. Mit 41 würde es schwierig werden, noch ein Baby zu bekommen, obwohl es immer mehr alte Mütter gab. Auch Mathias fand, sein Bedarf an Sprösslingen wäre gedeckt.

Erst nachdem klar war, dass Arabella endgültig nach Stuttgart ziehen würde, hatte sich Mathias in Feuerbach eine Eigentumswohnung gekauft. Seiner Meinung nach war die Immobilie aus einer Zwangsversteigerung ein Schnäppchen gewesen – Baukredite wurden zurzeit extrem günstig angeboten.

Auch wenn die Fenster an der Vorderseite des Hauses Aussicht auf einen Sportplatz und 30 Meter hohe Linden boten und es auf der Rückseite einen großen Garten gab, so vermisste Arabella doch den direkten, unverbauten Blick auf den Rhein, den sie in ihrer alten Wohnung gehabt hatte. Besonders aber vermisste sie die Nebelhörner der Lastkähne, das Murmeln des Flusses, das Plätschern der Wellen, die gegen die Kieselsteine schlugen, und die Spaziergänge auf dem Uferweg in hellen Mondnächten, wenn sich das Licht auf dem Wasser spiegelte.

Umso enttäuschter war Arabella, als sie nach ihrem Umzug feststellen musste, dass ein Großteil ihres jetzigen Heims noch immer eine Baustelle war. Bad und Toilette waren über fünfzig Jahre alt. Scheußliche braune Holzpaneele überdeckten den Stuck. Wände, Fenster und Türen mussten gestrichen werden. Es blieb ihr nichts anderes übrig, als Handwerker zu organisieren und eigenhändig den Malerpinsel in die Hand zu nehmen. Obwohl es der dringende Wunsch von Mathias gewesen war, dass sie nicht nur an den Wochenenden zusammen sein konnten, schien er seltsam gleichgültig gegenüber der Tatsache zu sein, dass sie in halbfertigen Räumen lebten.

„Wann hätte ich denn renovieren sollen?", fragte er Arabella, als sie ihn darauf ansprach und es mit ihrem ersten richtigen Streit endete.

Wenigstens die Küche war eingerichtet und funktionsfähig. Arabella vermutete, dass Mathias' Kochleidenschaft sein Ansporn gewesen war. Sie überließ ihm nur zu gerne seinem Hobby. Wie ihre Mutter ein verkochtes und verbügeltes Leben zu führen, kam für sie nicht in Frage. Aber als sie Mathias fragte, ob ihn das übrige Chaos nicht stören würde, brummte er in seinen Dreitagebart: „Ich bin schließlich Lehrer."

Was immer er damit hatte sagen wollen, sie empfand es als Synonym für: Ich bin an Chaos gewöhnt und habe keine Zeit für banale, alltägliche Dinge. Mach du das mal.

drei

Schon früh am Morgen schien die Frühlingssonne mit aller Kraft durch die Fenster des Wintergartens. Judith öffnete die Tür zum Garten und atmete tief durch. Es roch nach feuchter Erde und Gras. Nach dem Frühstück hatte sie den ganzen Tag für sich. Ein angenehmer Gedanke. Draußen war es still und ruhig wie auf dem Land. Nur das Zetern der Vögel, die sich um einen Futterplatz stritten, unterbrach die Stille. Die Lage des Hauses hoch über der Stadt, fast unmittelbar am Wald, der zwischen den Weinbergen von Feuerbach bis Botnang reichte, war einer der Vorzüge des Grundstücks.

Ihr Mann, Arno Steinfeld, hatte es schon als Junggeselle gebaut, sodass Judith nach ihrer Heirat in ein fertiges Zuhause einzog. Es lag abseits am Ende einer Sackgasse, auf einem kleinen Hügel. Durch einen Stahlzaun und Büsche geschützt, bot es zum Nachbar und zur Straße eine gewisse Distanz.

Judith schätzte Privatsphäre.

Solange die Sonne den Wintergarten nicht zu sehr aufheizte, gehörte es zu ihrem allmorgendlichen Ritual, pünktlich um 8.30 Uhr zwischen großen Kakteen, weißblühenden Orchideen und üppigen Oleanderpflanzen zu frühstücken.

Judith sah auf ihre Armbanduhr. Eigentlich musste ihr Mann schon längst im Bad fertig und unten sein. Noch einmal überprüfte sie den gedeckten Tisch. Tassen, Teller und Besteck im richtigen Winkel. Drei verschiedene Marmeladensorten mit den dazugehörigen Löffeln waren in einem Körbchen bereitgestellt. Zwei Fünf-Minuten-Eier, eingepackt, damit sie warm blieben. Jeweils zwei Scheiben Käse und Schinken. Obst. Toastbrot und Laugenbrezel. Frischgepresster Orangensaft. Auf dem Stövchen stand der Earl-Grey-Tee bereit.

Die Tageszeitung lag neben den Tellern. Judith warf einen Blick auf die erste Seite und las die Schlagzeile:

Tote Frau im Neckar gefunden.

Die großen schwarzen Lettern wirkten wie eine Ermahnung.

Rasch blätterte sie weiter. Vielleicht stand in der Lokalseite etwas Genaueres. Aber auch hier wurde sie durch einen weiteren Artikel beunruhigt:

Kleinkind halb verhungert aus völlig verwahrloster Wohnung gerettet.

Es wird immer schlimmer, dachte Judith. Fast jeden Tag stehen solche Horrornachrichten in der Zeitung oder wird im Fernsehen darüber berichtet. Frauen und Kinder sind nicht sicher, werden geschlagen, vergewaltigt oder im besten Fall nur vernachlässigt. Es trifft immer die schwächsten einer Gesellschaft.

Judith holte aus der Küche die Thermoskanne, schenkte sich eine Tasse Kaffee ein und nippte gedankenverloren daran.

Es ging ihr wieder besser. Seitdem sie mit dem Rauchen aufgehört hatte, genoss sie den Koffeinschub umso mehr. Den einzigen Rückfall während ihres Entzugs hatte sie in einer besonderen Situation erlebt. Er galt daher nicht.

Der frühe Morgen war Judiths liebste Tageszeit. Der gestrige Regen ließ den aufsprießenden Rasen grün und saftig aussehen. Die Forsythien, Primeln und Traubenhyazinthen standen in voller Blüte und verliehen dem Garten willkommene Farbtupfer nach dem grauen Winter.
Sobald es die Außentemperatur zuließ, würde sie die Abdeckung vom Swimmingpool herunternehmen und ihn aufheizen. Seit einigen Monaten hatte sie es sich angewöhnt, nach den Kraft- und Gymnastikübungen in ihrem Fitnessraum mindestens eine Stunde im Pool zu schwimmen. Sollte es diesen Mai erneut so heiß werden wie im letzten Jahr, könnte sie endlich wieder in ihrem eigenen Schwimmbad ihre morgendlichen Bahnen kraulen. Zurzeit ging sie ins Städtische Mineralbad. Sie hatte aber immer Angst, sich dort irgendeine Krankheit zu holen. Wahrscheinlich war ihre Sorge unbegründet, zumal sie nie das Warmwasserbecken benutzte.

Zwar ließ Arno auf ihren Wunsch hin den Gymnastikraum und das Schwimmbecken bauen, nutzte es jedoch selbst nur ganz selten. Ab und zu ließ er sich überreden, mit Judith eine Runde zu joggen. Aber da sie ihn mittlerweile abhängte, während er sich luftjapsend die Seite hielt, ließ er sie lieber alleine laufen und schob die Arbeit vor.
Im Laufe der Jahre war Arno träge geworden und hatte einige Kilos zugelegt, was er mit dem Satz rechtfertigte: „Männer in meinem Alter dürfen ruhig ein bisschen stabiler aussehen."
Sie lächelte dann, da sie die Anspielung auf den Altersunterschied verstand. Aus dem sportlichen Vierzigjähri-

gen, den sie geheiratet hatte, war ein behäbiger Mittfünfziger geworden.
Auf jeden Fall sah man Judith das Ergebnis ihrer Anstrengungen an. Sie fühlte sich fit. Jetzt, mit 42, war sie so gut in Form wie schon lange nicht mehr.
Nicht im klassischen Begriff schön, aber attraktiv, groß und schlank, überragte sie ihren Mann um fast einen Kopf. Mit ihrem langen dunkelblonden Haar, den offenen blauen Augen und den ebenmäßigen, schneeweißen Zähnen hatte sie etwas von einem amerikanischen Covergirl an sich und sah jünger aus, als sie tatsächlich war.

Das Telefon klingelte. Zuerst dachte sie daran, das Gespräch nicht anzunehmen. Aber vielleicht rief die Kanzlei mit einer wichtigen Mitteilung an und sie erreichten ihren Mann nicht auf seinem Smartphone, weil er unter der Dusche stand. Mit Recht wäre Arno dann sauer gewesen. Deshalb nahm sie es nach dem fünften Klingelzeichen an, ohne auf das Display zu sehen.
„Hallo Judith? Bist du da?“, ertönte es aus der Muschel. Die hohe, leicht quäkende Stimme mit schwäbischem Einschlag gehörte Gitta Vind, einer kürzlich geschiedenen Freundin. Da sich ihre Scheidung zu einem Rosenkrieg entwickelt hatte, war Gitta auf Männer im Allgemeinen und im Besonderen nicht gut zu sprechen. Gott sei Dank hatte sie keine Nachkommen, insbesondere keine Söhne, die dann die Leidtragenden der Auseinandersetzung gewesen wären.
Das Thema Kinder hatte Gitta für sich abgehakt. Auch Judith schnitt es nicht an. Aber manchmal, kurz vor dem Einschlafen, formten sich hinter ihren geschlossenen

Augenlidern die Gesichter ihrer ungeborenen Babys, bevor die Bilder verschwammen und sich in die hintersten Ecken ihres Bewusstseins verkrochen.

An manchen Tagen genoss Judith die Gesellschaft ihrer Freundin, aber heute war sie nicht in der Stimmung, sich deren männerfeindliche Tiraden anzuhören. Sie versuchte ihre Stimme nicht ablehnend klingen zu lassen.
„Ja, Gitta, was gibt es so früh am Morgen?"
„Hallo, was hast du heute vor?"
„Hm, mal überlegen. Nach dem Frühstück muss ich weiter die Akten digitalisieren. Ich habe dir doch erzählt, dass Arno vorhat, ein Buch über seine Fälle zu schreiben. Wahrscheinlich bin ich damit den halben Tag beschäftigt. Du weißt ja, einmal Sekretärin, immer Sekretärin."
Judith machte sich des Öfteren über ihren früheren Job lustig und es entsprach dem gängigen Klischee, als sie ihren ehemaligen Arbeitgeber heiratete. Von ihrer früheren Stellung wussten außer Gitta vielleicht noch einige Mandanten, aber die gehörten nicht zu ihren Freunden. Wenn sie auf Partys gefragt wurde, wo sie und ihr Mann sich denn kennen gelernt hatten, antwortete sie: „Auf dem Neckar. Bei einem Bootsausflug."
Was auch stimmte, nur dass es der Betriebsausflug der Anwaltskanzlei gewesen war, der ihr Mann als Chef vorstand.
„Ach so, dann eben nicht." Gitta seufzte leise. Sie klang enttäuscht.
Plötzlich tat ihr Gitta leid und Judith sagte: „Hör mal, warum kommst du nicht zu einem kleinen Snack um die

Mittagszeit vorbei? Ich versuche mich mit den Unterlagen zu beeilen. Falls das Wetter hält, habe ich vor, nachmittags im Garten zu arbeiten und du leistest mir einfach Gesellschaft."

„Toll, dann komme ich nachher und helfe dir anschließend bei der Gartenarbeit."

Gitta hatte aufgelegt, bevor Judith Gelegenheit hatte, zu protestieren. Sie kannte ihre Freudin, die nur kurz die Rebschere in die Hand nehmen, aber bald darauf die Gelegenheit nutzen würde, ihre Ansicht über das Leben lautstark mitzuteilen.

Zumindest wäre dann Arno nicht da, um mit ihr zu streiten, dachte Judith. Die beiden waren wie Hund und Katze. Ihr Mann hatte Gitta nie besonders gemocht, aber nach deren Scheidung, bei der er Partei für Gittas Ehemann ergriffen hatte, steigerte sich seine Ablehnung in eine kaum verhohlene Feindseligkeit.

Als wäre Gitta während der 1968er mit auf die Barrikaden gegangen, regte sie sich über Ehe, Geschlechterrollen und männliche Überlegenheit in Beruf und Alltag auf. Zudem war sie in einer Bürgerinitiative, die sich für den Schutz von Kindern und Frauen engagierte und der Justiz Versagen vorwarf.

Besonders diesen letzten Aspekt von Gittas neu erwachtem sozialem Gewissen konnte Arno nicht akzeptieren. Als erfolgreicher Rechtsanwalt widmete er sein Leben der Gerechtigkeit und dem Recht. Auch wenn Judith bei den Auseinandersetzungen zwischen den beiden manchmal einer Meinung mit Gitta war, ergriff sie nie deren Partei. Arno wusste indes nicht, dass ihre stillschweigende Unterstützung eher von der Abneigung gegenüber Streit als der Zustimmung zu seinen Ansichten herrührte. Judith war viel zu praktisch veranlagt, als dass sie ihre Zeit und Energie für sinnlose Zwistigkeiten verschwendete. Die Erfahrung hatte sie gelehrt, dass ihr Mann kontroverse Argumente selten gelten ließ, sondern, wenn ihm etwas nicht passte, den Raum verließ. Falls Judith bei ihm etwas erreichen wollte, musste sie zu subtileren Mitteln greifen.

„Morgen." Arno Steinfeld betrat den Wintergarten.

„Guten Morgen", entgegnete Judith und zog eine Augenbraue hoch. „Es ist schon fast neun Uhr. Ich habe dich gestern Nacht nicht gehört, als du heimgekommen bist. Hast du schlecht geschlafen?", fragte sie, als sie die verquollenen Augen ihres Mannes sah.

Seit einigen Jahren schliefen sie in getrennten Zimmern. Ihre völlig verschiedenen Biorhythmen hatten sich erst im Laufe der Ehe als Hindernisgrund für einen gemeinsamen Schlafraum herausgestellt. Da ihr Mann oft bis spät in die Nacht arbeitete, hatte sich Judith zu dieser Lösung entschieden, obwohl er damit noch immer nicht einverstanden war.

„Doch, schon", erwiderte Arno und schaute auf seine Armbanduhr. Er nahm seine Brille ab und rieb sich die geröteten Augen. „Es ist verdammt spät geworden. Hinterher sind wir noch bei einem Absacker zusammengesessen und haben weiter diskutiert."

„Ich schätze mal, es ist nicht nur bei einem Absacker geblieben?", fragte Judith. Sie kannte seine Schwäche für einen guten Single Malt.

„Und was war sonst noch los?", erkundigte sie sich.

Seitdem Arno sich in einer bürgerlichen Partei engagierte und im Bezirksbeirat saß, verbrachte er seine

knappe Freizeit vermehrt bei Vorstandssitzungen, Mitgliederversammlungen oder Parteikonvents. Oft hing er am Telefon und diskutierte mit irgendjemandem über die neueste politische Entwicklung. Bisher hatte Judith sich heraushalten können. So genau wollte sie es nicht wissen. Sie hatte genug mit sich, dem großen Haus und dem Garten zu tun. Und da gab es noch die Klientenakten, die sie digitalisieren sollte. Zwar wusste sie nicht mit Sicherheit, was genau Arno damit vorhatte – ein privates Archiv erstellen oder ein Buch schreiben –, aber es schien für ihn sehr wichtig zu sein.
Der Auftrag ihres Mannes stellte sich als sehr zeitaufwendig heraus und nahm sie völlig in Anspruch. Mittlerweile war Arno für einen Listenplatz zur nächsten Landtagswahl im Gespräch. Judith befürchtete, dass dies dann auch ihr Leben tangieren würde. Von einer Politikergattin erwartete man wenigstens, dass sie sich am gesellschaftlichen Leben ihres Mannes beteiligte, ihm den Rücken frei hielt.
„Das erzähle ich dir ein anderes Mal, ich muss mich beeilen", erklärte Arno, während er sich im Stehen eine Tasse Tee eingoss, um damit ein trockenes Toastbrot hinunter zu spülen. Noch kauend fragte er: „Wie weit bist du mit den Akten?"
„Es geht voran, ich bekomme langsam einen Überblick", entgegnete Judith lächelnd.

Sofort nachdem ihr Mann das Haus verlassen hatte, nicht ohne ihr einen flüchtigen Kuss auf die Wange zu geben, machte sich Judith an die Arbeit.
Sie saß noch immer über den Ordnern und versuchte die nüchternen Fakten in einen Zusammenhang zu brin-

gen, damit sie diese auf den Computer übertragen konnte, als es an der Haustür läutete.
Judith sah auf ihre Armbanduhr. Schon Zwölf. Über den Papieren und den vielen ungeordneten Dateien hatte sie die Zeit vergessen.
Vor der Haustür stand Gitta, die sie voller vibrierender Lebendigkeit umarmte und dann an ihr vorbei stürmte. In der Hand hielt sie eine Flasche Prosecco.
„Ich habe uns was mitgebracht, da macht die Gartenarbeit gleich doppelt so viel Spaß“, erklärte sie, während sie sich in der Küche umschaute. Gittas braune Augen funkelten; ihr kurzer schwarzer Haarschopf schien elektrisch aufgeladen. Ihre Energie war schon immer unbändig gewesen. Neuerdings aber wirbelte sie durch den Tag und in das Leben anderer hinein, so als ob sie durch die Scheidung wie mit Strom aufgeladen wäre. Judith amüsierte sich in ihrer Gesellschaft. Aber der heutige Tag gehörte nicht dazu.
„Ist ziemlich früh für Alkohol. Willst du nicht lieber Wasser oder einen Espresso? Der ist schnell gemacht.“
Gitta zuckte mit den Schultern.
„Gut, stell die Flasche in den Kühlschrank, dann picheln wir eben nachher.“
Sie folgte Judith in den Wintergarten. Ihr Blick fiel auf die Zeitung mit der Schlagzeile.
„Hast du das über die tote Frau im Neckar gelesen?“, fragte sie.
Judith schüttelte den Kopf.
„Sie wurde an der Schleuse in Cannstatt gefunden. Am ganzen Körper hatte sie blaue Flecke und am Hals Würgemale. Das kann doch nicht vom Aufschlag ins Wasser kommen! Weißt du, was ich glaube? Die Frau ist ermor-

det worden." Die sonst so unerschrockene Gitta zitterte am ganzen Körper.
Leise sagte Judith: „So etwas kommt vor. Menschen sterben, Menschen werden getötet. Das gehört zum Leben."
Gitta sah Judith mit großen Augen an. „Der Tod gehört vielleicht zum Leben. Aber Mord? Glaubst du wirklich, Mord gehört zum Leben?"
„Du weißt, wie ich das meine. Die Welt ist ein Ort der Gewalt. Lies nur das Alte Testament oder schlag die Zeitung auf, schau dir die Nachrichten an. Kein Tag vergeht, ohne dass davon berichtet wird. In Afghanistan oder auf einem anderen Kriegsschauplatz kommen täglich Menschen um. Bei uns findet der Krieg auf andere Weise statt. Menschen werden getötet. Vielleicht tragen sie ja selbst durch ihre Handlungen dazu bei."
„So ein Quatsch", entgegnete Gitta hitzig. Sie konnte es nicht glauben. „Willst du behaupten, die Frau hätte jemanden ermutigt sie zu würgen und totzuschlagen und dann in den Fluss zu werfen?"
„Nein, natürlich nicht."
Gitta ließ nicht locker. „Soweit ich mich erinnern kann, ist das schon der zweite Fall innerhalb eines Vierteljahres, bei dem in unserer Stadt jemand ermordet wurde. Bei uns passiert zwar noch nicht so viel wie in Berlin, aber es reicht auch so. Jeden Tag ein neues Unglück. Was zum Teufel geht eigentlich in unserer Gesellschaft vor? Ich will davor nicht die Augen verschließen, während die Justiz nichts tut."
„Also, so kannst du das nicht sagen", widersprach Judith. „Die meisten Fälle werden aufgeklärt und geahndet. Es ist nur eine Frage der Zeit."

„Nur eine Frage der Zeit? Ja, vielleicht verhaften sie einen dieser Bastarde. Dann kommt er vor Gericht und irgendein Anwalt bekommt ihn frei oder er bekommt Bewährung, weil er eine ach so traurige Jugend hatte, bei der Tat bekifft oder voll war. Im besten Fall bekommt er Gefängnis und ist nach mehreren Monaten wieder raus und kann weitermachen. Da stimmt doch etwas nicht!"
Inzwischen klang Gittas Stimme verbittert.
„Ich gebe ja zu, dass nicht alles in unserem Rechtssystem in Ordnung ist. Was schlägst du stattdessen vor? Rübe ab?"
Judith lachte spöttisch.
„Nein, natürlich nicht. Aber vielleicht sollte man die gesellschaftlichen Bedingungen verändern. Die Reichen werden immer reicher und die Armen immer ärmer. Kein Wunder, dass es mehr Verbrechen gibt. Manchmal könnte ich mit einem Vorschlaghammer in alles reinhauen." Gittas Augen funkelten vor Zorn.
„Arno sagt, es sei nicht alles perfekt, aber die Justiz und die Politik würden tun, was möglich sei", versuchte Judith die Freundin zu beschwichtigen.
„Arno erzählt Scheiße", lachte Gitta.
Mit einem Mal war die ernste Stimmung vorbei.
Judith lachte mit, wenn auch etwas gezwungen. „Was hältst du davon, wenn wir uns einfach hinsetzen und gleich den Prosecco aufmachen. Du kannst die Welt heute nicht ändern. Vielleicht bringen dich ein oder zwei Gläschen auf andere Gedanken?"
„Gute Idee. Das liebe ich so an dir, Judith. Du bist mit deinem Leben zufrieden, wirst nie wütend, lächelst über alle Schwierigkeiten hinweg. Wenn es dich nicht gäbe, wer weiß, wozu ich fähig wäre."

Judith nickte nachdenklich und beobachtete dann konzentriert ein schwarzes Eichhörnchen, das vor ihrer Terrassentür im Boden nach vergrabenen Nüssen suchte. Die Stadt mit all ihren Verbrechen lag weit genug vom Waldrand entfernt, jenseits des Hauses von Judith und Arno Steinfeld.

Arno Steinfeld war zehn Jahre alt, als ihn ein Mitschüler verprügelte. Der Kontrahent, doppelt so groß und schwer wie er, fügte ihm damals mehr als Blessuren und körperliche Schmerzen zu. Durch den Kampf machte Arno eine tiefe und nachhaltige Erfahrung. Er beschloss, nie wieder auf der Verliererseite zu stehen. Es gab ein Foto von ihm, kurz danach aufgenommen, auf dem er, schmächtig aussehend, trotzig in die Kamera blickte. Auf Grund seiner Statur hätte er nie Boxer werden können und ihm stand sowieso nicht der Sinn danach. Also beschloss er, seine Kämpfe auf andere Weise auszutragen und Jura zu studieren.
Die Steinfelds hatten kein einfaches Leben. Arnos Vater war ein einfacher Arbeiter in der Gießerei von Bosch und mit nur 39 Jahren über Nacht verstorben. Wie es hieß an einem plötzlichen Herzversagen. Seine Mutter bezog eine winzige Witwenrente, die sie mit dem Verkauf von selbstgezogenem Gemüse aus ihrem Gütle und mit Heimarbeit aufbesserte, damit sie ihn und seine kleine Schwester ernähren und kleiden konnte. Sie ermöglichte Arno den Besuch des Leibniz-Gymnasiums in Feuerbach und seiner Schwester eine Ausbildung. Aber selbst unter den größten Anstrengungen konnte sie nichts für die Zukunft oder für die Wünsche der Kinder beiseite legen, und so war Arno schon als Kind gezwun-

gen, neben der Schule zu arbeiten. Zuerst erledigte er nur kleine Jobs, trug Zeitungen aus, ging mit Hunden Gassi oder machte die Kehrwoche für eine ältere Nachbarin. So gewöhnte er sich schon früh daran, eigenhändig Geld zu verdienen. Während seines Studiums schuftete er in den Semesterferien bei Daimler am Fließband oder als Aushilfskellner. Später behauptete er, dass gerade seine Herkunft und die Disziplin, die ihm schon früh aufgebürdet wurde, für seinen Beruf und Karriere entscheidend gewesen waren.

Aber da agierte er schon erfolgreich als Anwalt und Inhaber einer großen Kanzlei und erinnerte sich nur noch ungern an seine in der Kindheit entgangenen Ferienlager, Fußballspiele, Verabredungen, Disco- oder Kinobesuche. Damals beneidete er seine Mitschüler. Aber die wenigen, mit denen er noch ab und zu in Kontakt stand, waren mittlerweile geschieden oder hatten Schulden und beneideten jetzt ihn.

Arno war auf seinen Erfolg stolz und zufrieden mit sich. Er lernte Judith kennen, als sie sich bei ihm wegen einer offenen Stelle als Sekretärin bewarb. Schon beim ersten Gespräch war sie ihm aufgefallen. Hochgewachsen und schlank überragte sie ihn um fast eine Kopflänge. Obwohl er sich mit nur einem Meter siebzig für viel zu klein hielt, gefielen ihm große Frauen und er fühlte sich zu ihnen hingezogen. Nicht dass er Judith damals allein aufgrund seiner Vorliebe eingestellt hatte. Ihre Bewerbungsunterlagen empfahlen sie als tüchtige Bürokraft und sie besaß die nötige Qualifikation. Da zu seiner Klientel mittlerweile einflussreiche Personen gehörten, achtete Arno darauf, dass sich seine Kanzlei auch nach außen makellos präsentierte. Deshalb passte Judiths gepflegte Erscheinung zum Image. Er konnte sich noch gut daran erinnern, dass sie damals ihr langes Haar streng nach hinten gekämmt und zu einem Knoten gebunden hatte. Die dunklen Businesskostüme, deren Röcke bis über die Knie gingen, verstärkten den professionellen Eindruck, der von ihr ausging. Ein klein wenig hatte sie ihn an Tippi Hedren aus Hitchcocks „Marnie“ erinnert.

Während der zwei Jahre, die Judith bei ihm arbeitete, blieb sie distanziert, höflich und erledigte alle Tätigkeiten perfekt. Trotzdem gab es da etwas, was ihn an ihr irritierte. Erst nachdem sie verheiratet waren, fiel es ihm auf: Er hatte nie gesehen, dass Judith mit ihren Kolleginnen getratscht oder etwas über sich erzählt hatte, noch gab sie Details aus ihrem Leben preis. Er wusste fast nichts über ihre Familie. Nur dass ihre Eltern bei einem Brand ums Leben kamen. Judith war danach bei Verwandten groß geworden. Selbst über diese Zeit ließ sie kein Wort verlauten. Auch sprach sie weder über sonstige Angehörige noch über ehemalige Freunde. Keinen von ihnen hatte Judith zur Hochzeit eingeladen. Noch nicht einmal die übliche Ausrede bei unmöglicher, nicht vorzeigbarer Verwandtschaft, dass die zu krank seien, um zu reisen, war ihr über die Lippen gekommen.

Zu Anfang ihrer Ehe war Arno oft versucht gewesen, einen Detektiv zu engagieren, um etwas über Judiths Vergangenheit zu erfahren. Aber letztendlich hätte er es als Vertrauensbruch angesehen. Und Judith wahrscheinlich auch, falls sie es herausbekommen hätte. Er wollte sie auf keinen Fall verlieren. Und wenn er ehrlich war, gefiel ihm gerade das Geheimnisvolle an ihr, als er sich in sie verliebt hatte.

vier

Oliver Niebling legte die Übereignungspapiere wieder in seinen Safe und verschloss ihn. Hier in den Büroräumen am Mailänder Platz waren sie sicherer als in seinem Privathaus, zumal das Hochhaus durch eine Security-Gesellschaft bewacht wurde. Zufrieden blickte er aus den Fenstern des obersten Stockwerks auf das hell erleuchtete, gegenüberliegende Bankgebäude. Seine Räume hatte er schon am Anfang seiner Karriere gekauft. Er behielt sie aus nostalgischen Gründen, aber auch, weil ihm die Nähe zu den Schaltzentralen der Macht Sicherheit gab.

Sicherheit und Macht waren sein Credo. Niemals wieder wollte er die Ohnmacht jener Tage verspüren, an denen er nicht wusste, wann der Trunkenbold, sein Vater, ihn wieder halb tot prügeln würde. Er war der Sündenbock für alles, was das Leben seinem Erzeuger angetan hatte. Nur manchmal dachte er daran, dass alles anders verlaufen wäre, wenn er andere Eltern gehabt hätte.

Im Augenblick war er dabei weiter zu expandieren. Seine neuen Fabrikgebäude waren gerade in der Nähe von Boxberg auf billigem Baugrund eines Gewerbegebiets fertig geworden und die Produktion lief schon. Bereits nächste Woche musste er umziehen, damit er für seine Mitarbeiter unverzüglich persönlich erreichbar sein konnte. Vorerst nutzte er sein altes Domizil in der Stadt weiterhin für Geschäftliches. Wenn er hinter seinem schweren Schreibtisch saß, wirkte er auf Besucher eindrucksvoll und wichtig. Er genoss es sichtlich, wenn man sich von ihm eingeschüchtert fühlte.

Das Gespräch in seiner Villa war vor zwei Stunden geendet. Nachdem ihm das Minenspiel seines Justiziars und das der externen Anwälte für die nähere Zukunft nichts Gutes verraten hatte, wollte er zuerst einmal Zeit gewinnen, um eine Strategie zu entwickeln. Irgendwie musste er den Streit mit der Börsenaufsicht in den Griff bekommen, falls sich der juristische Weg als zu schwierig erwies. Er blätterte sein geheimes Adressbuch durch. Bestimmt fand er darin jemanden, der ihm einen Gefallen schuldig war.

Die anstehende Auseinandersetzung schmälerte seine Freude darüber, dass die Fusion seiner Firma mit der LMN vom Kartellamt genehmigt worden war. Er würde als jüngster Eigner und Vorsitzender des Aufsichtsrats der LMN, eines Konzerns für Nanotechnologie, in die Geschichte der Bundesrepublik eingehen.

Dabei war er nicht mit einem goldenen Löffel im Mund auf die Welt gekommen. Obwohl er es zu dem Zeitpunkt nicht mehr nötig hatte, verdiente er sich sein Informatikstudium zuerst durch Taxifahren, dann als Türsteher eines Stripclubs. Schon allein wegen der Kontakte und Adressen, die sich von Zeit zu Zeit als sehr nützlich erwiesen hatten.

Sein Misstrauen gegenüber anderen, aber auch sein muskulöser Körper stammte ebenfalls aus diesen Jahren. Deshalb hatte er es bisher noch nicht für nötig erachtet, einen Bodyguard einzustellen.

Noch vor Kurzem hatte er gezweifelt, ob er je sein Ziel erreichen würde. Aber wie immer vermochte sein kühler, rationaler Geist, verbunden mit Kreativität und Durchsetzungsvermögen, dieses Problem lösen. Zuerst hatte er die Firma aufgekauft, die wichtige Computerbauteile an den Konkurrenten lieferte. Dann hatte er die Preise heraufgesetzt und die Auslieferungen verschoben. Da kurzfristig keine anderen Hersteller aufgetrieben werden konnten, verzögerte sich die Endproduktion. Zunehmend sprangen wichtige Kunden des Unternehmens ab, es wurden rote Zahlen geschrieben. Der Wert an der Börse sank drastisch. Jetzt konnten sich seine Strohmänner in die Firma einkaufen, bis Oliver am Ende die Aktienmehrheit besaß.

Kurz darauf rief er eine Stiftung für sozial benachteiligte Kinder ins Leben.

Er war sich sicher, dass die LMN bei ihm in Zukunft besser aufgehoben war. In der Vergangenheit hatte er bewiesen, dass er durchaus in der Lage war, Macht und Vermögen zum Wohle der Menschheit zu vermehren. Er dachte an die neu geschaffenen Arbeitsplätze und die firmeneigene Kindertagesstätte, die er eingerichtet hatte. Jedes Jahr zu Weihnachten übergab er großzügige Spenden an karitative Organisationen. Natürlich waren diese Ausgaben von der Steuer absetzbar. Regelmäßig berichtete die Lokalpresse über ihn als wohltätigen Mäzen. Nur eines hatte er nicht bedacht. Vermögen und Einfluss machten sexy, aber auch einsam.

Für eine richtige Beziehung fehlten ihm die Zeit und Geduld. Wenn er eine Frau kennen lernte, die ihn interessierte, erlosch sein Interesse schon nach kurzer Zeit. Er begann an ihrer Ehrlichkeit zu zweifeln und fragte sich so lange, ob sie ihn oder nur sein Geld mochte, bis er davon überzeugt war - egal ob es stimmte oder nicht. So war es bisher immer gewesen. Wenn er auf Einladungen Eheleute beobachtete, festigte sich sein Eindruck, dass zu viel Nähe entweder Verachtung oder Langeweile erzeugte. Deshalb hielt er es für unproblematischer, sich weibliche Gesellschaft zu kaufen.

Bei dem Gedanken an Sex fiel ihm die Nutte ein, die er an der Bar getroffen hatte, während er auf einen freien Tisch im Restaurant wartete. Klasse Figur. Tolle Beine auf Highheels. Die schwarzen Haare kurz, mit Ponyfrisur. Smokey Eyes. Teure Kleidung. Zuerst hatte er sie nicht für eine Professionelle gehalten, sie schien eher der Typ vernachlässigte Hausfrau zu sein, die ein Abenteuer erleben wollte. Aber im Laufe ihres Gesprächs erkannte er seinen Irrtum.

Er zog die Karte des Escort-Services aus seinem Jackett. Dann tippte er die Telefonnummer in sein iPhone, das er für private Gespräche benutzte. Da die Verbindungsnachweise des Firmentelefons gespeichert wurden, konnten die Gespräche leicht zurückverfolgt oder abgehört werden. Geheime geschäftliche Vereinbarungen führte er sowieso nur über ein Prepaidhandy. In seiner Branche gab es genügend Neider und Industriespionage.

„Hallo!“

„Ja?“ Die Stimme am anderen Ende klang tief und rauchig.

„Erinnern Sie sich? Ich habe die Nummer von Ihnen bekommen. Wir haben uns gestern kennen gelernt.“

„Oh, ja, Sie sind es.“

Die Sonne ging bereits unter und die Dämmerung brach herein. Es fing an zu nieseln, als sich Arno Steinfeld auf dem Heimweg befand. Das Treffen mit seinem Klienten Oliver Niebling hatte in dessen privater Villa stattgefunden, einem großzügigen Anwesen am Rande des Kräherwalds nahe dem Birkenkopf. Als Arno das mit weißem Marmor, Glas und gekalkten Möbeln ausgestattete, riesige Entree betrat, schauderte es ihn. Die eisige Atmosphäre wurde noch durch das arrogante Auftreten seines Mandanten verstärkt, das Arno wieder in seine Jugendjahre zurückkatapultierte, in denen er nichts hatte und nichts war.

»Ach was, Blödsinn«, schob Arno das Gefühl beiseite. »Ich bin ich, und Geschäft ist Geschäft. Und außerdem muss ich ihn ja nicht mögen.« Er hatte Niebling die Hand geschüttelt.

Wie es aussah, befand sich der Konzernchef in Schwierigkeiten. Die Börsenaufsicht beschuldigte ihn der Manipulation. Es ging um Millionenbeträge, geprellte Aktionäre und Schmiergelder. Das Treffen war in Anwesenheit des Justiziars der Firma geführt worden. Aber da dieser seinen Chef nicht vor Gericht verteidigen konnte, baute Niebling darauf, dass Arno ihm beistand. Der Vertrag beauftragte ihn, Niebling bei allen gerichtlichen Auseinandersetzungen zu vertreten. Ebenso beinhaltete er die Wahrung der Geschäfte über den Tod seines Mandanten hinaus.

Der Tag war mit Abschluss der lukrativen Übereinkunft dann doch überraschend erfolgreich verlaufen. Arno nahm sich vor, ihn zu Hause ebenso gut enden zu lassen. Vielleicht würde er eine Flasche Chardonnay öffnen und mit Judith anstoßen. In letzter Zeit hatten sie selten Ge-

legenheit gehabt sich zu unterhalten, geschweige denn einen Abend miteinander zu verbringen.
Das Steuer seines Lexus hatte er heute Carlos Binder überlassen. Arno sah seinen Fahrer prüfend von der Seite an. Carlos war wie Arno ein waschechter Schwabe. Sein tiefschwarzes Haar und der dunkle Teint passten perfekt zu dem spanischen Vornamen. Wenn Arno es nicht besser gewusst hätte, hätte er ihn für einen Südamerikaner gehalten. Wie Carlos ihm einmal erzählte, hatte er den Namen von seiner Mutter bekommen, weil ihr Bruder nach Kolumbien ausgewandert sei und sie ihn sehr vermisst habe.

»Ich mag ihn«, dachte Arno. »Auch wenn wir ein merkwürdiges Gespann abgeben.« Frustriert strich er sich über seinen Bauchansatz und wieder einmal nahm er sich vor, etwas mehr für seinen Körper zu tun.
Carlos dagegen hatte sich seit ihrer gemeinsamen Jugendzeit fast nicht verändert. Er war noch immer schlank, geradezu sehnig. Nur die winzigen Falten rund um die Augen und vereinzelte graue Haare erinnerten daran, dass sie fast gleich alt waren.
Einst waren er und Carlos Kommilitonen gewesen. Dann verloren sie sich aus den Augen. Der Freund wanderte nach Kolumbien aus, hatte dort als Jurist gearbeitet, lebte aber seit einem dreiviertel Jahr wieder in Deutschland. Arno wusste nichts über das Leben, das Carlos in Kolumbien geführt hatte, aber er vertraute seinem Freund. Deshalb hatte er ihm die Teilhaberschaft in seiner Kanzlei angeboten, sobald die bürokratischen Voraussetzungen erledigt waren, und der Freund hatte sofort zugesagt.

Obwohl Arno ansonsten das Autofahren liebte und nur ausnahmsweise einmal Judith ans Steuer ließ oder ihr sein Auto lieh, ließ er heute Carlos fahren. Arno wusste, dass sein zukünftiger Kompagnon die Fahrt mit dem neu erworbenen Hybridauto genau so genoss wie er. Carlos hatte sich gefreut, als Arno ihn fragte, ob er die erste Tour zusammen mit ihm unternehmen wolle. An der Freude darüber änderte bei beiden auch die Tatsache nichts, dass es rein beruflich war.
Während der Wagen die Kräherwaldstraße wie auf Schienen dahinsurrte, hing Arno Tagträumen nach. Er lehnte sich noch tiefer in die eierschalenfarbenen Ledersitze hinein. Bruchstückhafte Bilder tauchten vor seinen geschlossenen Augenlidern auf.
Die Beerdigung seines Vaters, der offene Sarg in der Feuerbacher Mauritius-Kirche.
Der Tag, an dem er als Anwalt zugelassen wurde.
Die erste Liebesnacht mit Judith, die sein Leben verändert hatte.
Ihre Heirat in der gleichen Kirche, in der man vor Jahren seinen Vater aufgebahrt hatte.

Der Lexus machte einen Ruck. Durch eine plötzliche, spürbare Veränderung in der Straßenlage wurde Arno aus seinen Gedanken gerissen und öffnete die Augen. Das Auto, das bisher mit der 600-Volt-Batterie gefahren war, schaltete auf den Benzinmotor um. Carlos hatte beschleunigt, zwei Autos überholt und kam knapp vor dem entgegenkommenden Verkehr wieder auf die rechte Spur.
Arno hatte ihn richtig eingeschätzt. Carlos würde kalkulierbare Risiken eingehen. Er hatte das Überholmanö-

ver exakt berechnet und zeigte keine Spur von Unsicherheit.
Aus einer plötzlichen Laune heraus fragte Arno: „Hast du noch Lust auf ein Glas Wein? Bei mir zu Hause? Judith würde sich freuen. Sie hat erst neulich nach dir gefragt, wollte wissen, was du so machst. Du bist einer der Wenigen, für die sie sich interessiert."
„Wie geht es ihr?", erkundigte sich Carlos, ohne den Blick von der regennassen Straße zu nehmen.
„Gut, nehme ich an. Wir verbringen nicht mehr viel Zeit miteinander. Sie digitalisiert meine Akten. Wie nennst du es? Das Steinfeld-Archiv? Vielen Dank übrigens, dass du die Daten für sie zusammengestellt hast. Wenn sie nicht daran arbeitet, ist sie andauernd mit irgendetwas anderem beschäftigt. Gott allein weiß womit." Arno lachte verlegen. „Wir drängen uns einander nicht auf."
„Judith ist eine attraktive Frau", entgegnete Carlos ruhig.
Arno nickte. „Sie mag dich. Komm doch heute mit."
„Ein andermal gerne."
„Aber dann zum Essen!", bekräftigte Arno seine Einladung.
„Hat sie dazu überhaupt Zeit? Das Archiv nimmt sie bestimmt in Anspruch. Wie weit ist es denn gediehen?", erkundigte sich Carlos.
„Keine Ahnung." Arno zuckte mit den Schultern. „Ich konnte mich in den vergangenen Monaten nicht damit beschäftigen. Wahrscheinlich weißt du mehr darüber als ich."
Carlos runzelte die Stirn. „Nun ja, wenn du meine Recherchen über die ausgewählten Personen meinst, dann sicher. Ich habe nur den weiteren Lebensweg der Klien-

ten nach der Bewährung oder Entlassung verfolgt, wie sie in der wiedergewonnen Freiheit zurechtkommen. Die Daten habe ich an Judith weitergegeben. Wie du weißt, hat sie vor, aus der einfachen Sammlung deiner Fälle eine Bibliothek von Materialien mit Querverweisen anzulegen. Jetzt liegt die Hauptarbeit bei deiner Frau."

Arno nickte zufrieden. Für ihn war es selbstverständlich, dass Judith ihn in seinen beruflichen Ambitionen unterstützte. Er bewunderte die Bescheidenheit des Freundes. Zwar verstand er das Interesse von Carlos nicht, sich an diesem Projekt zu beteiligen, trotzdem war er froh darüber. Zumal Carlos' pragmatische Art, Details systematisch festzuhalten, in Verbindung mit dem psychologischen Profil, ein breiteres Spektrum an Wissen über das Verhalten von Straftätern ergab.

Inzwischen lenkte Carlos den Lexus an der ehemaligen Messe vorbei in die Stresemannstraße ein, damit sie am Pragsattel nach Cannstatt abbiegen konnten.

„Ich kann hier anhalten", sagte er. „Ich nehme mir ein Taxi nach Cannstatt."

„Nichts da, soweit kommt es noch. Selbstverständlich fahren wir bis vor deine Haustür", protestierte Arno.

„Was ist eigentlich aus deinem vorherigen Auto geworden?", fragte Carlos.

„Verkauft", entgegnete Arno.

„Aber so alt war der doch noch nicht?"

„Nein, noch keine zwei Jahre alt. Aber der Kofferraum hat so merkwürdig gerochen. Ich habe ihn gründlich reinigen lassen, aber es hat nichts genützt. Wegen der Steuer und Abschreibung hätte ich sowieso bald einen Neuen kaufen müssen."

„Hmm, verstehe", sagte Carlos.

In der Nähe des Cannstatter Kurparks hielt er an. Seine Wohnung befand sich im obersten Stockwerk eines originalgetreu renovierten Jugendstilgebäudes. Routiniert parkte er in eine Lücke am Straßenrand ein und schaltete den Motor aus. Aber er machte keine Anstalten aufzustehen, damit Arno wieder am Steuer Platz nehmen konnte. Beide Männer saßen stumm nebeneinander.
„Wir sollten über den Fall sprechen“, beendete Carlos die Stille im Auto. „Willst du ihn wirklich vertreten?“
Erstaunt sah Arno zu Carlos. „Selbstverständlich. Das ist ein Spaziergang für uns und wir verdienen sehr gut dabei.“
„Aber es geht um Betrug, bei dem Anleger eine Menge Geld verloren haben.“
„An der Börse verlieren die Leute jeden Tag Geld. Das ist das Risiko, das sie eingehen.“
Carlos schüttelte den Kopf. Sicher, das Risiko war ein Teil des Spiels an der Börse, aber wenn Kleininvestoren um ihr jahrelang sauer erspartes Geld geprellt wurden, war für ihn das Spiel vorbei. Für Arno schien es nicht mehr als eine rechtliche Angelegenheit zu sein, während für Carlos die moralische Frage im Vordergrund stand.
Er erinnerte sich an die Anfänge ihres Berufslebens kurz nach Arnos Examen. Damals praktizierte er noch nicht. Ganz im Gegensatz zu Arno, der ein Semester vor ihm das Studium mit Summa cum laude abgeschlossen hatte. Einmal besuchte er eine Gerichtsverhandlung, in der Arno als frischgebackener Anwalt einen jungen Mann verteidigte. Der Jugendliche wurde beschuldigt, einen kleinen Lebensmittelladen überfallen und den griechischen Besitzer erschossen zu haben. Die Bewei-

se waren erdrückend gewesen. Es gab zwei Augenzeugen und auf dem Ladentisch den verwaschenen Abdruck des linken Mittelfingers des Angeklagten. Da aber die Labortechnik keine eindeutigen Merkmale des Fingerabdrucks feststellen konnte, stand dieses Indiz auf wackligen Füßen. Die Beweisführung der Staatsanwaltschaft stützte sich auf die Aussagen der Augenzeugen.
Als die Anklageschrift verlesen wurde, war Carlos überzeugt, dass es sich bei dem Verfahren um kaum mehr als eine Formalität handeln würde. Der Ausgang und die Verurteilung des Beschuldigten waren relativ sicher.
Arno war damals schlanker und wirkte nervös. In seinem billigen Anzug von der Stange und der Fliege, die unter seiner Robe hervorschaute, bot er keinen eindrucksvollen Eindruck, sondern sah eher wie ein Eisverkäufer aus. Dies und sein Mangel an Größe gegenüber der des Staatsanwalts hätte sich zu einem offenkundigen Nachteil entwickeln können. Doch während der Prozess fortschritt, wurde immer deutlicher, dass er trotz seines äußerlichen Handicaps die Anwesenden und Zeugen wie ein Regisseur in einem Theaterstück hin und her schob.
Arno stellte scheinbar harmlose Fragen zu Person, Tag und Hergang des Überfalls. Durch seine vorgetäuschte Naivität und Arglosigkeit verwirrte er die Augenzeugen, bis sie am Ende den Angeklagten nicht mehr mit absoluter Sicherheit identifizieren konnten. Ganz zum Schluss warf er dem Jugendlichen ein Notizbuch zu, das dieser mit seiner rechten Hand auffing. Der Richter rügte ihn zwar dafür (in seinem Gerichtssaal würde er keine Zirkuskunststückchen dulden), schien aber ansonsten beeindruckt von Arnos kreativer Beweisführungsstrategie.

In seinem Plädoyer erklärte Arno dann dem Richter und den Schöffen: „Die Zeugen konnten meinen Mandanten nicht identifizieren. Wie Sie gerade sehen konnten, ist der Angeklagte Rechtshänder. Wenn er geschossen hätte, wäre das mit seiner rechten Hand geschehen. Deshalb kann der Abdruck des linken Mittelfingers nicht vom Angeklagten sein. Beide Beweise des Staatsanwalts sind hinfällig. Mein Mandant ist somit unschuldig."

Der Jugendliche wurde freigesprochen und verließ mit seinen Angehörigen, die ihm lachend auf die Schulter klopften, den Gerichtssaal. Noch immer vom Prozess beeindruckt, folgte Carlos ihnen. Einer aus der Gruppe bot dem Freigesprochenen eine Zigarette an. In diesem Augenblick kam Arno aus dem Gerichtssaal. Carlos fragte sich, ob der Freund auch bemerkt hatte, dass der junge Mann die Zigarette mit der linken Hand hielt und anzündete.

Mittlerweile fragte er sich auch, wie weit Arno das Recht zu Gunsten seiner Klienten auslegte und ob ihm das überhaupt bewusst war. Er war zwar immer noch der Ansicht, dass Arno als einer der besten Anwälte des Landes kompetent seine Mandanten vertrat. Aber im Gegensatz zu ihm machte er Unterscheidungen und nahm Fälle, in denen er von der Unschuld der Mandanten nicht überzeugt war, nicht an. Inzwischen hatte er einen Punkt erreicht, bei dem es sich bei seinen Aufträgen, die er für Arno erledigte, nur um Zivilprozesse oder die Aktualisierung seiner persönlichen Unterlagen handelte.

Die Sache mit Niebling behagte Carlos überhaupt nicht und er erklärte: „Aber dann halte mich raus. Falls es zu einem Verfahren kommt, kann ich ihn sowieso nicht vor

Gericht vertreten. Meine Zulassung durch die Anwaltskammer ist noch nicht eingetroffen."
„Das verstehe ich nicht", entgegnete Arno entrüstet. „Du hast dein Examen in Deutschland gemacht. Soll ich mal bei denen Druck machen?"
„Lieber nicht. Ich regle das. Aber ich verstehe es auch nicht. Vielleicht wollen sie die Zulassungen drosseln, weil der Honorarkuchen sonst anders verteilt wird und die einzelnen Stücke zu klein werden. Die Entscheidung der Kammer wird sicher bald da sein, inzwischen kann ich dir weiterhin zuarbeiten", beruhigte er Arno.
Doch insgeheim war Carlos froh, dass er die Mandanten nicht offiziell vertreten musste. Seitdem er auf der Flucht war, konnte er zu viel Aufmerksamkeit nicht gebrauchen. Im Zeitalter des World Wide Web war es ganz schnell möglich seinen Namen zu recherchieren, sollte er in der Zeitung abgedruckt werden oder gar eine Fernsehreportage über eine Verhandlung laufen. Die Zulassung und damit das Eintragen in die Anwaltsrolle konnte ein weiteres Problem werden, das auf ihn zukam.

fünf

Nachdem Gitta gegangen war, stellte Judith die angebrochene Flasche Prosecco in den Kühlschrank zurück. Sie selbst hatte nur Wasser getrunken, was Gitta nicht aufgefallen war. So wirbelwindartig wie sie gekommen war, verließ sie gegen 15 Uhr das Haus. Wie sie sagte, hatte sie eine wichtige Verabredung mit einer anderen Freundin vergessen. Etwas an ihrem Verhalten sagte Judith, dass sie log. Nicht gelogen schien dagegen Gittas erneutes Interesse an Judiths Recherchearbeit.

Ihr konnte es nur recht sein, dass die Freundin wieder gegangen war, denn bei dem, was sie vorhatte, wollte sie Gitta nicht dabei haben. Wie sie Gitta kannte, würde sie ausrufen: „Ju", – Gitta liebte Namensabkürzungen, sie hielt sie für cool – „Mein Gott, Ju, wie kannst du nur? Wie schräg ist das denn?"

Judith schlüpfte in ihre Gartenkluft, bestehend aus einer alten Jeans und der englischen Wachstuchjacke mit Kapuze. Die Sonne hatte ihre Kraft verloren und es war deutlich kühler geworden. Ein leichter Nieselregen setzte ein. Trotzdem blieb Judith entschlossen. Unerledigte Dinge waren ihr ein Gräuel.

Auf der Grenze zum Nachbargrundstück stand ihr Gerätehäuschen. Dort zog sie statt ihrer Sneakers Gummistiefel an und streifte Gartenhandschuhe über. Mit dem Spaten in der Hand ging sie zum Thermokomposter, den im Sommer die herabhängenden Äste eines Haselnussstrauchs verdeckten. Jetzt im Frühjahr waren von dessen auberginefarbenen Blättern nur die Triebspitzen zu sehen. Um den Gesamteindruck des riesigen Strauchs nicht zu stören, hatte Judith keine weiteren Büsche rechts und links neben ihm gepflanzt, obwohl es die einzigen freien Stellen am Zaun bildeten, an denen eine ungehinderte Sicht auf ihr Haus vom Nachbargrundstück aus möglich war.

Schon im Winter hatte sie direkt neben dem Kompostbehälter ein Loch, von einem Tier gegraben, gefunden. Es konnte kein Mäuseloch sein, dazu war es zu groß. Aber erst als sie tagsüber eine riesige Wanderratte über den Rasen laufen sah, wusste sie mit Sicherheit, wer sich einen Zugang zu dem Komposter verschafft hatte.

Während sie von den vier Wänden des Behälters die Klammern entfernte, sah sie in der feuchten Erde Gänge, die die Ratte darin gegraben hatte.

Judith nahm den Spaten und stach das Erdreich ab. Es dampfte und roch nach Waldboden. In der Mitte angekommen, entdeckte sie ein Nest, in dem der Nachwuchs wuselte.

Judith zählte zehn Tiere.

Mit dem Spaten erschlug sie eins nach dem anderen. Eine kleine Ratte war nicht auf Anhieb tot. Schon tödlich verletzt, öffnete sie ihr Maul mehrmals und piepste kläglich. Schwarze Knopfaugen flehten Judith an. Noch einmal hob sie den Spaten und versetzte ihr den endgültigen Schlag.

Mit einer ausrangierten Grillkohlenzange sammelte sie die toten Tiere in einer Plastiktüte, die sie in die graue Restmülltonne stopfte.

Um das Nest der Schädlinge zu beseitigen und die Mutterratte endgültig zu vertreiben, schaufelte sie die Komposterde auf und verteilte sie unter dem Strauch. Dabei entdeckte sie ein weiteres Rattentier, das sich versteckt hatte und nun versuchte wegzulaufen. Sie holte weit aus und beendete mit einem kräftigen Hieb seine Flucht. Judith schüttelte sich vor Ekel.
Aus ihren Augenwinkeln heraus sah sie, wie ihre Nachbarin in Richtung Zaun stapfte. Ab und zu, wenn die alte Dame verreiste, goss Judith ihre Zimmerpflanzen und fütterte die Katze. Zuerst hatte sie abgelehnt, weil sie die Verantwortung für ein Lebewesen nicht übernehmen wollte. Aber als die Nachbarin ihre Bitte in Arnos Gegenwart an sie richtete, hatte sie zugesagt. Mittlerweile mochte sie die Katze und freute sich darauf. Aber wenn sie jetzt nicht die Flucht antrat, würde die neugierige Nachbarin sie mit ihrem Geschwätz aufhalten. Obwohl die alte Dame am Stock ging und ihr das Stehen sichtlich schwer fiel, hielt sie jeden auf, dem sie begegnete. Bei den Gesprächen erzählte sie immer dieselben Geschichten, in geringfügig abweichenden Varianten, was Judith am Anfang amüsant fand und freundlich lächelnd Interesse vorschob. Mittlerweile ging es ihr gehörig auf die Nerven. »Nicht heute«, dachte sie und tat so, als ob sie weiterhin schwer beschäftigt sei und die Nachbarin nicht gesehen hätte. Alles was sie jetzt brauchte, war ein ausgiebiges Bad, um den Schmutz abzuwaschen.

In seiner Wohnung angekommen, nahm Carlos ein Bier aus dem Kühlschrank, öffnete den Schnappverschluss und führte den Flaschenhals an den Mund. Angenehm kühl rann die Flüssigkeit durch seine Kehle. Deutsches Bier war das Einzige, was er in Kolumbien vermisst hatte. Das Importierte war nicht zu verachten, aber in seiner Textur nicht vergleichbar.

Sein Magen meldete sich mit einem Rumpeln und ihm fiel ein, dass er den ganzen Tag fast nichts gegessen hatte. Es gab noch Schwarzwaldschinken und Gewürzgurken, die er zusammen auf eine Scheibe Graubrot legte. Während er aß, dachte er noch einmal über Arno und seinen Job nach. Er wusste nicht, ob ihm seine neuen Aufgaben innerhalb der Kanzlei auf Dauer gefielen. Auch wenn er mit Arnos Handhabe einiger Dinge nicht einverstanden war, so gehörte ihre langjährige Freundschaft, die nur durch seinen Aufenthalt in Kolumbien unterbrochen gewesen war, zu den besten kameradschaftlichen Beziehungen, die er jemals gehabt hatte.

Anders sah die Sache mit seinen Beziehungen zu Frauen aus.

Gutaussehend wie er war, hätte er leicht eine Neue anfangen können. Genügend Gelegenheiten und Avancen gab es. Aber ihm stand nicht der Sinn danach. Welcher Frau hätte er auch sein jetziges unstetes Leben zumuten können?

Carlos hatte beschlossen, sich auf nichts einzulassen, bevor alles geklärt war.

Er trat ans Fenster und blickte durch die Bäume in den Kurpark. Heute war es angenehm ruhig. Während des Sommers, sogar bis in den Herbst hinein, tummelten sich im Park Besucher, machten Picknick, lagerten auf der Wiese, grillten bis in die frühen Morgenstunden. Das Gegröle der Betrunkenen und der Gestank von ver-

kohltem Fleisch drangen durch die offenen Fenster bis in seine Wohnung vor.
Die große Wohnung wirkte durch die bewusst spärliche Möblierung unpersönlich. Es gab keine Fotos oder Erinnerungsstücke aus seiner Vergangenheit. Carlos dachte an sein ehemaliges Heim. An seine junge Frau und den kleinen Sohn. Es schnürte ihm das Herz zu. Hilflosigkeit überkam ihn, aber er konnte das Rad der Zeit nicht zurückdrehen.
Das Einzige was er tun konnte, war die Gegenwart zu ändern.

Nachdem sein Freund aus dem Lexus gestiegen war, setzte sich Arno ans Steuer und lenkte den Wagen zurück nach Feuerbach. Er hatte Hunger und überlegte, ob er Judith anrufen sollte, ob sie noch Lust hatte, etwas zu kochen oder ob er etwas mitbringen solle. Aber dann entschloss er sich, es doch nicht zu tun. Denn falls sie schon schlief, wollte er sie nicht stören.
Das Tor zur Garage für Judiths Auto war geschlossen. Das Haus dunkel und still, als Arno es betrat. »Umso besser«, dachte er. Ihm war auf einmal nicht nach Plaudern, nach einem ehelichen Wortwechsel zumute à la „Was hast du heute gemacht? War deine Sitzung erfolgreich? Und du Liebling, was ist bei dir heute passiert?“
Nachdem er in der Küche nur die Leuchte über der Arbeitsplatte eingeschaltet hatte, fischte er aus dem Kühlschrank ein kaltes Stück Pizza heraus. In der Seitentür stand eine geöffnete, halb volle Flasche Prosecco. Arno zögerte. Eigentlich brauchte er jetzt etwas Stärkeres zum Trinken. Noch im Stehen aß er die Pizza hastig auf. Im Wohnzimmer griff er sich eine Flasche schottischen

Whisky, schenkte sich ein und trank das erste Glas in einem Zug aus. Er nahm beides mit hinauf in den ersten Stock.

Vor Judiths Schlafzimmertür blieb er stehen und lauschte. Es drang kein Laut zu ihm. Er hätte zwar auf dem Küchentisch oder auf seinem Smartphone eine Nachricht von ihr erwartet, aber sie war ihm keine Rechenschaft schuldig. Wahrscheinlich schlief sie schon. Ein paar Sekunden lang war er versucht, die Türklinke herunter zu drücken und nachzuschauen, aber dann entschied er sich, es nicht zu tun.

In seinem Bett liegend nickte Arno vor laufendem Fernseher ein und fiel kurz darauf in einen tiefen Schlaf.

sechs

Oliver holte aus dem Kühlschrank in der kleinen Kochnische eine Flasche Champagner, die er auf Eis gelegt hatte.
„Darf ich?“, fragte er, während er die Flasche öffnete und den Champagner in zwei Gläser eingoss.
„Wollen Sie es sich nicht bequem machen?“, forderte er die Besucherin auf und zeigte auf sein Jackett und die Krawatte, die über einer Sessellehne hingen.
Sie ließ ihren Trenchcoat achtlos auf den Boden fallen und setzte sich auf das weiße Ledersofa. Dabei sah sie sich um. Ein schwerer Schreibtisch. Eingebaute Schränke aus einem exotischen Holz, ein breites Sofa. Teure Brandys auf einem Beistelltisch, dazu anderes Hochprozentiges, intime Beleuchtung und der überdimensionale Plasmabildschirm an der Wand verrieten ihr, dass der Konzernchef sich hier nach der Arbeit auch zum Entspannen aufhielt.
Er nahm neben ihr Platz und prostete ihr zu. An seinen mit roten Äderchen durchzogenen Augen sah sie, dass er schon vorher getrunken haben musste. Als er näher zu ihr rückte, roch sie sein teures Aftershave. Er strahlte eine aggressive Männlichkeit aus.
Sie nippte langsam am Champagner, damit das Glas länger reichte. Eigentlich hatte sie erwartet, dass er gleich zur Sache kam. Stattdessen sprach er über sich, seine

Firma und über seine Erfolge. Sie wusste nicht, was sie davon halten sollte, denn der Zweck ihres Treffens war vorher klar definiert worden.
„Weißt du, dass ich immer das bekomme, was ich haben will?“, fragte er.
„Ich glaube schon“, erwiderte sie.
Ungefragt erzählte er ihr, dass er seine Firma vor gut einem Jahr wegen des tödlichen Unfalls eines gegnerischen Firmenchefs vergrößern konnte. Natürlich bedauere er den Vorfall. Die Erben hätten nach einiger Zeit nicht mehr die Kraft gehabt, sich über die Zukunft der Firma zu einigen. Zwei wären verstorben, einer verschwunden. Der monatelange Streit unter den restlichen zwei Miteignern der Firma hätte schließlich mit der Übernahme des Konzerns durch ihn geendet.
Sie nickte und sagte, dass sie ihn bewundere, was er alles in seinen jungen Jahren auf die Beine gestellt hätte. Und das ohne Hilfe.
„Ist das so?“, fragte er, mehr an sich selbst gerichtet. „Was weißt du denn schon?“
Seine Gedanken schienen mit einem Mal weit weg zu sein und sein Mund verzog sich zu einem schmalen Strich.
»Vielleicht habe ich etwas Falsches gesagt und ich gefalle ihm nicht mehr. Oder etwas anderes hindert ihn«, überlegte sie und fragte: „Soll ich wieder gehen?“
Seine Stimme klang heiser, als er ihr abrupt den Befehl gab: „Zieh dich aus.“
Sie hatte darauf gewartet, dass er es sagen würde, aber nicht mit dem heißen Verlangen gerechnet, das jetzt durch ihre Adern floss.
„Kann ich vorher ins Badezimmer, es gibt hier doch si-

cher eines?", fragte sie. Ihre Stimme verriet nichts über die Gefühle, die sie überkamen.
Sein Mund verzog sich spöttisch.
„Selbstverständlich." Er zeigte auf eine geschlossene Tür, die versteckt in die Holzwand eingearbeitet war.
»Nicht übel«, dachte sie.
Während sie ihre große Businesstasche nahm und zur Tür ging, bemerkte sie aus den Augenwinkeln heraus, dass er eine blaue Pille in seine Flöte warf. Er füllte sie nochmals mit Champagner auf und trank den Inhalt des Glases in einem Schluck aus.
Zwar war sie an Luxus gewöhnt, aber es verschlug ihr fast den Atem, als sie den Wellnessbereich betrat. Ausgestattet mit Marmorfliesen aus Carrara, einer überdimensionierten Whirlpool-Badewanne und einer schwellenlosen Dusche samt teuren Sanitärarmaturen genügte er den höchsten Ansprüchen.
Neben dem Waschbecken stand ein bequemer Sessel, auf dem sie ihre Tasche ablegte. Sie zog ihre Seidenbluse und ihren Rock aus, bis sie nur in BH, Slip und HighHeels dastand. Ihre Kleidung faltete sie ordentlich über den Rand der Badewanne. Sie nahm einen Kamm und die Spraydose mit dem Haarlack aus ihrer Handtasche und stellte sie auf das Regal, das den Spiegel umrahmte. Als sie sich ein wenig vornüber beugte, um den Wasserhahn vom Waschbecken zu öffnen, hörte sie hinter sich die Tür. Im Spiegel sah sie, wie er auf sie zukam, die Arme und Hände ausgestreckt, um sie von hinten zu nehmen.
Sie drehte sich um, schmiegte sich an ihn, fühlte, wie sein Glied steif wurde. So schnell konnte das Viagra nicht wirken. Vielleicht hatte er schon vorher eines ein-

geworfen. Voller Begierde riss sie ihm das Hemd vom Leib und öffnete seine Hose.
Oliver sah ihr in die Augen. Etwas darin ließ ihn stutzen. Blitzartig stieg in ihm die Gewissheit auf, dass er das Callgirl schon vorher einmal gesehen hatte und das Zusammentreffen in der Bar kein Zufall gewesen sein konnte.

Es dauerte nicht so lange, wie sie erwartet hatte. Der Augenblick kam laut- und für sie schmerzlos. Nicht dass es etwas änderte.
Als es vorbei war, wusch sie sich und kleidete sich wieder an. Der Spiegel war gesprungen, aber das Waschbecken glänzte wieder jungfräulich. Selbst die Spritzer am Boden waren nicht mehr sichtbar. Sie zündete sich eine Zigarette an, drückte sie aber dann spontan wieder aus, bevor sie die Tür der Nasszelle hinter sich schloss.
Auf dem Boden neben dem Sofa lag noch ihr Mantel. Sie streifte ihn über, zog eine große Sonnenbrille auf und tauschte die hohen Pumps gegen Sneakers. Ungesehen verließ sie das Bürohaus über die Treppe und den Fahrstuhl in die Tiefgarage. In der Nähe der Großbaustelle warf sie ihre schwarze Perücke in einen Müllcontainer. Als sie zu Fuß die Haltestelle neben der in blaues Licht getauchten Stadtbibliothek erreichte, hörte sie den durchdringenden Ton von Feuerwehrsirenen.

sieben

Der Anruf auf ihrem Smartphone erreichte Arabella nach 22 Uhr. Soeben war sie mit dem zweiten Anstrich ihres Arbeitszimmers fertig geworden. Die wie Salpeter aussehenden gelben Nikotinspuren des ehemaligen Wohnungsinhabers waren nach dem ersten Übermalen an den weißen Wänden und der Decke wieder ausgetreten und konnten nur durch das erneute Streichen mit einer Spezialfarbe überdeckt werden.

Inzwischen kannte Arabella jeden Baumarkt der Stadt von innen. Schon beim Kauf der Farbe in einem der Märkte fiel ihr auf, dass auf dem Deckel des Eimers der blaue Umweltaufkleber fehlte, aber der Hinweis stand, dass der Inhalt leicht entflammbar und das Einatmen der Dämpfe vermieden werden sollte.

»Gift hin oder her, die gelben Schlieren müssen weg, sonst ärgere ich mich noch jahrelang darüber«, überlegte sie und tauchte entschlossen die Farbrolle in den Eimer ein.

Sie wusch gerade Rolle und Abstreifgitter über dem Abfluss der Waschküche im Keller aus, als ihr Miss-Marple-Klingelton aus ihrem Handy ertönte. Um das Smartphone nicht mit Farbe zu beschmieren, zog sie die Latexhandschuhe aus und griff in die Tasche ihrer Jeans.

„Ja?"

„Frau Herzog, hier Hommelsberger."
„Hallo Herr Hommelsberger", erwiderte Arabella. „Was gibt es?"
„Liebe Frau Herzog." Die Stimme des Anrufers klang einschmeichelnd. „Wir brauchen Sie dringend. Ich weiß, dass Ihr Dienst erst am zweiten Mai beginnt, aber bei uns herrscht Personalnot und wir haben einen Tatort. Könnten Sie heute schon bei uns anfangen? Dann würden Sie von Anfang an die Ermittlungen leiten und es wäre einfacher für alle. Die schriftliche Anweisung des obersten Dienstherrn ist veranlasst und geht Ihnen selbstverständlich zu."
Arabella schluckte. Das fing ja gut an. Sie wusste, dass so etwas nach dem Dienstrecht möglich war, sie hatte aber noch nie davon gehört oder gar damit gerechnet. Aber irgendwie war sie froh, den Malerkittel ausziehen, die Farbeimer und Lacke stehen lassen und dem heimischen Chaos entfliehen zu können.
„Selbstverständlich", erklärte sie. „Ich muss vorher nur noch unter die Dusche und mich umziehen, dann komme ich sofort."
„Gut, ich schicke Ihnen die Adresse und erste Infos auf ihr Handy."
Arabella glaubte, Erleichterung aus Hommelsbergers Stimme herauszuhören.
Sie hatte ihren neuen Chef das letzte Mal vor fünf Wochen bei ihrem zweiten Antrittsbesuch gesehen. Er zeigte sich hocherfreut, dass er sie als Leiterin der Kommission innerhalb seines Dezernats neu besetzen konnte. Wie er sagte, wüsste er noch nicht, wie sich die Personallage wegen der Polizeireform, bei der es statt 41 Polizeidirektionen 27 Großpräsidien geben werde, verän-

dern würde. Sicher aber ein erweitertes Arbeitsfeld und eine Rochade von Beamten, was aber weder der Sache, noch dem Einzelnen gerecht werde. Vielleicht würden auch Polizisten, die noch nie in einer Mordkommission gearbeitet hatten, dann in seine Abteilung hineinversetzt. Seine Stirn zog sich in sorgenvolle Falten, während er fortfuhr: „Die Umsetzung ist für alle schwierig, und ich bin deshalb froh, noch eine Wunschkandidatin von mir einstellen zu können. Wie ich aus Ihrer Personalakte entnehmen konnte, haben Sie ein abgeschlossenes Psychologiestudium vor Ihrer Laufbahn als Polizistin und einen mehrmonatigen Kurs bei den Amis in Quantico als Profiler absolviert. Ihre Erfolgsquote hat mich beeindruckt und ich hoffe, dass Sie bei uns nahtlos daran anknüpfen können."

Arabella nickte und sagte: „Zweifellos."

Hommelsberger schien beruhigt: „Ihre ebenfalls brillante Vorgängerin, eine Kriminalrätin, hat sich ein Sabbatjahr genommen und es ist fraglich, ob sie überhaupt zurückkommen wird. Der junge Kollege, mit dem sie zusammengearbeitet hatte, wurde auf dessen Wunsch hin in eine andere Abteilung versetzt. Wir bauen also mit Ihnen eine völlig neue Kommission auf."

Hommelsberger war ein gedrungener Mann mit schütterem Haar, der Schwierigkeiten hatte, den obersten Knopf seines schlecht sitzenden Anzugs zu schließen. Während ihres Gesprächs versuchte er vergeblich, seinen Bauch einzuziehen. Trotzdem machte er auf Arabella bei diesem Gespräch einen verbindlichen Eindruck. Obwohl er sie und ihre Vorgängerin geradezu großzügig mit Lob überhäufte, bezweifelte Arabella, dass ihre Einschätzung richtig war und auf Dauer hielt. Denn nur kurz zuvor hatte sie beobachtet, wie der Dezernatsleiter auf dem Flur vehement auf eine schwangere Frau einredete, wobei sich sein hamsterbäckiges Gesicht immer mehr rötete und sich seine Nasenlöcher vor Selbstgerechtigkeit weiteten.

Als er Arabella in sein Büro bat, sah sie noch, wie die junge Kollegin schluchzend das Präsidium verließ. Wenn sie die Situation richtig einschätzte, gehörte Feinfühligkeit nicht zu den primären Eigenschaften ihres zukünftigen Chefs.

Aber wenigstens kam sie bei Hommelsberger, schon wegen seines mangelnden attraktiven Äußeren nicht in Versuchung, mit ihm eine Affäre anzufangen. Selbst wenn sie jetzt nicht verheiratet wäre, würde sie niemals wieder in die gleiche Falle tappen.

Wie verhängnisvoll eine Liebschaft am Arbeitsplatz sein konnte, hatte sie erfahren: Zwei Jahre lang eine Reihe von lausigen Versprechen, von vorgetäuschter Liebe. Ulrich, ihr ehemaliger Chef, versprach ihr, er würde sich scheiden lassen und es offiziell machen, solange solle sie Stillschweigen über ihre Beziehung wahren. Seine Ehe würde nur noch auf dem Papier bestehen.

Er vertröstete sie immer und immer wieder. Als sie ihn zufällig beim Shoppen mit seiner schwangeren Ehefrau traf, verspürte sie einen tiefen Schmerz in ihrem Herzen. Nicht dass Ulrich sie hintergangen hatte, empfand sie als demütigend, sondern dass seine Frau nun das Kind bekam, das sie sich eigentlich von ihm gewünscht hatte.

Vor ihrem Auge lief ihre Beziehung wie ein Film ab: Einsame Wochenenden, an denen sie auf ihn gewartet hatte.

Die Feiertage, die er mit seiner Familie verbrachte. Sommerfeste, Theaterbesuche, zu denen sie allein ging.
Endlich fand sie die Kraft, sich von ihrem Liebhaber zu lösen. Natürlich schwor er Stein und Bein, das mit seiner Frau wäre nur ein Ausrutscher gewesen und eigentlich hätte Arabella Schuld an allem, weil sie ihn mit ihrer kühlen Art an einer Entscheidung gehindert hätte. Sie solle nur noch etwas warten. Sobald das Kind da wäre, würde er seine Ehe auflösen. Aber Arabellas Entschluss stand fest. Sie musste die Liaison beenden. Im Nachhinein war es ihr völlig unbegreiflich, wie sie sich in eine solche Situation hatte bringen lassen.
Auch hätte sie es sich niemals vorstellen können, wie hinterhältig und nachtragend ihr Liebhaber nach der Trennung werden würde. Ab da ließ er keine Gelegenheit aus, sie kaltzustellen. Es verschwanden Akten sowie Dateien auf ihrem Computer. Vorgänge wurden verschleiert. Die Fehler schob er ihr in die Schuhe. Ihre Kollegen zuckten nur mit den Schultern, keiner ergriff Partei für sie. Sie wollten nicht hineingezogen werden. Ein paar der weiblichen Mitarbeiterinnen empfanden Schadenfreude. Andere schienen nur mit sich beschäftigt zu sein oder hatten Angst, in der Beurteilung des Chefs nicht gut dazustehen. Arabella wurde zu Dienstgesprächen verspätet oder gar nicht gerufen. Sie war überzeugt, hätte ihr Ex-Lover die Möglichkeit gehabt, er hätte sie zur Streifenpolizistin degradiert.
Dass die Kollegen sich so verhielten, konnte Arabella ihnen nicht verübeln. Sie kannte das Gerede über sie. Sie galt als kalt, egoistisch und berechnend. Es stimmte, sie hatte überraschend schnell Karriere gemacht. Aber nicht wegen ihres Verhältnisses mit dem Vorgesetzten,

sondern weil ihre Qualifikation und ihre Aufklärungsquote weit über dem Üblichen lag.

Zwar ließ sie sich während ihrer Arbeitszeit nichts anmerken, aber mittlerweile empfand Arabella nur noch Wut. Wut über sich, weil sie so naiv gewesen war und sich hatte täuschen lassen. Und Wut über ihn, den Ehemaligen.

Seitdem konnte Arabella die Beweggründe für einen Mord aus enttäuschter Liebe besser verstehen. Der Grat auf dem Pfad zwischen Gut und Böse war schmal; wie leicht konnte man auf ihm abrutschen.

Als sie merkte, wie sich ihr Groll immer mehr staute und immer mehr in Hass umschlug, das Geschehen anfing, ihren Job als Ermittlerin zu beeinträchtigen und sie befürchtete, dass sie darüber krank werden würde, hörte sie schlagartig damit auf. Gerade rechtzeitig. Sie hakte die letzten zwei Jahre als Erfahrung ab. So wie ihre erste Ehe und ihre anderen Beziehungen, die gescheitert waren.

Als sie Mathias kennenlernte, bewarb sich Arabella gerade bei der Mainzer Polizeidirektion.

Dass sie ihn ausgerechnet während einer Prunksitzung am Rosenmontag traf, verwunderte sie im Nachhinein. Denn nur widerwillig hatte sie sich von einer Freundin überreden lassen, sie zu begleiten. Wie ihr Mathias später beichtete, wollte er eigentlich nur einen Freund besuchen, aber der lotste ihn ebenfalls ins Karnevalsgetümmel.

Arabella sah das Zusammentreffen als Wink des Schicksals und Chance an, endlich einen Schlussstrich unter die leidige Affäre zu ziehen und den Neuanfang zu wagen.

Auch wenn der Neuanfang sich so arbeitsreich gestaltete wie bisher.
Mathias saß in seinem Zimmer über Klassenarbeiten und sah erstaunt auf, als Arabella ihm erklärte, dass sie sofort zu einem Tatort müsse.
„Oh schade. Ich dachte wir könnten noch…"
„Ich ahne, an was du denkst." Arabella lachte. „Tut mir leid, das muss warten, ich bin spät dran. Wünsch mir Glück für meinen ersten Einsatz", bat sie. „Ach ja, ich weiß nicht, wie lange es dauern wird. Kannst du morgen früh um acht den Elektriker reinlassen? Auf dem Terminplan steht, dass du erst um 10 Uhr Unterricht hast."
„Ja, mach ich. Soll ich dir noch einen Espresso durchlaufen lassen?", schlug Mathias vor und gab ihr einen langen, intensiven Kuss.

Arabella programmierte das Navi ihres Yaris mit der von Hommelsberger angegebenen Adresse. Solange sie sich in Stuttgart noch nicht so gut auskannte, war es sicherer, mit dem Navigationssystem zu fahren.
Schon am Feuerbacher Bahnhof sah sie die Fortschritte beim Bau des Großprojekts Stuttgart 21. Sämtliche Büsche und Bäume neben den Schienen waren einer Art Tabula-Rasa-Aktion zum Opfer gefallen; die Hänge zwischen Eisenbahnanlage und Straße boten einen trostlosen Anblick.
Obwohl es Nacht war, herrschte in der Heilbronner Straße, kurz vor dem Hauptbahnhof, emsiger Betrieb. Auf ihrer Fahrt hörte Arabella selbst durch die geschlossenen Autofenster gewaltige Bohrer, die sich ins Erdreich fraßen und mit ihrem Hämmern die provisorischen Deckenplatten über dem Untergrund erschütterten.

Blaue Rohre vom Grundwassermanagement überzogen die Straßen und verunstalteten die Stadt. Schon während einer anderen Ermittlung, die sie bis nach Leipzig und an die Baustelle des City-Tunnels geführt hatte, fand Arabella die dort verlegten Rohre extrem hässlich. Ihr ästhetisches Empfinden hatte sich seither nicht verändert.

An einem klassizistischen Bauwerk auf der anderen Straßenseite, schräg gegenüber einem Nobelhotel, klebte über einer Abrissstelle eine flatternde Plastikplane. Die ersten Stützpfeiler zur Untertunnelung des Gebäudes standen bereit und verschandelten zusammen mit den blauen Rohren den Anblick des Platzes. Direkt hinter dem Bahnhofsgebäude, an dem mit riesigen Plakaten für den neuen Superbahnhof geworben wurde, lag ein ödes Brachland, das vorher ein Park mit uralten Bäumen gewesen war und jetzt aussah wie ein matschiger Kriegsschauplatz.

Als Arabella nach dem Sinn des Projekts gefragt hatte, knurrte Mathias: „Alles geschieht nur, weil nach dem Willen von übereifrigen Bahnfunktionären und Politikern ein gut funktionierender Kopfbahnhof in einen unterirdischen Durchgangsbahnhof von zweifelhafter Effizienz umgebaut werden soll. Dass zukünftig acht Bahnsteige die gleiche Kapazität bei der Zugabfertigung wie die bisherigen siebzehn haben sollen, kann ich einfach nicht glauben. Dazu kommt, dass Reisende zukünftig innerhalb von eineinhalb Minuten werden umsteigen müssen. Dazu müssten sie allerdings erst lernen, sich wie bei einem Salto Mortale blitzschnell von Gleis zu Gleis zu schwingen."

Arabella prustete los. „Ich stelle mir das gerade vor:

Bahnreisende in Flitterkostümen. Zirkusakrobatik unter der Kuppel."
Auch Mathias lachte, nur klang sein Lachen zynisch.
„Vor allen Dingen, wenn man bedenkt, dass die Politiker, die den Bahnhof unbedingt wollten, sowieso nie die Bahn nutzen, sondern mit Chauffeur oder Flugzeug unterwegs sind."
Arabella nickte, während Mathias räsonierte: „Ich weiß gar nicht, warum ich mich noch aufrege, jetzt ist sowieso alles den Bach runter und mit jedem neuen Bauloch werden Tatsachen geschaffen, die unumkehrbar sind. Stuttgarts Gesicht wird radikal verändert, und zwar ohne Rücksicht auf Umwelt oder Bürger. Und darüber hinaus werden Milliarden verschleudert."
„Aber es gab doch darüber eine Volksabstimmung?", fragte Arabella, die sich bisher nur am Rande mit dem Problem beschäftigt hatte.
Mathias rieb sich seinen Bart. „Klar gab es die. Aber auch Bürger aus dem Umland, die überhaupt nicht unmittelbar betroffen sind, durften abstimmen."
„Das verstehe ich nicht."
„Ich auch nicht", sagte Mathias. „Mittlerweile würden sich viele anders entscheiden. Die Kosten sind um das Doppelte gestiegen, was die Bahn lange verschleierte. Und sie steigen weiter. Uns Schwaben sagt man Sparsamkeit nach. Ein gutes Argument, sich so eine Sache gründlicher zu überlegen. Das Geld würde woanders dringender gebraucht werden, zum Beispiel im Bildungssystem."
„Oder bei den Sozialleistungen", ergänzte Arabella.
„Ja, da auch," bestätigte Mathias. „Wenn die Kassen leer sind, wird zuallererst bei den Ärmsten und bei den Spar-

schweinen der Nation der Rotstift angesetzt. Das heißt bei den Beamten, auch bei uns Lehrern. Es gibt keine Beförderungen und Altersreduzierung mehr, damit keine jungen Lehrer eingestellt werden müssen. So etwas nennt man Kostenreduzierung. Viele meiner Kollegen hatten schon einen Hörsturz, einen Burn-Out oder sind dem Alkohol verfallen. Einige sind richtig fertig. Kein Wunder, dass das durchschnittliche Sterbealter von Lehrern bei 56 liegt."
Während Mathias sprach, zogen sich seine Stirnfalten noch mehr zusammen. So verärgert erlebte Arabella ihn nur, wenn die Rede auf seine Scheidung kam.

Während Arabella noch über Mathias und das Gespräch nachdachte und ob sie in Zukunft die Bahn boykottieren sollte, verfuhr sie sich mit ihrem Yaris. Das GPS hatte die neue Verkehrsführung nicht erkannt und sie war, statt nach links abzubiegen, weiter geradeaus gefahren und halb rechts abgebogen. Auf der Höhe eines Krankenhauseingangs drosselte sie die Geschwindigkeit, um sich auf dem Navi die Straßennamen und die Adresse genauer anzusehen.
Als sie den Mailänder Platz erreichte, sperrten Schutzpolizisten das Hochhaus, in dem sich der Tatort befinden sollte, weiträumig ab. Polizeiautos mit blinkendem Blaulicht bildeten einen Halbkreis zwischen der Straße und dem Gebäude. Es wuselte von Personen, deren Funktionen im ersten Augenblick nicht erkennbar waren. Zwei Zivilfahrzeuge blockierten die Zufahrt. Mehrere Feuerwehrmänner mit Atemmasken verließen gerade das Gebäude. An einem Feuerwehrauto rollten Männer Schläuche zusammen und verstauten schweres

Equipment im Inneren. Noch immer quollen weiße Dampfschwaden aus den Fenstern im obersten Stockwerk. Kommandos schallten durch die Nacht. Ein Rettungswagen mit geöffneten Hecktüren stand bereit. Auch ein Auto mit dem Logo der örtlichen Sensationspresse keilte zwischen den übrigen Fahrzeugen.

»Die hören den Polizeifunk ab«, war sich Arabella sicher. »Für eine gute Story und erste Fotos haben manche Journalisten keine Hemmungen, sich wie die Aasgeier auf das Geschehen zu stürzen.«

Gerade wollte sie unter dem rot-weißen Plastikband durchschlüpfen, als sie ein blutjunger Schutzpolizist aufhielt.

„Moment mal, wohin des Wegs, schöne Frau?", fragte er.

„Herzog, Kripo Stuttgart", erklärte Arabella.

„Das kann ja jeder behaupten", widersprach ihr der Polizist und leuchtete ihr Gesicht mit seiner Taschenlampe aus.

„Verflixt", entfuhr es Arabellas Lippen.

Zwar hatte sie bei ihrem Einstellungsgespräch schon ihren vorläufigen Dienstausweis erhalten, ihn aber in der Hektik zu Hause vergessen. Die Dienstwaffe und die Marke sollten ihr erst vor dem ersten Einsatz im Präsidium ausgehändigt werden.

»So was Dummes, ohne Waffe und Ausweis. Was für ein toller Einstand. Erst verfahre ich mich und dann lasse ich noch meine Legitimation liegen«, dachte sie. In Koblenz kannte sie jeder Schutzpolizist und sie hatte selten ihre Marke zeigen müssen.

»Alles zu spät, der erste Eindruck zählt«, war ihr zweiter Gedanke.

„Fragen Sie beim Einsatzteam nach. Herr Hommelsberger weiß Bescheid", sagte sie, ihr freundlichstes Lächeln aufsetzend. Sie strich sich ihre kupferfarbenen Haare hinter die Ohren, damit der Beamte ihr Gesicht besser sehen konnte.

„Er wird Ihnen bestätigen, dass ich hier zu tun habe."

Der junge Polizist flüsterte in ein kleines mobiles Funkgerät. Das Flüstern wurde durch ein Nicken begleitet.

„In Ordnung", erklärte er dann. „Wir können jetzt rein. Ich soll Sie begleiten."

acht

Im Foyer des Gebäudes erwartete sie Hommelsberger, der immer wieder nervös auf seine teure Armbanduhr schaute. Neben ihm standen ein gutaussehender Mann und eine zierliche Frau. Beide waren nicht älter als Anfang 30. Hommelsberger winkte Arabella lediglich zu. Sie war froh darüber, dass er ihr zur Begrüßung nicht die Hand gab, denn sein schlaffer, feuchter Händedruck fühlte sich ohnehin wie ein toter Fisch an. Sie musste sich überwinden, ihn anzufassen, weil es sie jedes Mal schüttelte.
„Machen wir's kurz", erklärte ihr Chef. Seine kleinen Augen wanderten blitzschnell über Arabellas Rock und ihre schlanken Beine, die in dunklen Strumpfhosen steckten. Sein Blick blieb an ihren roten Gummistiefeln haften, bevor er wieder aufsah. „Das ist Arabella Herzog, und das sind Jenny Schätzle und Viktor von Zuhm, die mit Ihnen ermitteln werden. Die Kommissare sind bereits seit zwei Wochen im Dienst und darüber informiert, dass Sie ab jetzt als Kommissionsleiterin den Fall bearbeiten. Der Kriminaldauerdienst und die Spurensicherung sind schon oben."
Arabella war der Ausdruck in Hommelsbergers Gesicht nicht verborgen geblieben. Sie gab sich betont professionell und grüßte die beiden Mitarbeiter mit einem „Hallo".

Viktor von Zuhms Gesichtsausdruck blieb ernst, aber höflich, während Arabella überlegte, woher sie den Namen ihres zukünftigen Mitarbeiters kannte. Sie kramte in ihrem Gedächtnis, aber im Augenblick kam sie nicht darauf.

Jennys Augen lächelten sie an.

„Freut mich, dann wollen wir mal", sagte Arabella und streifte einen weißen Overall samt Plastikgaloschen über ihre Straßenkleidung und Stiefel. Sie musterte währenddessen verstohlen ihre zwei Kollegen, die sich ebenfalls umzogen. Schon bei der Begrüßung hatte sie den blauen Siegelring an von Zuhms kleinem Finger der rechten Hand registriert. Außerdem fielen ihr seine klassischen braunen Schnürschuhe auf. Er trug eine Cordhose, ein hellblaues Hemd und eine Seidenkrawatte samt elegantem Pullover aus Kaschmir unter einer geöffneten, braunen Lederjacke.

Arabella fand, er hätte in einem Film den englischen Landadeligen spielen können, der gleich in seinen Land Rover steigen würde, um seine Latifundien zu begutachten.

Jenny Schätzles Outfit mit Sneakers und cremefarbenem Kapuzenparka über der Jeans entsprach schon eher der üblichen Berufskleidung ziviler Polizisten. Als einzigen Schmuck trug die junge Polizistin ein funkelndes kleines Piercing im linken Nasenflügel ihrer Stupsnase. Das lange schokobraune Haar hatte sie zum Pferdeschwanz gebunden.

Von Zuhm schulterte eine lederne Umhängetasche und verteilte Latexhandschuhe, bevor sie den Aufzug betraten. Als Letzter stieg der Schutzpolizist hinein und drehte Arabella den Rücken zu. Der Aufzug surrte blitzschnell nach oben. Ohne Hommelsberger. Der wollte sich um die Presse kümmern und eilte mit dem Hinweis „So, jetzele, dann werde ich mal den Staatsanwalt informieren. Das ist Ihr Fall“ nach draußen.

Im Flur des obersten Stockwerks hing der beißende Geruch von geschmolzenem Plastik und Löschschaum in der Luft.
„Also, was haben wir?“, fragte Arabella, als sie den Tatort betrat.
Der Teppichboden war durchtränkt von Wasser. Er quietschte bei jedem Schritt.
„48-jähriger, toter Mann, Fremdeinwirkung. Wir gehen von Brandstiftung aus. Laut Ausweis in seinem Jackett ist es ein Oliver Niebling, Firmenchef. Das ist sein Büro ... oder war es einmal. Sieht hier nicht ganz so schlimm aus“, erklärte ein Ermittler des Kriminaldauerdienstes. „Die Sprinkleranlage setzte rechtzeitig ein, bevor sich das Feuer ausbreiten und alles vernichten konnte. Wir konnten inzwischen die Elektrik wieder herstellen, nachdem es zu einem Kurzschluss und Blackout gekommen war. Übernehmen Sie ab jetzt?“
„Ja, vielen Dank“, sagte Arabella. Sie zog ihre Halbmaske über Nase und Mund und sah sich um. Ein Beamter der Spurensicherung fotografierte die Brandspuren an der hölzernen Wandverkleidung, der andere durchsuchte das Zimmer. Gerade verstaute er ein Sakko und eine Krawatte in einen großen Plastikbeutel. Dann hob er zwei Gläser auf, die neben einer Champagnerflasche auf einem Beistelltisch standen und hielt sie gegen die Zimmerleuchte, bevor er auch sie eintütete.
Arabella machte eine grüßende Handbewegung. Ein ge-

nuschelter Gruß der weißgekleideten Gesichtsmaskenträger erreichte sie. Sie verstand den Halbsatz: „... suchen erst hier ... fertig."
„Na, dann wollen wir mal. Wo ist der Tote?", fragte Arabella.
„Nebenan im Bad", sagte von Zuhm und stieß eine Tür auf, die an der Innenseite wie Holzkohle aussah. Die Keramikfliesen über der Whirlpool-Wanne wie auch die Wanne selbst zeigten Sprünge. Einige der Fliesen waren heruntergefallen und lagen zerbrochen auf dem mit glitschigem Ruß bedeckten Marmorboden. Der riesengroße Spiegel über dem Waschbecken glich einem schwarzen Spinnennetz. Die Decke des Bades war mit Rußpartikeln übersät. Das Feuer hatte ganze Arbeit geleistet.
Am stärksten aber hatte es in der Badewanne gewütet. Und an dem, was einmal ein Mensch gewesen war. Ein schwarz-verschrumpeltes Etwas, aus dessen Brust ein Metallstab ragte. Über das sich gerade ein Mann beugte, der mit einer Pinzette auf dem Brustkorb den gezackten Hautlappen hochhob, der das Metallteil umschloss.
Trotz ihrer Halbmaske stieg Arabella das Gemisch aus verbranntem Fleisch und einer ihr unbekannten Chemikalie in die Nase.
„Das ist Doktor Rasch, unser Rechtsmediziner", erklärte ihr Viktor von Zuhm und fügte hinzu: „Darf ich vorstellen, Frau Herzog. Sie fängt heute an."
Arabella schob ihren Mundschutz herunter und sagte: „Hallo. Sieht ja ziemlich übel aus!"
„Grüß Gott", sagte der Arzt und richtete sich auf. „Ja, ziemlich, das würde ich auch sagen. Aber wie schön, ein neues Gesicht. Wie geht's?"

Die Frage schien eher rhetorisch zu sein, denn er wartete die Antwort nicht ab, sondern sprach weiter: „Also dann. Ich möchte bald heim. In Tübingen warten meine Frau und mein warmes Bett."

Der Mediziner zeigte auf den Inhalt der Wanne. „Ihm wurde bestimmt auch warm, zu warm, möchte ich meinen. Ein wichtiger Mann, dieser Oliver Niebling. Der Name sagt mir aber im Augenblick nichts. Man hat mich hierher vor Ort gerufen. Von ganz oben. Ansonsten bin ja ich erst bei der Obduktion tätig. Wäre auch noch früh genug gewesen. Der hier läuft uns bestimmt nicht mehr weg."

Arabella überhörte die flapsige Bemerkung von Doktor Rasch. Den schwarzen Humor von manchen Ärzten kannte sie bereits aus früheren Einsätzen. Sie vermutete, dass der Rechtsmediziner mit der Zeit einen Selbstschutz entwickelt hatte, um den Anblick der täglichen Todesszenarien ertragen zu können.

„Und? Was können Sie uns sagen?"

„Tja, wie es aussieht, hat er sich nicht selbst in Brand gesetzt bevor er starb. Insbesondere, wenn man den Edelstahlstab in Betracht zieht, der den Herzbeutel durchstoßen hat. "

„War das die Todesursache?"

„Ist anzunehmen. Wenn ich die Schwere der Verletzung betrachte, war er innerhalb von wenigen Minuten tot, was für ihn bestimmt besser war, als lebendig verbrannt zu werden."

Doktor Rasch beugte sich erneut über den Leichnam und hob nochmals einen der Hautlappen neben dem Metallstück hoch. „Der Oberkörper des Toten ist nackt. Außerdem zeigen die Wundränder am Herzen und dem Gewebe deutliche Brandspuren, also ist ihm die tödliche Verletzung vor dem Badewannenscheiterhaufen zugefügt worden. Wussten Sie, dass in Deutschland 1701 der letzte Scheiterhaufen für eine Hexenverbrennung errichtet wurde? Einige Indianerstämme folterten ihre Gefangenen am Marterpfahl, bevor sie sie bei lebendigem Leib verbrannten. In Indien ist es eine weitverbreitete Praxis, Schwiegertöchter und Ehefrauen oder Vergewaltigungsopfer, die ihren Peiniger anzeigen, anzuzünden. Soweit der kulturhistorische Ausflug."

„Aha, ist ja ganz interessant", meinte Arabella. „Aber kommen wir zu unserem Toten zurück."

Der Rechtsmediziner richtete sich wieder auf und verstaute die Pinzette in einem Schraubglas mit Desinfektionsmittel. Dann schälte er sich aus seinen Latexhandschuhen, indem er sie auf die linke Seite stülpte, und verstaute sie mit dem Glas in seinem Koffer, während er weiter dozierte.

„Am Anfang verursacht die Verbrennung einen grässlichen Schmerz, der aber mit fortschreitendem Grad nachlässt, sobald die Nervenbahnen verbrannt sind. Selbst wenn unser Opfer noch einige Minuten gelebt hat, so ist es durch das austretende Kohlendioxid und andere Gase schnell bewusstlos gewesen. Wahrscheinlich hat es von dem Feuertod nichts mitbekommen. Aber die endgültige Todesursache kann ich erst bei der Obduktion feststellen. Falls sich Rußpartikel in Lunge und Magen finden, war der Mann zu Beginn der Verbrennung noch am Leben."

„Können Sie mir den Zeitpunkt des Todes sagen?"

„Die Leitstelle der Feuerwehr wurde gegen 21 Uhr benachrichtigt", las von Zuhm von seinem Tablet ab. „Wir

können davon ausgehen, dass er eine halbe Stunde vorher getötet wurde."
Arabella nickte.
„Der Geschädigte sieht ziemlich klein aus, oder täusche ich mich da?", erkundigte sie sich.
„Ja, das täuscht. Durch das Feuer ziehen sich Muskeln und Sehnen zusammen und lassen den Körper schrumpfen. Er war zu Lebzeiten bestimmt über einen Meter achtzig groß und sehr muskulös", erklärte der Arzt. „Ebenso charakteristisch für den Tod durch Feuer ist die fixierte angewinkelte Haltung der Gliedmaßen."
Arabella beugte sich vor, um die Leiche genauer zu betrachten. „Was ist das?" Sie zeigte auf die Füße und Beine des Toten.
„Er trug noch die Schuhe, auch seine Hose. Beim genauen Hinsehen fällt Ihnen sicher auf, dass das Leder und der Stoff, vermutlich ein Baumwoll-Viskose-Gemisch – brennt übrigens besonders gut – mit dem Körpergewebe verschmolzen sind. Der Hosenreißverschluss und die Schuhösen sind erhalten geblieben", erklärte Doktor Rasch. „Das Verschmelzen geschieht nur bei sehr hohen Temperaturen, was mich vermuten lässt, dass hier ein Brandbeschleuniger, vielleicht Spiritus oder etwas anderes Hochprozentiges, zur Anwendung kam. Verdammt, so einen Anblick wie bei unserem Toten gibt's nicht jeden Tag, umso grässlicher ist er. Also, ich bin hier fertig und dann mal weg. Sie bekommen meinen vorläufigen Bericht."
„Hm, ja danke." Arabella nickte dem Rechtsmediziner zu, der den Raum verließ.
Etwas erregte ihre Aufmerksamkeit, als sie sich wieder dem Leichnam zuwandte. Sie rieb an dem schwarz an-

gelaufenen Edelstahl. „Was haben wir denn da?“, fragte sie. „Jemand hat mit einem scharfen Gegenstand eine 3 eingefräst.“
„Ja, merkwürdig“, bestätigte von Zuhm, „aber irgendwie kommt mir das Rohr bekannt vor. Ich …“
„Die 3 ebenso“, fiel Jenny ihm ins Wort. „Verfluchte Scheiße, ich könnte schwören …“
Viktor schüttelte den Kopf. „Nein, hier …“ Er deutete auf die umlaufenden Rillen am Ende der Stange. „Da könnte man die Scheibe einer Hantel eindrehen. Meine Hantel sieht genau so aus, aber ohne die 3.“ Er warf Jenny einen Blick zu.
„Okay“, sagte Arabella. „Die Kriminaltechnik wird überprüfen, ob das tatsächlich der Griff einer Hantel ist. Der Mörder muss auf jeden Fall kräftig gewesen sein, um so etwas in den Körper rammen zu können. Zur Tatzeit hat das Opfer bestimmt nicht gebadet. Es ist unwahrscheinlich, das jemand mit Hose und Schuhen in die Wanne geht. Also muss der Täter ihn hinein verfrachtet haben, nachdem er ihm den Stab in den nackten Oberkörper getrieben hat. Alles ziemlich kraftaufwendig.“
„Dann können wir davon ausgehen, dass der Täter ein Mann ist?“, fragte Viktor.
Arabella zögerte. „Könnte sein. Aber Frauen morden meistens anders. Mit Gift oder Messer, dabei sind sie sehr kreativ. Allerdings gibt es ja auch Frauen, die stark genug sind, um so etwas zu tun. Wir sollten uns jetzt noch nicht festlegen. Im Augenblick beschäftigt mich mehr die Frage, warum Niebling halbnackt ist. Warum hat er sich ausgezogen? Sakko und Schlips lagen ja draußen. Haben wir sein Hemd gefunden?“
„Vollständig verbrannt. Ich glaube, wir werden hier kei-

ne Kleiderfasern mehr finden", erklärte von Zuhm und tippte auf sein Tablet. „Die Spurensicherung konnte welche auf dem Sofa im vorderen Raum, auf dem Fußboden sowie schwarze kurze Haare an der Rückenlehne des Sofas sicherstellen. Nieblings Haare waren blond. Ich habe das schon recherchiert. Falls er sich die Haare nicht gefärbt hat ... Auf den Pressefotos ist er jedenfalls blond. Wie es aussieht, sind die schwarzen Haare von einem Gast. Auf dem Tisch steht Champagner. Die Flasche ist leer."
„Wieviel Gläser? Ich habe zwei gesehen."
„Ja, stimmt, zwei", entgegnete Viktor. „Die Spurensicherung hat sie eingepackt. Es ist fraglich, ob wir noch DNA darauf finden. Wasser und Löschschaum ist tödlich für genetisches Material. Verzeihung, ... tödlich ... falsche Wortwahl."
Arabella zuckte mit den Schultern. „Vielleicht haben wir ja Glück und es ist nicht alles hinüber."
Sie schaute nach oben. „Unser Täter hat hier drin den Feuermelder zerstört. Er war in Eile und hat deshalb die anderen im Büroraum und Flur intakt gelassen."
„Oder er wollte nicht, dass andere Menschen in Gefahr geraten", fügte Jenny hinzu.
„Na ja, ich glaube nicht, dass unser Mörder sich über irgendjemand außer über sich selbst Gedanken gemacht hat. Wie sieht es denn eigentlich mit Kameras aus? So ein Gebäude verfügt doch sicher über ein Überwachungssystem?", fragte Arabella, während sie sich weiter im Bad umschaute.
„Nicht nur das, auch über zwei Leute von der Security, aber die waren zu dem Zeitpunkt in einem anderen Stockwerk unterwegs."

„Frau Schätzle, lassen Sie sich auf alle Fälle die Videokassetten geben. Falls die Aufnahmen auf einer Festplatte sind, drucken Sie die einzelnen Frames der fraglichen Zeit vor und nach der Tatzeit aus. Und nehmen Sie die Aussagen der zwei Wachmänner auf", befahl Arabella. „Gibt es weitere Zeugen?"
„Nein, die anderen Büros waren unbesetzt. Nur zwei Putzfrauen werkelten im Foyer, na ja, was sie so putzen nennen." Jenny las die Angaben von ihrem Moleskine-Notizbuch ab.
„Nehmen Sie auch deren Aussagen auf, Frau Schätzle, vielleicht haben die ja was gesehen. Falls der Kriminaldauerdienst sie schon befragt hat, lassen Sie sich die Aufschrift geben."
Jenny Schätzle verließ eilig das Badezimmer. Im Gehen rutschte ihr die Kapuze des Overalls vom Kopf. Ihr Pferdeschwanz wippte bei jedem ihrer Schritte energisch.
„Herr von Zuhm, finden Sie alles über diesen Niebling heraus. Familie, Freunde, Feinde. Die Spurensicherung soll seinen Computer mitnehmen, auch sein Handy. Hoffentlich finden wir darauf etwas Verwertbares und es sind nicht alle Spuren vernichtet."
Noch während Arabella die letzten Worte ausgesprochen hatte, tippte von Zuhm wieder in sein Tablet.

Gegen ein Uhr erreichte Arabella das Präsidium. Damit es an der Pforte keine erneuten Schwierigkeiten mit ihrer Legitimation gab, war sie vorher schnell nach Hause gefahren und hatte ihren Ausweis geholt.
Sie sah ins Schlafzimmer. Mathias schlief tief und fest. In der Küche stapelten sich verschmutzte Töpfe, Pfannen und Küchengeräte. Wie es aussah, hatte er für den

nächsten Tag gekocht und war zu müde gewesen aufzuräumen oder die Spülmaschine zu befüllen. Es roch nach Essen, obwohl die Dunstabzugshaube noch immer brummte. Eine Spur ausgezogener Socken, Unterwäsche, Jeans und Pullover führte vom Bad bis zum Schlafzimmer. Arabella ließ alles liegen und verließ eilig die Wohnung.

Der bewaffnete Polizist an der Pforte gab Arabella einen Wegweiser. Ihr Dezernatszimmer lag im ersten Stock. Auf dem Weg dorthin machte sie an einem Kaffeeautomaten Halt. Sie nippte an dem Plastikbecher, warf ihn dann aber samt Inhalt in einen Abfallkorb. Der Kaffee schmeckte wie Spülwasser. Um den Nachgeschmack aus ihrem Mund zu bekommen, warf sie nochmals Geld ein und zog eine Flasche Wasser, die sie hastig austrank.
Sie nahm sich vor, dass ihre erste Amtshandlung morgen Früh der Kauf eines eigenen Espressoautomaten sein würde.
„Einen schönen guten Morgen“, begrüßte Arabella ihre Mitarbeiter.
Viktor lächelte verhalten, während er sein Tablet einhakte und mit der Tastatur und dem Polizeicomputer verband. Im Zimmer stand bereits eine Flipchart-Tafel. An ihr hafteten Fotos des Tatorts und des Opfers. Jenny schrieb gerade mit einem dicken Filzstift den chronologischen Ablauf des Geschehens auf.
„Wie sieht die Sitzordnung aus?“, fragte Arabella. „Welcher Schreibtisch ist für mich vorgesehen?“
„Der mit dem Aktenstapel. Das sind die letzten zwei noch offenen Fälle“, erklärte Viktor. „Am besten schauen Sie rein. Könnte für unseren Aktuellen relevant sein.“

„Wären Sie so gut, mir zuerst aus den Stiefeln zu helfen, damit ich meine Schuhe wechseln kann? Verflixt, meine Füße fühlen sich in den Dingern an wie in einer Sauna", fluchte sie und stemmte ihre Beine mit den Gummistiefeln auf den Schreibtisch. Ohne sich um den erstaunten Gesichtsausdruck von Viktor zu kümmern, erklärte sie mit einem Schulterzucken: „Neue Kleiderordnung", und holte die High-Heels aus ihrer Handtasche.

neun

Am nächsten Morgen kam Arno fertig angezogen und fröhlich pfeifend die Treppe herunter. Er setzte sich an den Frühstückstisch und legte sein Smartphone neben seinen Teller. Während er aß, tippte er immer wieder verschiedene Apps an und las seine SMS.

Judith nahm ihm gegenüber Platz, beobachtete ihn und dachte darüber nach, wie sie sich beide im Laufe der Zeit verändert hatten.

Nachdem Arno seinen Tee getrunken, einen Schinkentoast und ein Marmeladebrötchen gegessen hatte, fragte er Judith: „Was hast du gestern so getrieben?"

„Nichts Besonderes. Gitta kam überraschend vorbei. Wir saßen nur so rum und haben uns unterhalten. Wie war deine Fahrt mit dem neuen Auto?"

Arno verzog sein Gesicht zu einem spitzbübischen Grinsen. „Es war großartig. Er schnurrt wie eine Katze. Carlos hat ihn gefahren."

„Wie geht es Carlos?", erkundigte sich Judith rasch, damit Arno ihr nicht einen langen Vortrag über die technischen Daten seines neuen Wagens halten konnte.

„Gut, nehme ich an. Ich arbeite gerne mit ihm."

„Warum lädst du ihn nicht einmal ein? Ich habe ihn schon lange nicht mehr gesehen."

„Ich habe ihn schon eingeladen, zum Essen. Aber er dachte, du hättest keine Zeit."

Judith strich sich eine Haarsträhne hinter ihr rechtes Ohr. „Für nette Menschen habe ich immer Zeit. Soll ich ihn anrufen, oder tust du es?"
„Nein, ich werde mit ihm reden. Hast du Zeit, meinen Anzug von der Reinigung zu holen?", fragte Arno. „Den Schwarzen, den ich immer zu den Gerichtsverhandlungen trage."
„Oh, steht morgen eine Verhandlung an?"
„Ja, die Sache mit Marco Wolf."
„Marco Wolf? Ist das der Frauenschläger oder der Chef, der seinem Azubi absichtlich ein Bein gestellt hat, damit der in eine laufende Sägemaschine fällt und sich fast die Hand abtrennt?"
„Du meine Güte, Judith, was redest du da? Die Frau ist gestolpert und die Treppe heruntergefallen. Was das Handabtrennen betrifft, war das ein selbst verschuldeter Arbeitsunfall."
Seinen Arm tätschelnd, fragte Judith: „Entschuldige Arno, ich bringe deine Mandanten immer durcheinander. Hilf mir doch auf die Sprünge."
„Erinnerst du dich an den Hausfriedensbruch von vor zwei Jahren? Der arme Kerl hatte etwas getrunken und wollte seine alte Flamme besuchen. Leider war sie umgezogen und ihre Mitbewohnerinnen wollten ihn nicht reinlassen."
„Ach ja, jetzt entsinne ich mich. Er hat sich dann gewaltsam Zutritt verschafft und die zwei Mädchen bedroht. Als sie die Polizei riefen, flüchtete er und überfuhr im Vollrausch einen Fußgänger. Meinst du den?"
„Genau, wenn die jungen Frauen sich etwas normaler verhalten und ihm alles in Ruhe erklärt hätten, hätte er sich beruhigt und das Ganze wäre nicht passiert."

Judith starrte ihn an. „Du gibst also nicht ihm die Schuld, sondern den zwei Frauen, die Todesängste ausstehen mussten? Und deshalb verteidigst du ihn?"
„Ach komm, Liebling, du weißt doch, wie so etwas läuft. Du als ehemalige Rechtsanwaltsgehilfin must doch Bescheid wissen. Solange er nicht vom Gericht verurteilt wurde, gilt er vor dem Gesetz als unschuldig."
Sie stand auf und begann den Tisch abzuräumen. Das Geschirr klapperte laut, als sie es auf einem Tablett abstellte.
„Nein Arno, ich weiß nicht, wie es läuft. Ehrlich gesagt gibt es in letzter Zeit Dinge, die ich überhaupt nicht verstehe. Vor allem verstehe ich dich nicht mehr!"
Sie drehte sich um und ging in die Küche. Arno sah ihr fassungslos nach. Dann stürmte er wie von der Tarantel gestochen aus dem Wintergarten, griff sich im Flur seinen Mantel und den Aktenkoffer und verließ das Haus, indem er die Eingangstür wütend hinter sich zuschlug.

Es war Nachmittag, als Arno anrief und sagte, sie solle nicht mit dem Abendessen auf ihn warten, da er eine wichtige geschäftliche Verabredung habe. Er verlor kein Wort über die morgendliche Unterhaltung und ihren Streit. Judith hatte es auch nicht erwartet.
Sie legte die angetauten Steaks und Bohnen, die sie für heute Abend vorgesehen hatte, wieder in den Kühlschrank. Sie würde sie morgen zubereiten. Der Blick in das Gemüsefach sagte ihr, dass sie noch Salat und frisches Gemüse einkaufen musste. Der Bioladen befand sich mitten in Feuerbach im Roser-Areal, benannt nach einer ehemaligen Lederfabrik, die abgerissen wurde. Von ihr stehen geblieben waren zwei Verwaltungsge-

bäude aus Backstein. In einem befand sich eine Musikschule mit der Bürgerhausetage, im anderen eine Brauerei, die zusammen mit einem Baumarkt und einem Verlagsgebäude den Platz umrahmten. Um den Anzug aus der Reinigung abzuholen, musste sie nachher nur die Stuttgarter Straße überqueren.

Suchend schob sie den Einkaufswagen durch die Gänge des Ladens und legte schließlich ein Suppenhuhn, zwei Sorten Vollkornnudeln und ein Baguette aus Dinkelmehl hinein. Anschließend kaufte sie einen Salatkopf, Tomaten, Rucola und frischen Spinat sowie eine Fluganansas. Judith schnupperte an ihr. Sie roch intensiv nach tropischen Nächten.

Gerade als sie auf dem Parkplatz ihre Einkäufe im Kofferraum ihres Smarts verstaute, hörte sie Hilferufe.

Rechtzeitig genug blickte sie auf, um zu sehen, wie ein muskulöser Teenager in Sweatshirt mit tief ins Gesicht gezogener Kapuze eine weißhaarige Seniorin gegen die Glasscheibe eines Friseurladens stieß. Er zerrte an ihrer Handtasche. Die Frau hielt sich mit einer Hand an einem Stock fest, mit der anderen umklammerte sie die Riemen ihrer Tasche. Trotz des Stocks schwankte sie, während der Junge immer aggressiver zog. Judith sah das wütende Gesicht des Angreifers und die Hilflosigkeit des Opfers. Erst jetzt erkannte Judith die Weißhaarige. Es war ihre Nachbarin.

Erbost über den Widerstand ließ der Junge den Riemen los, zog ein Messer aus seiner Tasche und fuchtelte damit herum. Als auch das nichts nutzte, schlug er mit seiner anderen, geballten Faust in das Gesicht der Nachbarin. Diese sank stöhnend zu Boden. Der Räuber entriss

ihr die Tasche und lief über den Platz in Richtung Bahnhof. Rasender Zorn, der aus ihrem Innersten kam, schoss durch Judiths Körper.
Alles geschah blitzschnell. Judith sah wie durch einen Schleier die Kunden des Salons durch die Glasscheibe des Friseurs glotzen; sah Passanten, die den Überfall beobachteten. Aber niemand kam, um dem Opfer zu helfen. Niemand hatte vor, den Jungen aufzuhalten, im Gegenteil. Wie bei einer Standaufnahme, die sich allmählich in Bewegung setzt, machten sie eine Gasse frei, damit er mit seiner Beute und gezogenem Messer weiterlaufen konnte. Der Teenager, nur mit seiner Flucht beschäftigt, schaute weder nach rechts noch nach links, sondern nur geradeaus.
Als er Judiths Höhe erreichte, machte sie eine halbe Drehung und stellte ihm ein Bein. In vollem Lauf und mit einem dumpfen Schlag fiel er zu Boden, wobei er versuchte, sich mit den Ellenbogen abzufangen. Er raffte sich wieder auf, seine Tarnkapuze rutschte vom Gesicht. Er drehte sich um und starrte Judith feindselig an. Mit der Handkante schlug sie gegen seinen Wangenknochen und er ging erneut zu Boden.
In der Ferne hörte sie die alte Dame wimmern, Sirenen, die Geräusche von kräftigen Schritten.
Mühsam richtete sich der Räuber wieder auf. Judith stieß ihn mit ihrem Knie unter sein Kinn. Sein Kopf flog zurück und er schrie vor Schmerzen. Sie ergriff das Büschel Haare, das auf seinem Oberkopf zu einer Undercut-Frisur gestylt war, zog ihn damit hoch und schlug im mit der Faust ins Gesicht. Blut strömte aus seiner Nase und der Abdruck ihrer Knie sowie der Hand zeichneten sich auf seinem Kopf ab. Schluchzend ließ er sich auf

seine Knie fallen. Judith sah in seine Augen, die sie jetzt wie besessen anstarrten, bevor sie sich verdrehten und er bewusstlos niedersank.

Die Handtasche und das Messer lagen noch dort, wo er sie fallen gelassen hatte. Judith trat dem Täter mit ihrem Fuß gerade heftig in die rechte Seite, als zwei soeben eingetroffene Polizisten vom Revier Kärntner Straße sie fortzogen und festhielten.

„Halt, halt, Sie bringen ihn ja noch um."

Als Judith ihre Stimmen hörte, wurde ihr bewusst, dass sie ihre Umgebung vollkommen ausgeblendet hatte. Plötzlich wurde es um sie herum wieder scharf. Sie sah die Szene, so als ob sie alles außerhalb ihres Körpers wahrnehmen würde. Den mit Blaulicht versehenen Krankenwagen. Die Sanitäter, die die verletzte Seniorin auf eine Bahre legten und in das Innere des Wagens verfrachteten. Die zwei Polizisten, die sie noch immer festhielten und den Jungen, der bewusstlos zu ihren Füßen lag. Daneben sie, Judith Steinfeld, gut gekleidet, perfekt geschminkt. Wie aus einem Traum aufgewacht, fragte sie: „Was ist denn passiert?"

Ein Polizist sagte: „Was soll das? Sie hätten den Kerl beinahe umgebracht. Sie müssen mit aufs Revier kommen."

Ungläubig starrte Judith ihn an. Langsam kam sie wieder zu sich. „Sie wollen mich festnehmen? Er hat die alte Frau überfallen, sie mit einem Messer bedroht, sie niedergeschlagen und ihr die Handtasche geraubt."

„Das ist eine andere Straftat. *Sie* hätten ihn fast umgebracht", wiederholte der andere Beamte stoisch. „Das glaube ich ja nicht. Sie können nicht einfach rumlaufen und jemanden beinahe zu Tode prügeln."

„Er hätte die Frau umbringen können." Judith zeigte auf das Messer, das neben dem Jungen lag.
„Es ist mir im Augenblick egal, was er getan hat. Sie können das Recht nicht einfach in die Hand nehmen. Sie kommen jetzt mit aufs Revier."
„Bin ich festgenommen?", fragte Judith.
„Ja", entgegnete der Polizist.
„Und was, bitteschön, werfen Sie mir vor?"
Inzwischen hatte sich um die Drei eine Menschentraube gebildet und verfolgte den Disput neugierig.
Verdutzt suchte der Beamte nach einer Antwort. Judith sah seinem Gesicht an, dass er nachdachte. Er antworte mit sichtlicher Erleichterung: „Notwehrexzess."
Diesmal war es Judith, die es nicht glaubte. „Herr Polizeimeister", sagte sie ruhig. „Er hatte ein Messer. Er war bewaffnet."
Sie streckte beide Hände aus, die Handflächen nach oben. „Notwehrexzess? Ich schwache Frau? Das kann doch nicht Ihr Ernst sein."
Der Polizist starrte sie an. Die Umstehenden wurden unruhig, fingen an zu murmeln. Stimmen wurden laut. Eine 50-jährige Frau mit grauem Kurzhaarschnitt und pinkfarbenem Hello-Kitty-Rucksack keifte: „Was ist denn los mit der Polizei? Können noch nicht einmal ältere Menschen beschützen und wollen dann jemanden verhaften, der sich wehrt? Sie sollten sich was schämen und lieber den da einbuchten." Ihr Finger zeigte auf den Jungen am Boden.
Der Beamte blickte hinunter auf den Zusammengekrümmten.
„Wenn das kein Notwehrexzess ist?", knurrte er. „Wer sind Sie? Vielleicht ein weiblicher Jackie Chan? Ich muss

das aufnehmen. Können Sie sich ausweisen?", fragte er Judith.
Sie reichte ihm ihren Personalausweis, den der zweite Schutzpolizist zu seinem Polizeiauto mitnahm und dort am Computer überprüfte. Ein paar Minuten später gab er ihr den Ausweis mit den Worten zurück: „Wir werden uns bei Ihnen melden." Ihm war anzusehen, dass er sich nicht wohl in seiner Haut fühlte.
„Natürlich." Judith lächelte ihn an.
Der Polizist tippte an seine Mütze, legte dem inzwischen aufgewachten Teenager Handschellen an und führte ihn ab. Die Menge fing an sich zu zerstreuen. Die Hello-Kitty-Trägerin kam noch näher an Judith heran. Man sah ihr an, dass sie den Vorfall mit ihr besprechen wollte. Aber Judith nickte ihr nur freundlich zu und setzte sich in ihren Smart. Vorsichtig fuhr sie aus der Parkbucht. Im Rückspiegel sah sie, wie die Frau auf umstehende Passanten einredete.
Erst als sie fast zu Hause war, fiel ihr ein, dass sie vergessen hatte, den Anzug aus der Reinigung zu holen. Sie drehte um und fuhr zurück.
Der Krankenwagen heulte hinter ihr. Als sie zur Straßenseite lenkte, um ihn durchzulassen, fragte sie sich, ob dass der Notarztwagen mit der Nachbarin sein konnte. An den jungen Räuber, der die alte Dame überfallen hatte, verschwendete Judith keinen Gedanken. Sie hatte ihn bereits aus ihrer Erinnerung getilgt.

Es war bereits dunkel, als sie in die Auffahrt zu ihrem Haus einbog. Drinnen angekommen, hängte sie den Anzug in den Kleiderschrank ihres Mannes und räumte ihren Einkauf ein.

Plötzlich bekam sie Hunger. Da sie nicht für sich selbst großartig kochen wollte, richtete sie nur einen Salat mit Tomaten, Basilikumblättern und Büffelmozzarella an. Wenn Arno da gewesen wäre, hätten sie im Esszimmer zu Abend gegessen. Da sie allein war, entschied sie sich für die Küche.

Nachdem sie gegessen hatte, ging sie ins Wohnzimmer, ließ sich erschöpft in einen Sessel mit hoher Rückenlehne fallen und legte ihre Beine hoch auf eine Fußbank. Sie schloss ihre Augen. Ein Dämmerzustand, in dem sie weder wach war noch schlief, überkam sie. Der Tag war anstrengend genug gewesen. Als sie in die Wirklichkeit zurückkehrte, sah sie vor dem Fenster einen Schatten, der hin und her huschte. Wahrscheinlich wieder die Fledermaus, dachte Judith.

Die Fledermaus kam jeden Abend und traute sich sogar im Sommer an den Pool heran, bis Judith sie durch ihr Erscheinen vertrieb.

Nachdem es fast den ganzen Tag geregnet hatte, klarte der Himmel auf, die Sterne leuchteten besonders hell und sie konnte bis zum Rand des Grundstücks sehen. Das Gebüsch dort wirkte dunkel und undurchsichtig. Im Haus war es ruhig, zu ruhig. Jetzt hätte sie sich über Arnos Gesellschaft gefreut, auch wenn sie einander nicht viel zu sagen hatten. Ruhelos stand Judith wieder auf und wischte den Küchentisch sowie das Gemüsebrettchen sauber. Anschließend räumte sie ihren Teller und das Besteck in die Spülmaschine. Morgen früh kam zwar ihre Putzhilfe, aber die wenigen Handgriffe waren einfach und eingespielt. Nur damit die Frau für ihren Lohn genügend Arbeit vorfand, würde Judith den Abwasch nicht stehenlassen.

Um 23 Uhr schaltete sie den Fernseher mit den Nachrichten an.
»Irgendwo in der Welt findet immer ein Krieg statt«, dachte Judith, als sie die Bilder sah. Die Wirklichkeit war schauriger als mancher Thriller im Spätprogramm. Die Situation im Nahen Osten verschlimmerte sich. Regierungstruppen und islamistische Aufständische bombardierten ganze Straßenzüge. Halbnackte Kinder mit schmerzverzerrten, tränenüberströmten Gesichtern klammerten sich an stumme Mütter. In Kabul hatte sich mal wieder ein Selbstmordattentäter neben einem Konvoi von Soldaten der internationalen Truppe in die Luft gesprengt. Unter blutigen Planen lagen getötete, zerfetzte Zivilisten auf dem Asphalt. In den lokalen Nachrichten wurde über den Tod eines prominenten Firmenchefs berichtet. Er war in seiner Badewanne bis zur Unkenntlichkeit verbrannt. Glücklicherweise konnte ein Übergreifen auf andere Stockwerke verhindert werden. Die Feuerwehr schloss Fremdverschulden nicht aus.
Judith hatte genug gesehen. Sie schaltete das Gerät aus und ging nach oben in ihr Schlafzimmer. Dort blieb sie für einen Augenblick an der Fensterfront zum Garten stehen und sah hinaus. Auf deren rechter Seite ragten Äste eines alten Fliederbuschs bis zur Glasscheibe. An stürmischen Tagen schlugen sie dagegen. Dann hörte sich das Klacken wie das Pochen eines ungebetenen Besuchers an. Als Judith einzog, wollte Arno den Busch entfernen lassen, aber sie hatte es ihm ausgeredet. Inzwischen war der Baum noch höher und dichter geworden. Im Mai, wenn der Flieder in Blüte stand, erfüllte sein Duft das ganze Haus. An heißen Sommertagen bot er mit seinen Blättern Schutz vor der Sonne und sie

konnte die Vögel zwitschernd von Ast zu Ast hüpfen sehen.
Arno fand, der Baum sei eine Einladung für Spanner oder andere Irre, was Judith lächerlich fand. Schließlich sei das Geäst zu alt und schwach, um einen Menschen zu tragen. Außerdem sei sie überhaupt nicht ängstlich, beruhigte sie Arno.
„Das glaube ich dir gerne", erwiderte er und führte mal wieder ihre Vorliebe fürs Nacktbaden in der Dunkelheit an. Anders als Arno schwamm sie gerne nachts alleine. Er benutzte den Pool selten. Wenn er nach Hause kam, saß er meistens noch über seinen Papieren. »Soviel zu unserem Eheleben«, dachte Judith. Sie freute sich schon darauf, wenn sie endlich wieder in lauen Sommernächten in ihr Schwimmbecken gleiten konnte. Das Wasser fühlte sich jedes Mal wie Seide auf ihrer Haut an. Besonders wenn sie keinen Bikini trug.
Als Arno sie wieder einmal dabei erwischt hatte, war er ausgeflippt.
„Mein Gott, zieh dir endlich was an und wie oft soll ich dir noch sagen, dass du dich nicht solchen Gefahren aussetzen sollst! Da draußen laufen zu viele Wahnsinnige mit noch mehr Fantasien rum." Er stampfte über die Terrasse.
Judith hatte losgeprustet: „Was soll mir schon passieren, hier ist es sicher. Ich glaube, du siehst überall Gefahren. Es gibt auch noch normale, anständige Menschen."
„Ja, verdammt, ich komme gerade von einem so normalen, anständigen Menschen. Sieht aus wie ein Chorknabe. Ist verheiratet und hat ein fünf Monate altes Kind. Hat mindestens zwei Mädchen vergewaltigt und eine vermutlich dabei umgebracht. Er kannte ihre Gewohn-

heiten. Und du willst mir erzählen, ich solle mir keine Sorgen machen."

Entsetzt hatte Judith ihn angesehen. „Und so jemanden verteidigst du?", fragte sie.

„Ja, so jemanden verteidige ich." Arno wollte sich schon umdrehen. Judith sah ihm an, dass er jeder weiteren Diskussion aus dem Wege gehen und den Raum verlassen wollte. Wieder einmal wurde ihr bewusst, dass sie sich weit von einander entfernt hatten. Ihre Stimme klang leise, als sie nachhakte: „Aber Arno, warum, wenn er schuldig ist?"

Er starrte sie an, als wäre sie ein Kind, das die Welt nicht verstand, dem seine Eltern immer wieder alles erklären müssten, damit es endlich begreifen würde.

„Anscheinend bist du schon zu lange aus dem Beruf raus. Mir scheint, du hast alles vergessen. Er ist nicht schuldig, solange noch kein Urteil gesprochen wurde. Jeder hat das Recht auf eine bestmögliche Verteidigung. Außerdem ist es nicht meine Aufgabe, seine Schuld zu nachzuweisen."

In dieser Nacht hatte Judith noch lange wach gelegen und an die Decke gestarrt. Kurz vor dem Einschlafen hörte sie ein leises, kratzendes Geräusch am Fenster. »Die Zweige müssen dringend beschnitten werden, sonst schlagen sie irgendwann noch ein Loch hinein«, hatte sie gedacht.

April

zehn

Dieses Wochenende blieb Arno zu Hause, was immer seltener wurde. Am Montag hatte er sich vorgenommen, mit Judith ins Ballett zu gehen. Es war ihm gelungen, zwei Karten für »Der Widerspenstigen Zähmung« zu ergattern. Er wusste, dass sich Judith schon seit einiger Zeit darum bemüht hatte.

Sie rechnete es ihm hoch an, da Arno seine wenige freie Zeit nicht eingezwängt in Anzug und Krawatte verbringen wollte. Zumal er schon öfter lautstark hinausposaunt hatte, dass er hopsende Männer in engen Strumpfhosen nicht ausstehen könne.

Am Samstag nach dem Mittagessen machte Arno es sich mit einer Tasse Kaffee und der Tageszeitung auf der Wohnzimmercouch gemütlich. Judith las den Bestseller eines ehemaligen Bankräubers, der in der Gefängniszelle begonnen hatte, über seine Kindheit und Jugend zu schreiben.

Mittlerweile war der Mann frühzeitig aus der Haft entlassen worden. Er tourte mit Lesungen durchs Land und trat in Talkshows auf. In einer Buchhandlung hing sein Lesungsplakat, auf dem er äußerst attraktiv aussah. Er wirkte eher wie ein Womanizer denn wie jemand, der eine Bank überfallen, Geiseln genommen, sie mit dem Tod bedroht und acht Jahr hinter Gittern gesessen hatte.

Judith bemerkte, dass Arno sich immer wieder räusperte und seltsam unruhig war. Als sie aufblickte, sah sie, dass er sie über den Zeitungsrand beobachtete. Sein Gesicht verriet ihr, dass es etwas Wichtiges und Überraschendes sein musste, was er ihr erzählen wollte.
„Ich bin gebeten worden, an einer Polit-Talkshow teilzunehmen", sagte er wie beiläufig.
„Oh." Judith legte ihre Lektüre auf den Couchtisch. „Und wo, bei welchem Sender?"
„Bei der ARD."
„Arno, das ist ja toll!"
„Findest du?"
„Natürlich finde ich das gut. Das ist großartig. Zu welchem Thema?"
„Sie machen eine Sendung zu Strafrecht und Resozialisierung, Sicherungsverwahrung nach verbüßter Strafe. Sie haben Politiker und Juristen eingeladen." Arno tippte sich mit dem Zeigefinger auf seinen Brustkorb. „C'est moi. Außerdem kommt noch ein ehemaliger Straftäter, der sich mittlerweile als Autor etabliert hat. Du liest ihn gerade." Er machte eine Kopfbewegung hin zu ihrem Buch.
„Na ja, der ist aber nicht repräsentativ für eine gelungene Resozialisierung. Wohl eher die Ausnahme", entfuhr es Judith.
Arno zuckte mit den Schultern. „Vielleicht wollten sie zusätzlich zu mir noch einen anderen gutaussehen Kerl einladen." Er lachte spitzbübisch.
„Ja, bestimmt, so wird es sein." Judith lachte mit. „Wann findet das denn statt?"
Arno schluckte. „Ich muss Montag zum Dreh nach Köln fahren. Keine Ahnung, wie lang es dauert. Wann die Auf-

zeichnung gesendet wird, erfahre ich dort, wahrscheinlich noch am gleichen Abend."

„Oh nein, Montag wollten wir doch ..."

„Ja, ich weiß, dass ich versprochen habe, mit dir ins Ballett zu gehen und du dich seit Wochen darauf freust, aber der Auftritt im Fernsehen ist eine einmalige Gelegenheit."

„Seit wann weißt du das?" Sie sah ihn prüfend an.

„Schon seit ein paar Wochen, aber ich wollte es dir erst sagen, wenn die endgültige Zusage da ist", entschuldigte sich Arno lahm.

Obwohl sie enttäuscht war, musste sich Judith eingestehen, dass es für Arnos zukünftige Karriere als Politiker nicht schlecht sein würde, wenn er seine Sicht der Dinge einer breiten Öffentlichkeit darstellen konnte. Außerdem würde es ihn bekannter machen und ihm bestimmt neue Klienten einbringen.

„Okay, wir können ein anderes Mal hingehen. Oder ich nehme Gitta mit. Vielleicht gehe ich auch allein", sagte sie und nahm wieder das Buch auf.

„Allein? Das kommt überhaupt nicht in Frage. Mit Gitta, der Nervensäge, pfff... Ich habe Carlos gebeten, dich zu begleiten. Er war einverstanden."

„Also, das hättest du nicht tun sollen", entgegnete Judith. „Das ist ja so, als ob du deinen besten Freund bittest, sich mit einem alten Mauerblümchen zu verabreden."

„Altes Mauerblümchen? Du? Ich sehe doch, wie die Männer dich ansehen." Arno brüllte vor Lachen.

„Das ist nicht witzig." Auf einmal war Judith verärgert über Arno. Sie verwirrte der Gedanke, einen Abend mit Carlos allein zu verbringen. Die bisherigen Treffen hatten immer in Gegenwart ihres Mannes, beim gemeinsamen Essen oder in der Kanzlei mit den Angestellten stattgefunden. Ihre Gespräche hatten sich bisher nur um Arnos Dateien gedreht oder waren an der Oberfläche dahingeplätschert. Aber Judith hatte immer geahnt, dass es zwischen ihr und Carlos etwas gab, etwas Unsichtbares, was sie verband.

„Sieh mal, Judith, ich wusste, dass du dich auf den Abend freust. Ich wollte nicht, dass du allein gehst oder Gitta fragst. Es wäre nicht dasselbe, zumal ich einen Tisch in deinem Lieblingsrestaurant bestellt habe. Außerdem ist Carlos der Einzige, dem ich dich anvertraue. Klar weiß ich, dass du ein großes Mädchen bist und dich gegen aufdringliche Verehrer wehren kannst. Aber das wollte ich dir nicht zumuten, besonders da es ein schöner, harmonischer Abend werden soll. Ich hatte in den letzten Monaten zu wenig Zeit für dich."

Judith zog ihre Mundwinkel nach unten. Vertrauen. Sein bester Freund. Seine Frau. Bei jedem Anderen hätte sie eine Falle vermutet, aber Arno war nicht misstrauisch. Er glaubte an das Gute im Menschen. Wie er behauptete, glaubte er daran, bis er vom Gegenteil überzeugt wurde. Sie wusste, was sie betraf, war er so naiv wie ein Kind. Er nahm sie so, wie sie zu sein schien. Anders im Beruf, bei seinen Mandanten. Hier schreckte er auch nicht vor einer Falle oder Nachforschungen zurück.

Für einen Menschen, der stolz darauf war, die menschliche Natur ergründen zu können, dem niemand etwas vormachen konnte, war sein Verhalten ihr und Carlos gegenüber ein erstaunlich blinder Fleck.

Einst hatte sie Arnos Vertrauen in sie als Tribut seiner tiefen Zuneigung gehalten. Mittlerweile sah sie es als

Selbstgefälligkeit eines Besitzers an, der sich seiner schönen Ware sicher war.

„Bestimmt hasst Carlos Ballett!"

„Wie kommst du denn darauf? Er hat gesagt, ihm gefällt das. Gefreut hat er sich, wie ein Kind. In Kolumbien hatte er wenig Gelegenheit, sich Weltklassetänzer anzusehen."

Judith musste über Arnos Einschätzung schmunzeln. Carlos mit einem Kind zu vergleichen war so unzutreffend, als ob man eine Hauskatze mit einem Panther vergleichen würde.

Einen Augenblick lang überlegte sie, ihrem Mann die Idee mit seinem Stellvertreter auszureden. Aber dann dachte sie, dass sie sich selbst bestrafte, wenn sie den Abend nicht in Gesellschaft genießen würde oder gar, dass die Karten verfielen. Außerdem war sie ja ein »großes Mädchen«.

„Okay", sagte sie und schenkte Arno ein zustimmendes Lächeln.

„Ich hoffe, du ziehst nicht das kleine, schulterfreie Schwarze an. Du siehst darin zu sexy aus", beendete er das Gespräch und wandte sich wieder seiner Zeitung zu.

„Also wirklich, Arno, manchmal kannst du einem den letzten Nerv rauben."

Arno grinste, als hätte sie ihm ein Kompliment gemacht. Sie schwiegen einen Augenblick.

Dann fragte sie – und versuchte dabei nicht allzu interessiert zu wirken: „Weißt du inzwischen, was mit seiner Familie passiert ist? Warum ist seine Frau nicht mit hierher gekommen? Ist er geschieden, oder was ist da los?"

„Wer?" Arno sah wieder über den Zeitungsrand.

„Du weißt schon. Carlos. Hat er dir irgendwann etwas darüber erzählt?“
„Nein, und ich will es auch nicht wissen, wenn er es mir nicht selbst sagt. Das ist seine Privatsache.“
„Bist du denn wenigstens informiert, ob er tatsächlich verheiratet war? Vielleicht stimmt es nicht oder er ist schwul.“
„Aber Judith, was soll das? Und falls er schwul ist, bleibt es seine Privatsache, die mich nichts angeht und in die ich mich nicht einmische.“
Arno schien verärgert. Er presste seinen Mund zu einer schmalen Linie zusammen und stieß zwischen seinen Lippen hervor: „Ich merke schon, du gibst wieder keine Ruhe, bevor du nicht alles weißt. Also gut. Ein einziges Mal habe ich versucht, mit ihm darüber zu sprechen. Da ist er wie in einen Schockzustand gefallen. Er war plötzlich ein ganz anderer Mensch. Geradezu psychotisch sah er aus.“
„Du glaubst, Carlos ist psychotisch und willst trotzdem, dass ich einen Abend mit ihm verbringe?“, neckte Judith ihn. Dabei lachte sie. Sie konnte es sich nicht vorstellen, vor Carlos Angst zu haben. Aber sie hatte die Momente, in denen er traurig wirkte, wahrgenommen und ahnte, dass es hinter der äußeren Fassade dunkle Abgründe gab. Trotzdem fürchtete sie sich nicht vor ihm.
„Verdammt noch mal, Judith, Carlos ist genau so normal wie ich. Ich habe gewusst, dass ich dir eigentlich nichts darüber berichten darf. Es ist auch nur ein einziges Mal passiert. Es war meine Schuld, weil ich etwas hervorholen wollte, was er begraben hatte. Er war nur für einen Augenblick weggetreten. Können wir das Thema jetzt

endlich beenden?", fragte er harsch und widmete sich wieder seiner Zeitung.
Judith schwieg. Arno schloss sie aus. Sie wusste, dass sie nie wieder darüber sprechen würden.

Entgegen seines Vorsatzes, erst Montag morgens nach Köln zu fahren, entschloss sich Arno, schon Sonntagabend aufzubrechen, um rechtzeitig im Aufnahmestudio zu sein. Den Flieger zu nehmen lehnte er mit der Begründung ab, er müsse mal sein neues Auto auf einer längeren Strecke ausprobieren.
„Sieh mal, Judith: Wer weiß, ob ich auf der Autobahn in einen Stau gerate. Ich nehme meinen Laptop mit und übernachte im Hotel, dort kann ich mich in Ruhe vorbereiten und bin am nächsten Tag ausgeschlafen. Ansonsten müsste ich spätestens um sechs Uhr hier los."
Als Arno seinen Lexus rückwärts aus der Garage manövrierte und das Autofenster herunterkurbelte um ihr zuzuwinken, bemerkte Judith, wie müde und alt er aussah.
»Er arbeitet zu viel«, dachte sie.
Aus einem plötzlichen Schuldgefühl heraus bedeutete sie ihm mit ihrer ausgestreckten Handfläche anzuhalten. Als Arno hielt, fragte sie durch das geöffnete Seitenfenster: „Bist du sicher, dass ich hierbleiben soll? Ich kann doch mit ins Studio kommen."
„Sei nicht albern, Judith, da stehst du nur rum und langweilst dich. Ach übrigens, nimm bitte die Sendung auf. Carlos will sie auch aufzeichnen. Ich wünsche dir einen schönen Abend im Ballett."

elf

Montagabend gegen 18 Uhr hörte Judith, wie der Mercedes von Carlos vorfuhr.

Sie tupfte noch schnell zwei Tropfen Chanel Nr. 5 auf die Handgelenke, nahm ihre Abendtasche und vorsorglich ihren Pashmina-Schal mit und verließ das Schlafzimmer. Sie ging nach unten, um ihm die Haustür zu öffnen. Dabei klopfte ihr Herz bis zum Hals.

»Sei nicht albern, Judith«, ermahnte sie sich. »Du benimmst dich wie ein pubertierender Teenager vor seinem ersten Ball.«

Doch als sie Carlos ins Haus bat, hielt sie den Atem an. Er trug einen dunklen Maßanzug, so selbstverständlich und lässig, wie er Jeans und T-Shirt trug. Der Anzug unterstrich seine Figur vorteilhaft. Sein sonst eher ernstes Gesicht strahlte und seine dunkelblauen Augen leuchteten. Die LED-Spots des Flurs warfen das Licht auf die markanten hohen Wangenknochen und sein dichtes schwarzes Haar schimmerte bläulich.

„Bist du fertig?", fragte er, und sein Blick auf ihr Kleid verriet ihr, dass er mit dem, was er sah, sehr zufrieden war. Der bis zum Boden reichende Flurspiegel zeigte ein schönes Paar.

Judith spürte die Energie und die Anziehungskraft, die er ausstrahlte. Als Carlos hinter ihr stand und ihr in den Mantel half, ruhten seine Hände für einen Augenblick auf ihren Schultern. Sie bekam von der Berührung eine Gänsehaut. Seine Augen verrieten, was sein Mund nicht aussprach.

Sie erreichten das Große Haus, kurz bevor der letzte Gong ertönte. Judith ließ sich einfangen von der Musik und der Darbietung. Als nach dem ersten Akt die Lichter angingen, saß sie wie gebannt da, bis Carlos seine Hand auf ihren Arm legte und sie in die Wirklichkeit zurückholte. Sein Gesicht wirkte weich, seine Augen waren offen und heiter. Judith lächelte ihn an. Sie war sich der Hand auf ihrem nackten Arm bewusst.

„Willst du etwas trinken?“, fragte Carlos. Der Bann war gebrochen.

„Nur, wenn du willst“, antwortete Judith und legte ihren Schal über die Schultern.

Auf dem Weg zur Bar bemerkte sie, dass die Leute sie anstarrten, besonders Carlos. Er schien es nicht zu bemerken. Sie fühlte, dass er nur sie wahrnahm.

Da es ein Gedränge an der Bar gab, setzte sich Judith auf einen Hocker. Als sie ihr Smartphone einschaltete, während Carlos zwei Gläser Champagner besorgte, sah sie eine SMS von Arno auf dem Display. Er schrieb ihr, dass die Talkrunde am gleichen Abend um 23 Uhr gesendet wurde.

Plötzlich stand Gitta vor ihr, in Begleitung eines smarten jungen Mannes in Smoking.

„Was machst du denn hier?“, fragte Gitta. „Bist du allein?“

„Nein“, entgegnete Judith. Mit einem Mal fühlte sie sich durch die Anwesenheit Gittas gestört. „Ich bin mit Carlos hier.“ Sie zeigte auf ihn.

In diesem Augenblick hätte Judith ihn gerne an seiner Seite gehabt, denn wie sie Gitta kannte, würde diese sie nicht so einfach aus ihren Fängen entlassen.
Gitta stellte ihre Begleitung nicht vor, sondern zog Judith zur Seite und flüsterte ihr zu: „Mein Gott, Ju, ich wusste ja nicht, was für ein toller Kerl Carlos ist. Wo ist denn Arno?"
Judith berichtete ihr kurz von der Talkshow.
„Das nennt man Schicksal", flüsterte Gitta. „Ihr beide passt gut zusammen. Nicht so, wie mit deinem langweiligen Arno."
„Das hier ist etwas anderes", fuhr Judith ihre Freundin an.
„Ach ja? Ich merke doch, wie du Carlos ansiehst, glaub mir das."
Um Gitta abzulenken, damit sie nicht weiter auf dem Thema herumhackte, fragte Judith: „Und du? Was ist das für ein Mann, mit dem du hier bist. Willst du ihn mir nicht vorstellen?"
„Das ist ein Toy Boy. Für heute Abend gebucht."
Auf Judiths entsetzen Gesichtsausdruck hin kicherte Gitta los: „Stell dich nicht so an. Ich habe es satt, dauernd auf der Suche nach Mister Right zu sein. Ich habe schließlich auch Bedürfnisse. Das hier ist unverbindlich und ich bestimme, wo es langgeht. Die meisten Verabredungen dachten, wenn sie mir ein Abendessen spendieren, haben sie Anspruch auf einen One-Night-Stand. Wie ich das hasse!"
In diesem Augenblick kam Carlos mit den zwei Gläsern zurück. Gitta zwinkerte ihm zu, sagte „Hallo", bevor sie sich umdrehte und mit ihrem Lover in der Menge verschwand.

„Was war das denn?“, fragte Carlos.
„Ach nichts. Gitta will sich auch etwas zu trinken holen, bevor die Pause zu Ende ist“, erwiderte Judith.
Carlos stutzte und blickte den beiden etwas zu lange nach.

Wäre Judith mit Arno ins Ballett gegangen, hätten sie hinterher in ihrem gemeinsamen Lieblingslokal in Feuerbach, dem „Lamm“, gegessen. Dort gab es die besten hausgemachten Maultaschen und Kartoffelsalat der Stadt. Aber Judith wollte mit Carlos nicht dorthin gehen, sondern etwas Neues ausprobieren und stornierte den Tisch.
Weil sie in Stuttgart kein Restaurant mit kolumbianischen Speisen fand, entschied sie sich für ein Mexikanisches. Die Küche war auch nach 22 Uhr geöffnet.
Die Margaritas, das Chili-Hühnchen mit Kochbananen und rotem Bohnenmus waren ausgezeichnet und der Service einwandfrei. Carlos verhielt sich aufmerksam, wenn auch ein wenig förmlich. Trotzdem unterhielten sie sich angeregt über die Aufführung. Die Zeit verging wie im Flug.
Aber sie wollte mit ihm allein sein. Sie wollte mehr über ihn erfahren. Wollte sehen, wo er lebte. Vor allen Dingen etwas über seine Familie, über seine Frau wissen, die er zurückgelassen hatte.
Als hätte Carlos ihre Gedanken gelesen, frage er beiläufig:
„Warum gehen wir nicht zu einem Kaffee zu mir?“
Seine Stimme klang unpersönlich, frei von Andeutungen. Er lud sie als Freund ein. Judith hatte es verstanden.

Bereitwillig nahm sie sein Angebot an. Wenn auch dieser Abend zu nichts führte, so wollte doch keiner von ihnen, dass er endete.
Als sie die Treppe zu seiner Wohnung nach oben stiegen und Carlos neben ihr ging, beschleunigte sich ihr Puls. Sie fühlte, dass ihr Herz wieder heftig vor Aufregung klopfte. Äußerlich war sie ruhig. Aber in ihr tobte es. Sie saß wie auf einem Pulverfass. Sie fürchtete, dass sie sich nicht weiter unter Kontrolle halten und ihre Gefühle jeden Augenblick aus ihr herausbrechen könnten.
Carlos nahm ihr den Mantel ab und schlug vor, Judith solle es sich im Wohnzimmer gemütlich machen, während er den Kaffee zubereitete. Sie legte ihren Pashmina-Schal über und bestand darauf, ihn in die Küche zu begleiten.
Carlos füllte den Kaffeeautomaten mit Wasser und frischen Bohnen auf. Dabei erzählte er von einer anderen großartigen Ballettaufführung, die er einmal in Moskau gesehen hatte.
Während sie darauf warteten, dass der Kaffee fertig wurde, zeigte er Judith die Aussicht auf den Kurpark. Als sie nebeneinander im Dunklen auf dem Balkon standen und in die Nacht sahen, spürte sie seine Wärme, roch den leichten Duft seines Rasierwassers. Nur widerwillig siegte die Vernunft über sie. Im Augenblick konnte sie keine Ablenkung oder Unruhe in ihrem Leben gebrauchen. Wie einen Schutzschild schob sie Arno zwischen sich und Carlos. Da gerade die letzte viertel Stunde der Talkrunde anfing, schlug sie vor, den Fernseher anzumachen.
Carlos knipste zuerst eine Stehlampe ein, die das Wohnzimmer nur knapp beleuchtete. Dann schaltete er den

Bildschirm an, legte ihr die Fernbedienung auf einen kleinen Beistelltisch und ging anschließend in die Küche, um den Kaffee zu holen.
Judith sah die Sendung nur kurz ohne Ton an, schaltete sie aber aus, als Carlos zurückkam. Er balancierte nicht nur zwei Tassen und ein Thermoskanne auf dem Tablett, sondern auch eine Flasche ihres Lieblingslikörs samt Eiswürfel.
»Was weiß er noch über mich, wenn er selbst diese Kleinigkeit weiß?«, dachte sie. Für einen Augenblick überkam sie Panik. Als sie Carlos in die Augen blickte, sah sie, dass sie von ihm nichts zu befürchten hatte. Er würde ihr nichts verheimlichen und alle ihre Fragen beantworten.
Carlos gesellte sich aber nicht zu ihr auf das Sofa, sondern entschied sich für einen Sessel ihr gegenüber und schenkte ihr ein Glas Likör ein. Das Tablett stellte er auf den Beistelltisch neben sich.
Judith nahm das Glas auf, gab einen Eiswürfel hinzu und atmete den süßen Mandelgeruch ein.
„Was ist in Kolumbien geschehen?“, fragte sie, während sie an dem Glas nippte.
Er sah Judith nicht an, sondern auf seine Hände, die Finger ineinander verschränkt, bis die Knöchel weiß wurden. An einer Schläfe schwoll eine Ader zu einem blauen Strang an. Seine Wangenmuskeln zuckten. Judith beugte sich vor, um seine Hände zu berühren. Wie von einem unerträglichen Schmerz und Kummer erfasst, zuckte er vor ihrer Berührung zurück.
„Vielleicht solltest du einmal darüber sprechen“, ermahnte ihn Judith sanft.
Was sie jetzt sah, war nicht das Gesicht, das sie bisher

kannte. Das war kein Kummer, der ihn quälte, sondern Wut. Aber Judith hatte keine Angst. Dieser Hass galt nicht ihr und würde sich auch nicht über ihr entladen.
Das eben noch so furchterregende Gesicht wandelte sich und wurde wieder vertraut. Sie goss Carlos eine Tasse Kaffee ein und wartete darauf, dass er sprechen würde. Im Raum war es totenstill.
In langsamen Schlucken trank er aus und stellte die Tasse ab. Dann presste er seine Fingerspitzen gegen die noch geschwollene Schläfe, so als ob er nachdenken müsste. Als er endlich sprach, musste Judith sich vorbeugen, um seine leisen Worte zu verstehen.
„Ich habe noch nie ..." Er hielt inne, suchte nach Worten.
„Ich denke nicht gerne daran, noch habe ich je darüber gesprochen. Es ist zu schrecklich."
„Du kannst mir vertrauen", sagte Judith. „Nichts, was du erzählst, kann mich erschüttern. Ich dachte nur, wenn du darüber sprichst, kannst du es besser überwinden. Warum ist deine Frau nicht mitgekommen? Was ist geschehen?"
Carlos stand auf und ging unruhig auf und ab. „Ich habe meine Frau und mein Kind geliebt. Aber es ist vorbei. Sie war jung, sehr jung. Unser Sohn Pablo wurde keine sechs Jahre alt." Er blieb stehen, kehrte Judith den Rücken zu und sah aus dem Fenster. „Sie gab mir das Gefühl, sie vor der Welt beschützen zu müssen. Ich liebte sie. Sie sind beide tot." Seine Stimme klang angespannt und rau.
Judith stand auf und nahm ihn in die Arme, wiegte seinen Kopf auf ihrer Schulter, bis sie spürte, dass sich seine Anspannung löste.

Judith ahnte, dass Carlos eine Verschnaufpause brauchte, um weiter zu erzählen. Deshalb fragte sie nach einer Weile behutsam: „Was ist passiert?"
Carlos entzog sich ihr und wandte sich ab. „Lass uns noch einen Kaffee zubereiten", schlug er vor und trug das Tablett in die hell erleuchtete Küche.
Fast schien es Judith, als ob er die Helligkeit brauchte, um die Dämonen der Vergangenheit endgültig zu vertreiben.
Sein Gesicht zeigte inzwischen keine Regung mehr. Während er hantierte, blieb seine Stimme sachlich.
„Was weißt du über Kolumbien?", fragte er.
„Nicht viel", antwortete Judith. „Nur das, was in den Zeitungen steht, oder aus den Nachrichten."
„So ist es bei den meisten", erklärte Carlos. „Der erste Gedanke, der einem in den Sinn kommt, wenn von Kolumbien die Rede ist, ist Drogen, Gewalt und Bürgerkrieg. Aber das Land ist mehr: Der Schriftsteller Gabriel García Márquez ..."
„Oh ja! Hundert Jahre Einsamkeit ...", erinnerte sich Judith.
Carlos nickte. „Und Shakira ..."
Judith unterbrach ihn: „Das ist die mit dem Hüftschwung!"
„Stimmt", bestätigte Carlos und lächelte. „Beide Künstler kommen aus Kolumbien. Es ist ein Land, das von der tropischen Karibikküste bis ins Hochgebirge der Anden reicht. Du kannst dir nicht vorstellen, wie schön es dort ist. Ich habe oft die Selva und die dortigen Kaffeeplantagen meines Onkels besucht. Sie liegen fast am Äquator. Aber das Land wird zerstört durch Gewalt und Krieg, angeheizt durch den Drogenhandel. Jeden Tag werden

Menschen entführt oder Geiseln genommen. Die gesellschaftlichen Gegensätze könnten nicht größer sein. Eine kleine reiche, und ich meine eine wirklich reiche Minderheit, bestimmt die Politik und Wirtschaft des Landes.

Als ich nach meinem Studium von meinem kinderlosen Onkel gefragt wurde, ob ich nicht Lust hätte, in Kolumbien in seiner Firma als Rechtsanwalt anzufangen, hatte ich von alldem noch keine Ahnung. Ich war so naiv. Jahrelang habe ich für ihn gearbeitet und wusste nicht, womit er tatsächlich sein Geld verdiente. Als Tarnung besaß er die Kaffeeplantagen, Anteile an verschiedenen Firmen, Hotels. Mein Onkel besitzt ein großes Imperium."

„Du willst doch damit nicht sagen ...?", fragte Judith.

„Doch, ich will genau das damit sagen. Er war, er ist ein Drogenbaron und regiert über ein großes Kartell."

„Aber du hast es doch nicht gewusst", entfuhr es Judith.

„Nein, das nicht. Aber als ich es herausbekommen habe – frage mich nicht, warum erst nach so langer Zeit, ich hatte mir vorher keine Gedanken gemacht, sondern mein schönes privilegiertes Leben genossen – war es zu spät. Ich wollte aussteigen und gab der Polizei einen Tipp. Aber die brauchten Beweise, also fotografierte ich Akten, verfolgte Transaktionen und kopierte die Bewegungen auf den Bankkonten. Nach und nach erfuhr ich alles über die Geschäfte meines Onkels, auch über die Tödlichen.

Als ich endlich alle Fakten beisammen hatte, wurde ich von einem seiner Paladine entdeckt. Ich weiß bis heute nicht, ob mein Onkel die Polizei bestochen hatte oder ob es Zufall war, dass ich aufflog. Leider konnte ich meine Recherchen nicht mehr der Polizei übergeben."

„Aber es wäre doch an der Polizei gewesen, die Beweise zu finden? Du hättest als Kronzeuge auftreten können."
„Natürlich wäre es ihre Aufgabe gewesen, deshalb glaube ich, dass es ein abgekartetes Spiel war", erläuterte Carlos.
„Die Schergen meines Onkels entführten meine Frau und meinen Sohn, aber das wusste ich zu dem Zeitpunkt nicht. Mein Onkel rief mich zu sich, und wir saßen zusammen in seinem Arbeitszimmer. Freundlich lächelnd bot er mir eine kubanische Zigarre und sein Unternehmen als Erbe an. Im Nachhinein erscheint es mir so surreal, wie aus einer Szene im ‚Paten'. Er hat doch tatsächlich betont, dass er mir meine Neugier – er bezeichnete es als Neugier – verzeihen würde, da ihm die Familie am Herzen liege und mir genau so wichtig sein müsse. Ein Schachzug von ihm."
Judith sah ihn entsetzt an. „Tatsächlich, wie im ‚Paten'", bestätigte sie. „Was ist weiter geschehen? Was ist mit deiner Familie passiert?"
„Als ich die Gefolgschaft ablehnte, zeigte er mir die Videoaufnahmen von Maria und Pablo. Er behauptete, eine Guerillaeinheit hätte sie entführt und würde von ihm Lösegeld fordern. Sollte ich meinem Onkel glauben? Nach allem, was ich nun über ihn wusste? Dass er über Jahrzehnte hinweg seine Gegner ermorden ließ, sich auch nicht davor scheute, unschuldige Kinder töten zu lassen. Es schockiert mich noch immer, wie brutal er sein konnte. Aber ich dachte damals nur an Maria. Das Video zeigte, wie sie gefesselt und geknebelt auf einem Stuhl saß. Ein vermummter Kerl hielt ihr eine Knarre an den Kopf. Marias Augen flehten mich an."
„Mein Gott", entfuhr es der entsetzten Judith.

Carlos' Stimme klang verbittert.
„Gott war nicht da, als ich ihn brauchte. Ich bat meinen Onkel alles zu tun, damit Maria und Pablo frei kämen. Als Dank würde ich seine Geschäfte weiterführen, sobald er dazu nicht mehr in der Lage sein würde." Er seufzte gequält. „Aber lass uns wieder hinsetzen. Du willst doch sicher die ganze Geschichte hören?"
Judith nickte. Sie schenkte zwei Tassen Kaffee ein und trug sie ins Wohnzimmer. Wieder nahm Carlos ihr gegenüber im Sessel Platz. Ihre Fußspitzen berührten sich.
„Und dann?", fragte sie ihn.
„In der Hoffnung, dass nun alles vorbei sei, gab ich ihm mein Wort und händigte ihm die von mir recherchierten Dateien aus. Aber ich glaube, mein Onkel wusste, dass ich niemals sein blutiges Erbe antreten wollte, sobald meine Familie wieder frei sein würde. Man fand die beiden hingerichtet. Sie lagen auf einem Müllhaufen im Slum vor Bogotá. Er benutzte sie als Druckmittel, um mich gefügig zu machen. Nach dem Motto: »Sieh her, was mit dir passiert, wenn du nicht gehorchst.«
So ist er immer mit seinen Feinden umgegangen.
Weißt du, Judith, was das Schlimmste war? Ich hatte Angst, dass seine Widerwärtigkeit auf mich abfärbt und ich imstande sei, seine blutigen Geschäfte weiterzuführen. Mein Hass ist so groß, ich bin noch immer kurz davor, ihn umzubringen."
„Fast jeder ist zu einem Mord fähig, wenn die Umstände danach sind." Die Stimme von Judith klang kalt und emotionslos.
Obwohl Carlos ihr Resümee überraschte, ging er nicht darauf ein, sondern sprach weiter: „Fast hätte ich es getan. Aber das hätte Maria und Pablo auch nicht wieder

lebendig gemacht. Meinetwegen sind sie tot. Ich bin schuld. Ich ließ mich auf einen Pakt mit dem Teufel ein und tötete meine Familie, weil ich so naiv war und nichts hinterfragt hatte. Nur zu gern habe ich mich vom Geld blenden und von meinem Onkel täuschen lassen." Er ballte seine Hände zu Fäusten, die er immer wieder öffnete und schloss.

„Die fürchterliche Wahrheit ist, dass wir niemanden wirklich kennen." Judith zögerte einen Augenblick. „Aber wie bist du entkommen?", fragte sie.

„Nur mit viel Glück über Mexiko in die USA. Dort lebte ich zwei Jahre mit falscher Identität, unerkannt. Aber ich wollte wieder nach Deutschland. Ich befürchte, dass meine erneute Flucht nicht viel nützt. Mein Onkel kann sehr rachsüchtig sein. Da ich inzwischen hier unter meinem richtigen Namen lebe, ist vielleicht schon sein Killerkommando unterwegs. Für den Fall weiß ich mich zu schützen."

Carlos ging in den Flur. Judith sah in einem Spiegel, dass er aus einer Schublade der Garderobe eine Pistole hervor zog. Spielerisch wiegte er sie in der Hand, als er wieder das Zimmer betrat.

„Willst du sie ab jetzt dauernd tragen? Hoffentlich brauchst du sie nie", erschrak Judith. „Auch glaube ich nicht, dass eine Pistole ausreicht, um deinen Onkel zu stoppen. Was ich aber immer noch nicht verstehe: Warum hast du nicht die neue Identität behalten, damit du nicht aufgespürt werden kannst?"

„Das wäre vielleicht möglich gewesen, aber ich hätte alle Brücken zur Heimat abbrechen und mich dauernd verstecken müssen. Laufend müsste ich mich umdrehen, aus Angst vor den Killern meines Onkels. Das ist

doch kein Leben. Und außerdem werde ich es ihm nicht leicht machen", erklärte Carlos mit Nachdruck.
„Leicht ist es nie. Es ist verdammt schwer …" Judith unterbrach ihren Satz abrupt. „Im Augenblick kannst du doch nichts ändern. Ich kann dir nicht raten, was du tun sollst. Aber vielleicht ist nicht alles so schlimm, wie es im Augenblick aussieht und du machst dir umsonst Sorgen", beschwichtigte sie Carlos.
„Ja? Meinst du? Ich bin mir da nicht so sicher", entgegnete er.
Mit einem Blick auf ihre Armbanduhr beendete Judith das Gespräch. „Es ist schon spät, ich muss mich wirklich ausruhen, es war ein langer Tag. Wir reden ein anderes Mal weiter. Kannst du mir bitte ein Taxi rufen?", sagte sie und stand auf.
Mit einem Mal fror sie. »Ich bin übermüdet, es ist zu viel«, dachte sie.
Auch wenn Carlos vorgeschlagen hätte, sie nach Hause zu fahren, hätte Judith abgelehnt. Sie wollte jetzt allein sein. Als er sie nach unten begleitete und mit ihr auf das Taxi wartete, erhob sie keine Einwände.
Carlos strich ihr mit seinen Fingerspitzen leicht über die Wange.
„Ich danke dir fürs Zuhören. Du bist eine gute Freundin", sagte er sanft und hielt ihr die Wagentür auf, als das Taxi vorfuhr.
Während der Fahrt dachte Judith über den Abend nach. Auch wenn ihre Gefühle für Carlos im Moment die Oberhand hatten, so konnte sie nicht umhin, einige Fakten zu analysieren. Im Gegensatz zu Arno war ihr Misstrauen über die Jahre hinweg gewachsen. Sie konnte überhaupt nicht begreifen, warum ein so intelligenter Mensch wie

Carlos derart viele Jahre gebraucht hatte, um die Machenschaften seines Onkels zu entdecken.
Falls es der Wahrheit entsprach, was Carlos über Kolumbien berichtet hatte, befand er sich in großer Gefahr. Und diese Gefahr betraf sie genauso, wenn sie sich weiter mit ihm einließ.

Als sie nach Haus kam, stand der Lexus von Arno nicht wie üblich in der Garage, sondern davor.
»Wahrscheinlich ist er zu müde gewesen«, dachte Judith und beschloss, ihn lieber schlafen zu lassen. Morgen früh gab es bestimmt Gelegenheit genug miteinander zu reden.
Während der Nacht wachte Judith immer wieder auf, so sehr hatte sie die Erzählung von Carlos aufgewühlt. Erst gegen fünf Uhr fiel sie in einen tiefen Schlaf. Am nächsten Morgen stand sie, entgegen ihrer sonstigen Gewohnheit, nicht auf, um das Frühstück für Arno zuzubereiten und auf Wiedersehen zu sagen, bevor er zur Arbeit fuhr.
Da sich auf seinem Handy nur die Mailbox einschaltete, schaffte sie es erst am späten Nachmittag, die Kanzlei telefonisch zu erreichen.
Eva Klein, Arnos Sekretärin, berichtete Judith, die Leitungen seien dauernd besetzt gewesen, weil die Leute anriefen, um dem Chef zu seinem Auftritt zu gratulieren. Sie sei ganz stolz auf ihren Boss, weil er in der Talkrunde von allen am besten abgeschnitten hätte. Judith lächelte. Seit Langem hegte sie den Verdacht, dass die Sekretärin eine Schwäche für Arno hatte. Allerdings würde es ihr nichts nützen, der armen Seele. Sie entsprach so gar nicht seinem Beuteschema.

Ein klein wenig bekam Judith ein schlechtes Gewissen, weil sie es versäumt hatte, seinen Auftritt anzusehen. Aber ihr schlechtes Gewissen hielt nicht lange an. Sie konnte sich denken, dass Arno einen Mitschnitt vom Sender bekommen hatte, den er bestimmt noch oft abspielen würde, um mit ihr darüber zu diskutieren, was er hätte besser machen können.

Als Judith schließlich mit ihm sprach, erzählte er bescheiden, es wäre gut gelaufen. Er habe schon zwei neue Mandanten an Land ziehen können.

Er erkundigte sich nicht nach ihrem Abend und sie erzählte ihm wiederum auch nicht von ihrem Gespräch mit Carlos.

Juli

zwölf

Die alljährliche Poolparty bei den Steinfelds am Ende des Monats galt als Highlight, zu dem Freunde und Bekannte gerne gingen.

Es war ungewöhnlich warm und Judith hatte schon am Morgen riesige Mengen Eiswürfel und Crushed ice vorbereitet.

Als sie den Garten betrat, trug sie eine weiße Leinenhose, ein weißes Top, das ihre Oberarme betonte, silberne Sandaletten und ihren mexikanischen Silberschmuck mit Türkisen. Alles passte perfekt zu ihrer leicht gebräunten Haut.

„Mein Gott, du siehst klasse aus“, bemerkte Arno, der mit dem Aufbau einer improvisierten Bar beschäftigt war. Er strahlte über das ganze Gesicht. „Dann kann die Party ja beginnen.“

Er selbst war in seine Freizeitkleidung bestehend aus einer langen, legeren Baumwollhose, weichen Loafer aus Kalbsleder und einem Poloshirt geschlüpft.

Neben Carlos, der einen wichtigen Termin hatte und später kommen wollte, hatte Arno zwei aufstrebende Rechtsanwälte aus seiner Kanzlei eingeladen. Deren Freundinnen, beide langbeinige Studentinnen Anfang zwanzig, hätten auch aus dem Bewerbungskatalog für eine Kuppelshow sein können. Außerdem erschienen ein älterer, unverheirateter Richter, der seine Schwes-

ter, ebenfalls unverheiratet, mitbrachte und ein vor Kurzem pensionierter Polizeipräsident samt Gattin.
Früher gefiel es Judith, die Kollegen von Arno kennen zu lernen, aber jetzt interessierte es sie nicht mehr. Es langweilte sie. Aus den eifrigen Junganwälten waren Profis in Nadelstreifen geworden, die begierig die Praxis und Regeln von Arno aufsogen, ohne eigene Fantasie zu entwickeln. Die Älteren waren saturiert und sonnten sich in ihren vergangenen beruflichen Erfolgen.
Trotzdem war Judith die perfekte Gastgeberin. Irgendwie dämmerte ihr, dass Carlos nicht kommen würde. Bestimmt war es ein vorgeschobener Termin. Vielleicht befürchtete er, ihre Begegnung würde peinlich werden. Schließlich hatte er ihr sein Geheimnis anvertraut. Um nicht nur mit den Geschäftsfreunden ihres Mannes den Nachmittag zu verbringen, lud sie auch Gitta ein.
Bei ihrer Einladung am Telefon hatte Judith sie gebeten, sie solle ohne ihren Toy Boy kommen, was Gitta mit dem Satz abtat: „Ju, du bist manchmal so furchtbar spießig."
Als ob Judith es geahnt hatte: Gitta, die sich keinen Deut um Konventionen oder das Geschwätz anderer Leute scherte, tauchte mit dem smarten jungen Mann auf. Sie stellte ihn als Alain vor.
Arno, der von dem ungewöhnlichen Arrangement zwischen Gitta und ihrem Begleiter keinen blassen Schimmer hatte, verwickelte ihn sogleich in ein Gespräch über Autos und Whisky. Alain erwies sich als freundlicher, intelligenter Bursche mit guten Manieren. Als Arno ihn fragte, was er denn beruflich mache, antworte Alain: „Ich bin Geschäftsmann."
Er beließ es bei der Aussage, zumal Arno nicht mehr dazu kam nachzuhaken. Judith stellte sich zwischen die

beiden und unterbrach das Gespräch mit der Bitte an Alain, das von Gitta bevorzugte Mineralwasser aus dem Kühlschrank zu holen. Vor Arnos Reaktion über die Art, wie der junge Mann sein Geld verdiente, hatte sie keine Angst. Aber sie konnte sich denken, dass sich seine Kollegen, besonders die Älteren, wie Snobs benehmen und die Party sprengen würden.

Obwohl es ein heißer Tag war, interessierte sich keiner der Gäste fürs Schwimmen. Judith hatte es auch nicht erwartet, dass irgendjemand von ihnen in Badeshorts oder Bikini in den Pool springen würde.

An der Bar, unter einem riesigen weißen Sonnenschirm, servierte Arno eisgekühlte Getränke. Er öffnete gleich mehrere Flaschen Pinot Grigio und einen französischen Rosé, pries aber auch seinen Single Malt mit Gletscherwasser an.

Judith reichte Platten mit Fingerfood herum, außerdem stand in der Küche zur Selbstbedienung eine eisgekühlte Gazpacho.

Als Nachtisch war ein Obstsalat mit Melonenbällchen und Ananassorbet vorgesehen. Alles wirkte friedlich, wie in einer Sommerfrische.

Wie üblich spaltete sich die Gesellschaft in mehrere Gruppen. Sowohl der Anhang des Richters und des Polizeipräsidenten als auch die Studentinnen ruhten sich im Schatten eines Baums auf einer Bank am Ende des Gartens aus.

Die zwei Junganwälte lümmelten mit Whiskygläsern in der Hand auf den Sonnenliegen und besprachen einen anstehenden Prozess.

Nur Gitta stand mit Alain sowie dem ehemaligen Polizeipräsidenten und dem Richter bei Arno. Sie hatten sich

um die Bar versammelt und die Männer diskutierten mit ihm über seinen Fernsehauftritt.
Gitta, die schon mehrere Gläser Weißwein getrunken hatte, schien nicht mehr ganz nüchtern zu sein. Bevor Judith eingreifen konnte, mischte sie sich in das Männergespräch ein und wedelte mit ihrer Hand unter der aristokratischen Nase des Richters umher.
Dieser beklagte sich gerade darüber, dass wegen der Sparmaßnahmen der Landesregierung in Zukunft noch mehr Hochkriminelle auf freien Fuß gesetzt würden, da schon jetzt personelle Ressourcen nicht zur Verfügung stünden.
„Genau", rief Gitta. „Gleichzeitig werden Sexualstraftäter aus der Sicherungsverwahrung entlassen und unsere Steuergelder für die 24-stündige polizeiliche Überwachung verplempert. Das Gesetz ist dummes Zeug."
Der Richter wich zurück, als hätte Gitta ihn geschlagen. Sein weißer Schnäuzer zuckte.
„Meine Liebe", entgegnete er entrüstet. „Der Europäische Gerichtshof hat sich gegen eine nachträgliche Sicherungsverwahrung ausgesprochen. Gesetze sind die Grundlage unserer Gesellschaft."
Mittlerweile klang Gittas Stimme leicht schrill. „Erzählen Sie das mal den Frauen und Kindern, die wegen der Freilassung von Vergewaltigern und Pädophilen in Gefahr geraten. Natürlich sind das oft arme Schweine, die selbst in der Kindheit misshandelt oder vergewaltigt worden sind. Aber das berechtigt sie nicht, anderen genau das Gleiche anzutun."
Arno nahm ihr das Glas ab, ohne es wieder zu befüllen. Gleichzeitig versuchte er, in einem leichten Plauderton die Situation zu entschärfen: „Simon, hören Sie nicht

auf sie. Sie meint nicht die Hälfte von dem, was sie sagt."
„Doch, ich meine, was ich sage", protestierte Gitta erbost. „Du weißt genau so gut wie ich, dass viele von denen nicht therapierbar sind oder sich einer Therapie widersetzen und tickende Zeitbomben darstellen. Trotzdem sind sie auf freiem Fuß und können sich auf ihr nächstes Opfer stürzen."
Arno zuckte mit den Schultern. „Bei einer zehn bis 20-prozentigen Rückfallquote kann man das wirklich vernachlässigen. Eine Handvoll Ausnahmen, die in der Presse hochgespielt werden."
Mein Gott, wie überheblich kann man denn sein, dachte Judith. Sie konnte es nicht fassen.
„Wie kannst du denn nur so einen Scheiß erzählen", entfuhr es Gitta.
Der Richter schüttelte entrüstet den Kopf. Arnos Gesicht glich einer Tomate. Alain, der sich bisher zu dem Thema nicht geäußert hatte, legte beruhigend seinen Arm um Gitta.
Amüsiert fand Judith, dass es jetzt an der Zeit sei einzuschreiten.
„Könntest du mir in der Küche helfen?", fragte sie und zog Gitta weg.
Außer Reichweite flüsterte sie: „Was machst du denn nur? Du kennst doch Arnos Einstellung. Außerdem regst du den Richter auf und er bekommt noch einen Herzanfall."
Gittas Augen funkelten. „Es tut ihnen gut, wenn sie mal eine andere Meinung hören."
„Also wirklich, es ist hoffnungslos mit dir. Kein Wunder, dass dein Mann dich verlassen hat."

Gitta sah Judith entsetzt an. „Auf wessen Seite bist du eigentlich? Du vergisst, dass ich *ihn* verlassen habe."
„Ich bin natürlich auf deiner Seite, aber manchmal ist es klüger, mit seinen Anschauungen hinter dem Berg zu halten."
„Du meinst, ich soll mich anpassen, keinen eigenen Standpunkt vertreten und wie ein Roboter alles hinnehmen, was die Herren der Schöpfung sich so ausdenken", entgegnete Gitta empört.
„Nein, so meine ich das nicht, aber ich befürchte, es bringt nichts. Mach dich lieber mal nützlich." Judith drückte Gitta ein Geschirrtuch in die Hand und räumte die Spülmaschine aus.
„Wir brauchen frische Gläser. Ich dachte, ich hätte genügend bereitgestellt", sagte sie kopfschüttelnd. „Wahrscheinlich finde ich die anderen nachher an den unmöglichsten Orten."
„Ja, sei du nur mit deinen Gläsern und deinem Haushalt beschäftigt. Du solltest dich für irgendetwas Nützliches engagieren, anstatt so viel Zeit zu Hause zu verbringen und alles an dir vorbeigehen zu lassen."
Judiths Augen nahmen die Farbe eines eisig-blauen Gletschersees an. „Ich bin engagiert genug, Gitta, das ist nicht das Problem."
„Aber du merkst es noch nicht einmal, dass es rings um dich herum wie in einem Schweinestall stinkt. Nimm zum Beispiel Arno", ereiferte sich Gitta.
„Ich habe ihn bereits", entgegnete Judith humorlos. „Was ist mit ihm?"
„Nun, er ist ein netter Kerl. Er bezahlt die Rechnungen und versorgt dich. Du führst ein angenehmes Leben durch ihn.

Aber um welchem Preis? Er hilft Menschen, die lügen, betrügen, stehlen, vergewaltigen, morden. Was für ein Mensch tut so etwas?"

„Das ist sein Beruf", protestierte Judith. „Gitta, du beschuldigst meinen Mann ..."

„Ich beschuldige ihn gar nicht, ich mag ihn sogar, obwohl er mich nicht leiden kann. Und sag mir ja nicht, ich würde mich in der Hinsicht irren. Ich bin schließlich nicht blöd. Aber darum geht es eigentlich nicht."

„Worüber reden wir denn? Um was geht es denn?"

„Um Gerechtigkeit."

„Gerechtigkeit, welch nobles Wort", entfuhr es Judith.

„Glaubst du nicht an Gerechtigkeit?"

„Natürlich glaube ich daran, dass Schuldige bestraft und Unschuldige frei gelassen werden müssen."

Noch während Judith den Satz aussprach, erinnerte sie sich daran, wie der Polizeipräsident einmal zu ihr gesagt hatte: „Wir bringen lieber einen Unschuldigen mehr ins Gefängnis, als dass wir einen Schuldigen laufen lassen."

Gitta reagierte unwillig. „So 'n Quatsch, Ju, falls du wirklich der Auffassung bist, ist bei dir Hopfen und Malz verloren. Es gibt einen deutlichen Unterschied zwischen Recht und Gerechtigkeit. Denk nur mal an das Steuergesetz, das demjenigen Straffreiheit garantiert, der seinen jahrelangen Steuerbetrug aus Furcht vor Entdeckung selbst anzeigt. Oder denk an die Kronzeugenregelung. Findest du es den Tatsachen gegenüber gerecht, dass eine Supermarktkassiererin wegen eines nicht abgerechneten Getränkebons im Wert von 60 Cent ihren Arbeitsplatz verliert und wegen Betrugs verurteilt wird?

Du kannst doch nicht allen Ernstes an Gerechtigkeit und das Gesetz glauben. Das sind zwei völlig verschiedene Dinge. Vielleicht gehörten sie einmal zusammen, aber mittlerweile gehen sie getrennte Wege."
Judith nahm das letzte Glas aus dem Geschirrspüler. Sie wollte es nicht zugeben, aber sie war einer Meinung mit Gitta.
„Nehmen wir einmal Arnos letzten Fall."
„Ja, was ist mit meinem letzten Fall?", rief Arno, der plötzlich in der Küche stand. Judith hatte ihn nicht kommen gehört und fragte sich, wie lange er ihrem Gespräch schon gelauscht haben könnte.
Belustigt machte Arno eine beschwichtigende Geste. „Schon gut, ich störe nur ungern, aber das Eis ist alle. Ich hole es nur und bin dann schnell wieder weg." Er klapperte am Kühlschrank, als er die Eiswürfel herausholte und in eine Kühlbox umfüllte.
„Was ist mit Arnos letztem Fall, Gitta?", fragte Judith und ließ sich von seinem Aktivismus nicht beirren.
„Die Sache mit dem Fotografen, der Spaß daran hatte, kleine Jungen zu belästigen."
„Das Verfahren ist eingestellt worden", erklärte Arno, dabei stöberte er im Getränkekühlschrank herum und holte zwei Flaschen Mineralwasser heraus.
„Ist der Kerl einfach so davongekommen, obwohl es genügend Indizien gab?", fragte Judith.
„Er ist nicht davongekommen, sondern wurde freigesprochen."
„Ja, weil es angeblich keine eindeutigen Beweise gab und der Junge seine Anschuldigung zurückgezogen hat. Ein Freispruch zweiter Klasse. Nichtsdestotrotz: Arno, dein Plädoyer war fantastisch", erklärte Gitta.

Judith bemerkte ihren sarkastischen Unterton. Ihr Mann nicht. Er freute sich über Gittas ungewohntes Lob. Laut pfeifend kehrte er zur Gesellschaft in den Garten zurück.

„Er hat wirklich geglaubt, du meinst es ernst."

„Natürlich habe ich es ernst gemeint, er war wirklich fantastisch." Gitta setzte sich an den Küchentisch.

Judith schenkte sich und Gitta zwei Gläser Wasser ein und setzte sich neben sie. Sie war über Gittas Aussage leicht verwirrt.

„Ich verstehe dich nicht, Gitta. Du bist eine überzeugte Linke, gegen die Polizei, die Regierung und die herrschende Ordnung."

„Klar bin ich das. Überleg mal. Vor dem Gesetz sind alle gleich, aber wer reich ist und sich einen guten Anwalt wie Arno leisten kann, der hat einen nicht unwesentlichen Vorteil. Und wenn dann Arno in einem Gerichtsverfahren erreicht, dass sein Mandant wegen falscher Anschuldigungen freigesprochen wird, verdient er ein Lob. Er hat seinen Job ausgeübt, indem er die Gesetzgebung voll ausschöpfte.

Aber bei mir hinterlässt es einen bitteren Nachgeschmack und das hat nichts mit rechts oder links zu tun. Was ist, wenn der Angeklagte wirklich schuldig war? Wer denkt an die Opfer, die Kinder? Eine Gesellschaft, die ihre schwächsten Mitglieder nicht schützt, ist zum Scheitern verurteilt. Ein System, das derart aus dem Gleichgewicht geraten ist, dass die Wahrheit nebensächlich ist, wird die Bedeutung der Wahrheit aus den Augen verlieren." Gitta stand auf. „Oh mein Gott, es tut mir leid. Mitten auf deinem Fest schwinge ich große Reden. Es wird nicht wieder vorkommen, versprochen."

Sie zog Judith von ihrem Stuhl hoch. „Komm, wir wollen uns jetzt amüsieren. Hoffentlich haben sie uns noch etwas zum Trinken übrig gelassen."

Der Rest des Nachmittags und des Abends verlief reibungslos.

Gitta hielt sich an unverbindlichen Small Talk und Arno war so freundlich zu ihr wie schon lange nicht mehr.

Erst gegen Abend kam das Gespräch auf die geplanten Windkrafträder im Tauschwald, die Arno mit seiner Fraktion im Bezirksbeirat erst einmal verhindert hatte. Auch die Diskussion über den Standort der Container für Kriegsflüchtlinge aus dem Nahen Osten konnte harmonisch beendet werden, obwohl Gitta die Erwägung einwarf, sie auf dem ehemaligen Fahrion-Gebiet unterzubringen wäre ja wohl keine menschenfreundliche Aktion. Wie jeder wüsste, gäbe es dort jede Menge giftige Altlasten. Die Familien würden auf kontaminiertem Boden leben, mit Ausblick auf Müllhalden und Schrottautos und neben einem Tag und Nacht arbeitenden Betonwerk. Worauf der Richter die Bemerkung fallen ließ, alle Hartz IV-Empfänger könnten seiner Meinung nach auch in unterirdischen Wohnungen untergebracht werden.

Die Gattin des ehemaligen Polizeipräsidenten bat um das Rezept der kalten spanischen Tomatensuppe und der Richter trank nach seiner Aussage so viel, dass er schon ein wenig lallte, als er einen Toast ausbrachte. „Auf Judith. Sie sind eine hinreißende Gastgeberin und die ausgeglichenste Frau, die ich kenne."

Die ältliche Schwester des Richters und die Ehefrau des Polizeipräsidenten lächelten süßsauer. Die Freundinnen der Junganwälte schmollten.

Arno schwoll sichtlich vor Stolz. Leicht angetrunken schloss er sich an: „Auf Judith, mein perfektes Weib und Geliebte."
Alle lachten, außer Judith.

Viel später, als alle Gäste gegangen waren und Judith aufräumte, damit sie am nächsten Morgen nicht der Anblick schmutziger Teller und Gläser deprimierte, bat Arno sie in sein Arbeitszimmer. Hinter seinem Schreibtisch sitzend, mit einem Espresso zum Nüchtern werden in der Hand, sagte er vorwurfsvoll: „Ich habe etwas erfahren, was ich einfach nicht glauben kann. Vielleicht kannst du mich darüber aufklären!"
Guten Gewissens wartete Judith darauf, was Arno eigentlich sagen wollte. Sie fand die Situation lächerlich, sich beinahe in alte Zeiten zurückversetzt, in denen sie noch seine Mitarbeiterin gewesen war und zum Rapport ins Büro gerufen wurde.
Sie setzte sich ihm gegenüber und lächelte.
„Ich habe erfahren, dass du vor ein paar Wochen einen jungen Mann angegriffen und bewusstlos geschlagen hast. Es *scheint,* du hättest ihn angegriffen", korrigierte er sich. „Die Gerüchte sind außer Kontrolle, und ich werde dagegen vorgehen, sollten sie sich als unwahr herausstellen. Aber dazu wäre es hilfreich, genau zu erfahren, was überhaupt vorgefallen ist. Der Junge heißt Kevin."
»Merkwürdig«, dachte Judith. An den Vorfall erinnerte sie sich nur noch, weil sie ihrer Nachbarin einen Blumenstrauß ins Krankenhaus gebracht und ihr versprochen hatte, das Haus zu hüten und die Katze zu füttern, bis ihr Neffe eintraf. Seitdem war aber schon ein viertel

Jahr vergangen. So viel sie aus einem Telefongespräch erfahren hatte, war die Nachbarin noch immer in einer Reha-Klinik.

Der Neffe war eingezogen und hatte Judith bisher nur einmal über den Zaun zugewunken.

An den räuberischen Jungen vom Parkplatz erinnerte sie sich überhaupt nicht mehr. Sie wusste noch nicht einmal, wie er ausgesehen hatte.

„Nun?", Arno trommelte mit den Fingerspitzen auf die Schreibtischplatte.

„Es gab da einen ... einen Vorfall. Einen Handtaschenraub."

„Jemand hat deine Handtasche geraubt?"

Sie schüttelte den Kopf. „Nein, nicht meine, sondern die der Nachbarin. Sie wurde überfallen. Ich habe ihr geholfen."

„Du liebe Güte. Aber warum hast du mir das nicht erzählt?"

„Du bist immer so beschäftigt und nie da. Und dann habe ich es wohl vergessen." Judith zuckte mit den Schultern.

„Vergessen? Wie kann man denn so etwas vergessen?", empörte sich Arno. „Also war es nicht so, wie mir kolportiert wurde. Kevin hat einen älteren Bruder namens Jerome, der behauptet, du hättest versucht, den Jungen umzubringen."

„Er wollte weglaufen."

„Mein Gott, was hast du mit ihm gemacht?"

„Ihm ein Bein gestellt."

Arno sah erleichtert aus. „Das war alles? Sonst nichts?"

„Er wollte weglaufen, da habe ich ihn geschlagen."

„Also hast du ihn geschlagen. Wie oft?"

„Das weiß ich nicht mehr so genau, es ging alles so schnell. Ich habe das alles schon vergessen. Schließlich führe ich über so was kein Buch."
Arno sah sie fassungslos an.
„Du hast das alles schon vergessen? Du hast den Jungen krankenhausreif geschlagen und getreten. Zwei Polizisten mussten dich festhalten und dir ist das alles entfallen? Du kannst von Glück reden, dass du keine Anzeige bekommen hast."
Er betrachtete sie, als ob sie eine Fremde sei.
Judith empfand keine Schuldgefühle und keine Reue, sollte Arno doch über sie denken, was er wollte.
„Nun es mag sein, dass der Junge - wie war noch sein Name? Kevin? - von mir verletzt wurde. Aber er hat unsere Nachbarin überfallen und sie niedergeschlagen. Und alle standen herum und taten nichts. Ich hätte mich lieber auch nicht eingemischt, aber niemand kümmerte sich darum."
„Ich weiß nicht, was mit dir los ist, begreifst du das nicht, Judith? Was wäre, wenn der Junge gestorben wäre? In was für Schwierigkeiten du uns gebracht hättest."
»Also darum geht es«, dachte Judith. »Um seine Reputation. Nicht um mich.«
Erschöpft lehnte sich Arno in seinem Bürostuhl zurück.
„Ich verstehe das nicht, ausgerechnet du. Du kannst kein Blut sehen. Jeder verletzte Vogel bricht dir das Herz. Das ergibt doch keinen Sinn."
Das stimmte. Eigentlich hasste sie Gewalt. Verabscheute gewaltsam vergossenes Blut. Aber das Blut des Jungen hatte sie nicht berührt. Sie konnte es Arno nicht erklären, obwohl sie wusste, dass er auf eine Begrün-

dung oder eine Entschuldigung wartete. Aber sie selbst konnte es sich nicht erklären.

Vielleicht hätte sie es Arno erzählen sollen, wie sie sich damals gefühlt hatte, als sie ihren Vater von der Jagd kommen sah. Es war ein Erlebnis, dass sie nie vergessen würde. Sie war damals gerade elf geworden. Es existierte noch so deutlich, so schmerzhaft in ihrer Erinnerung wie an dem Sonntag, als es geschah.

Ihre Mutter und sie kamen von der Kirche, als das Auto ihres Vaters in den Hof einbog und vor ihnen anhielt. Auf der Ladefläche seines Pritschenwagens lag ein Reh. Seine Augen waren glasig, der Kopf war verdreht und hing haltlos herunter. Das Blut tropfte aus seinem Maul. Selbst tot sah das Tier noch schön aus. Sie stellte sich vor, wie es sich lebendig und geschmeidig durch den Wald bewegte, auf einer Lichtung stehenblieb, um zu äsen, seinen Kopf hob, weil es etwas gehört hatte und dann von dem Schuss erbarmungslos niedergestreckt wurde.

Judith hätte es am liebsten wieder lebendig gemacht. Sie empfand tiefe Traurigkeit.

Ihr Vater stieg aus und ein befreundeter Nachbar kam hinzu. Eigentlich hatte sie erwartet, dass er entsetzt sein würde, aber er stupste das Reh nur mit dem Finger an und sagte: „Welch eine Schönheit. Hast du lange gebraucht, um sie zu erlegen? Das nächste Mal musst du mich mitnehmen."

Ihr Vater blähte sich auf vor Stolz. Judith klammerte sich an den Arm ihrer Mutter, die sie aber wegstieß und ins Haus ging. Ihr Vater und der Nachbar waren aufgeregt, fast fiebrig.

Erst viele Jahre später begriff Judith, dass sie sexuell erregt waren durch den toten Körper und den Gedanken an das Tier.
Sie konnte nicht vergessen, dass die Männer das Reh als *sie* bezeichnet hatten.
Judith hatte ihren Vater lang und hart angesehen. Klein und untersetzt, in seiner ungewaschenen Jägerkluft, mit schmutzigen, blutbeschmierten Händen und das Gesicht mit Bartstoppeln bedeckt, hatte sie es als Sünde empfunden, dass so ein schmieriger Mann dieses wunderschöne Geschöpf getötet hatte. Damals wünschte sie sich, sie hätte die Macht, *ihn* zu töten. Sie empfand nur noch Zorn. Noch im Hof musste sie sich übergeben und ein zweites Mal im Haus, in der Nacht. Sie hatte mit niemandem über dieses Erlebnis gesprochen. Die Erinnerung daran war zu schmerzhaft, zu persönlich, um sie preiszugeben.

dreizehn

Fast zwölf Wochen waren seit dem grausigen Leichenfund des Industriemagnaten Oliver Niebling vergangen. Mittlerweile hatte sich die Berichterstattung in den Medien anderen lokalen Themen und brisanten Ereignissen zugewandt.

Arabella vertiefte sich in die Akten der letzten Fälle und bearbeitete gleichzeitig den neuen Mordfall.

Alle von der Spurensicherung im Bürohochhaus eingesammelten Kleidungsstücke, Fasern sowie die Champagnerflöten waren von der Kriminaltechnik untersucht worden und die Ergebnisse lagen nun vor. Es fanden sich nur die Fingerabdrücke von Niebling. Es gab keine fremde DNA. Wer auch immer Nieblings geheimnisvoller Besucher gewesen war, er hatte das Glas, aus dem er getrunken hatte, sauber abgewischt. Selbst das schwarze Haar ergab nur insoweit einen Hinweis, dass es von einer Perücke stammte. Der gesprungene Spiegel gab zuerst Rätsel auf. Während des Feuers konnte er nicht zerbrochen sein. Durch den Verlauf der Risse fand die Kriminaltechnik heraus, dass der Spiegel mit einem schweren Gegenstand vor Ausbruch des Brands zertrümmert wurde.

Die Durchsuchung des Bürocomputers und dem aus der Villa des Toten verlief ergebnislos. Niebling hatte seine Dateien in der Cloud passwortgeschützt deponiert.

Sämtliche Handydaten waren durch das Löschwasser unbrauchbar geworden. Die einzig relevante Spur war die Visitenkarte einer Escortagentur im Sakko des Mordopfers. Die angegebene Telefonnummer erwies sich insofern als Fehlschlag, da sie von einem Prepaidhandy stammte, das inzwischen nicht mehr aktiv war. Die Karte selbst entpuppte sich als Fake. Den Begleitservice gab es nicht. Den mit Plastik eingeschweißten Karton konnte man als handelsübliche Ware kaufen; die Karte mit jedem x-beliebigen Computer herstellen.

Zeugen wurden vernommen. Die Putzfrauen der Gebäudereinigung hatten nichts gesehen oder gehört. Auf den Überwachungsfotos des Bürohauses war niemand zu sehen, der für den Mord in Betracht kam. Das Ermittlerteam forschte nach möglichen Feinden und Konkurrenten. Aber alle besaßen für die fragliche Zeit ein Alibi.

Oliver Niebling hinterließ einen millionenschweren Konzern für Nanotechnologie. Es gab keine Unterlagen über seine leiblichen Eltern, nur der Name seiner schon lange verstorbenen Adoptivmutter stand in den Akten.

„Merkwürdig, das mit den Eltern. Wir sollten etwas genauer hinsehen", sagte Arabella. „Was ist da los? Wenn so ein Vermögen da ist, stehen die Erben meistens schon Schlange."

Als Jenny Viktor bat, ihr das nochmal mit der Nanotechnologie zu erklären, lachte er und neckte sie.

„Du hast wohl in der Schule nicht aufgepasst. Also, ein Nanometer ist der millionste Teil eines Millimeters. Nanopartikel werden in der Computertechnik, in der Medizin, bei der Versiegelung von Glas, Keramik, Kunststoff, Chrom und Edelstahl eingesetzt. Es gibt sogar ein Filter-

granulat mit Nanoteilchen, das verunreinigtes Wasser zu Trinkwasser aufbereitet. Die Damen wird bestimmt interessieren, dass die Teilchen auch in bestimmten Kosmetika zu finden sind. Ich würde allerdings davon abraten. Schließlich ist man sich noch nicht sicher, wie gefährlich das sein kann", sagte er mit Nachdruck.
„Vielen Dank für Ihre Aufklärung, Viktor. Wie wir inzwischen wissen, hat Niebling sein Geld mit Nanotechnologie für Mikroprozessoren gemacht", fügte Arabella hinzu. „Mir ist nur noch nicht klar, wie er praktisch aus dem Nichts so einen Konzern aufbauen konnte. Das und seine lückenhafte Legende sind Gründe, etwas tiefer in seiner Vergangenheit zu graben. Viktor, suchen Sie mir jeden Neandertaler heraus, den Sie finden. Vor allen Dingen suchen Sie in den sozialen Netzwerken. Gehen Sie in den Jahren zurück. Bevor Oliver Niebling das erste Mal offiziell auftauchte."
Während Arabella die Anweisungen gab, schob sie eine Kapsel in den von ihr gekauften Espressoautomaten. Als sie ihn aufgestellt hatte, hatten ihn ihre zwei Mitarbeiter freudig und als längst überfällig begrüßt. Die Kaffeepausen im Dezernatszimmer boten ihr außerdem die Gelegenheit, beide Kommissare etwas näher kennenzulernen.
Von Zuhm, der mit vollständigem Vornamen Viktor Emanuel Adalbert hieß, hatte Jura studiert, bevor er sich entschloss, zur Polizei zu gehen.
„Eigentlich könntest du doch Anwalt mit eigener Kanzlei sein", sagte Jenny, „anstatt Dieben und Mördern hinterher zu jagen." Sie saß auf einer Ecke ihres Schreibtischs und ließ die Beine baumeln, während sie ihren Cappuccino genießerisch in kleinen Schlucken trank.

„Das liegt wohl an unserem Wahlspruch: *Vide ai fidas. Schau, wem du vertraust.*" Von Zuhm lachte und erklärte weiter: „Wie ich dich kenne, Jenny, willst du es bestimmt ganz genau wissen. Also das ist so: Meine Großeltern besaßen einiges Land nahe der polnischen Grenze. Sie siedelten mit meinem Vater 1946 in die BRD über, nachdem zuerst die Russen ihren Gutshof beschlagnahmt und ihn zu einem Pferdestall verkommen ließen. Als die Russen abzogen, enteignete die DDR-Führung meine Familie und teilte das Land den Kleinbauern zu. Später quartierten sie im Haupthaus ein Sanatorium ein, bevor es im Laufe der Jahre immer mehr verfiel. Mein Vater engagierte sich nach der Flucht politisch."
„Wow", staunte Jenny.
Aha, dachte Arabella, daher kenne ich den Namen.
„Wollten Sie und Ihre Eltern nach dem Fall der Mauer nicht mehr in ihr Stammhaus zurück?", fragte sie.
„Nein, meine Eltern bestimmt nicht. Die Strapazen konnten sie sich nicht mehr antun. Und ich wollte es nicht. Ich bin in Stuttgart aufgewachsen, hier ist meine Heimat. Mein älterer Bruder hat das Haus mit Park und Stallungen für einen Euro zurückgekauft. Ihm war aber auch klar, dass er bestimmt ein paar Millionen zum Wiederaufbau braucht. Zurzeit ist er immer noch Architekt, Maurer, Gipser und Schreiner in einer Person."
„Krass", meinte Jenny.
„Und Jenny? Was ist mit dir?", fragte Viktor von Zuhm.
Jenny stellte ihre Tasse ab und rückte verlegen ihren Pferdeschwanz zurecht. „Mit mir, was soll mit mir sein?"
„Was hat dich zur Polizei gebracht?"
„Aha, jetzt bin ich dran mit erzählen. Meine Eltern wollten, dass ich zur Polizei gehe. Sie meinten, ich soll doch

Beamtin werden. So ein Schreibtischjob wäre ungefährlich, außerdem wäre ich unkündbar und später mit der Pension versorgt. Hörte sich gut an. Dass ich aber zuerst einmal jahrelang auf Streife gehen musste, um hier so einen Job zu bekommen, haben sie nicht eingeplant. Aber nein", feixte Jenny. „Ganz so war es nicht. Ich glaube, ich habe als Kind zu viele TKKG-Geschichten und Sherlock-Holmes-Romane gelesen."
„Arme Jenny. Da hat dich aber die Realität eingeholt."
„Okay, dann hätten wir das vorerst. Können wir weitermachen?", sagte Arabella. „Wenden wir uns wieder unserer Realität zu."

Die Obduktion der Leiche, die von Doktor Rasch durchgeführt wurde, fand in Arabellas und Viktors Anwesenheit statt. Auch Staatsanwalt Sommer, dem Arabella die vorläufigen Ergebnisse der Forensik schon übermittelt hatte, war im Sektionssaal des Robert-Bosch-Krankenhauses zugegen.
Wie der Rechtsmediziner schon am Fundort der Leiche erklärt hatte, war der Tod unmittelbar durch den Schlag mit dem Stab in den Herzbeutel eingetreten.
„Der Täter muss genau gewusst haben, wo er zustoßen muss, damit er nicht die Rippen trifft", erklärte Doktor Rasch.
Als der Mediziner den Edelstahlstab herauszog und am anderen Ende ebenfalls Rillen sichtbar wurden, erkannte Arabella, dass es tatsächlich der Griff einer Hantel sein konnte, an dem beide Gewichte fehlten.
Auch diese Spur wurde zurückverfolgt. Zwar konnte sich ein Verkäufer in einem der ortsansässigen Sportgeschäfte daran erinnern, eine solche Hantel in letzter

Zeit verkauft zu haben. Er wusste sogar noch, wie der Kunde ausgesehen hatte: Ein junger, großer, schlanker Mann in Kapuzenshirt und Brille. Der Mann hatte bar gezahlt. Die Videos der Überwachungskamera waren inzwischen überspielt. Arabella ließ ein Phantombild anfertigen.

Warum aber war in das Metall eine 3 eingefräst? Was hatte die Zahl zu bedeuten? Wer hatte einen Grund, Niebling zu ermorden?

Arabella nahm parallel noch einmal die letzten zwei Fallakten in die Hand und vertiefte sich in die Obduktionsbefunde. Vielleicht ergab sich so ein Muster.

„Ich glaube, ich habe hier was", sagte Viktor und sah vom Computer hoch. „Eine Abiturzeitung von '84, aus Freudenstadt. In dem Jahr hat Niebling, laut eigenen Angaben, sein Abitur gemacht. Der Redakteur hat einen Link bei Facebook gepostet, weil er die Absolventen des Jahrgangs zu einem Klassentreffen einladen will."

Jenny sah Viktor über die Schultern. „Lass mich mal sehen. Also, ich weiß nicht, das Foto sieht ihm ja ziemlich ähnlich. Das Datum stimmt. Nur, dass der Junge darauf Hagen Schwertfinger heißt."

Viktor vertiefte sich wieder in seine Computerrecherche.

„Da ist noch was. Aus dem selben Jahr. Im ‚Schwarzwälder Boten' steht ein Artikel über den Mord an einem kleinen Mädchen. Den Mörder hat man nie gefasst", las sie vor.

„Schicken Sie es mir und drucken Sie es aus. Wir werden uns später darum kümmern", sagte Arabella. „Aber zuerst müssen wir zurück zum hiesigen Tatort."

In Begleitung von Jenny und Viktor fuhr Arabella zum Mailänder Platz. Sie nahmen den Fahrstuhl von der Tiefgarage hoch in die verwaiste Lobby.

„Warum? So ’ne Scheiße. Was suchen wir denn da? Die Spurensicherung ist doch schon durch“, gähnte Jenny und trottete hinter Arabella und Viktor durch die Halle zu den Büroaufzügen. Sie drückte den Knopf mit der Aufschrift LMN und wenig später erreichten alle drei einen pechschwarzen Flur, der sich neben Nieblings Räumen befand.

„Verflixt“, fluchte Arabella leise, während von Zuhm nach dem Lichtschalter tastete, um ihn dann vergeblich zu betätigen. Er zog eine Taschenlampe hervor und leuchtete den Gang aus.

„Kein Licht. Da hat wohl jemand die Stromrechnung nicht bezahlt“, meinte Jenny.

„Wohl eher ein Kurzschluss“, sagte Arabella. „Wo sind die Feuertreppen?“

Viktor führte sie zum Ende des Flurs, vorbei an den mit Polizeisiegeln versehenen Büroräumen, und deutete auf eine schwere Tür.

Arabella stieß sie auf und trat ins Treppenhaus. Ihre Mitarbeiter folgten ihr. Als wäre das ein Signal gewesen, gingen die Decken- und die Notbeleuchtung für die Fluchtwege wie von Zauberhand an.

Eine weitere Tür befand sich direkt neben der ersten. Sie war unverschlossen. Drinnen standen Eimer, Wischmoppe, eine Leiter, Putzmittel und ein Regal mit Klopapierrollen.

„Eindeutig eine Besenkammer“, meinte Jenny lapidar.

„Gibt es noch mehr davon?“, fragte Arabella.

„In jedem Stockwerk gibt es die“, bestätigte von Zuhm.

„Und was sehen wir?“, fragte Arabella. „Vielmehr, was sehen wir nicht?“ Sie wartete.
Jenny und Viktor sahen ratlos in die Runde.
„Wir sehen keine Überwachungskameras. Es gibt keine hier, sowohl auf der Feuertreppe, als auch in der Tiefgarage. Deshalb war unser Täter nicht auf den Aufnahmen, als er den Aufzug und Nieblings Büro in der relevanten Zeit betreten und verlassen hat.“
Viktor runzelte die Stirn. „Aber selbst wenn es in der Garage und auf den Feuertreppen keine Kameras gibt, muss man auf diesem Weg ins Gebäude an dem Sicherheitsmann in der Lobby vorbei.“
„Wir sollten uns noch einmal den Stundenplan der Security geben lassen, vielleicht hat einer ja geschwänzt oder sich Pornos angesehen und war abgelenkt“, mutmaßte Arabella und fügte hinzu: „Schließlich saß vorhin auch niemand in der Empfangshalle.“
Jenny sah auf ihren Moleskine-Block. „Die Kameras werden um acht Uhr abends ein- und zwölf Stunden später wieder ausgeschaltet. Weiß der Geier, warum. Dazwischen ist ein großes Zeitfenster, da konnte sich unser Täter problemlos im Haus verstecken. Wäre gut möglich in der Besenkammer.“
Jenny und Viktor zogen Latexhandschuhe an und betraten die fensterlose Kammer. Sie wollten sich dort genauer umsehen, ob irgendetwas darauf hinwies, dass sich dort in jüngster Zeit jemand versteckt hatte.
„Prima, warten Sie …“ rief Arabella ihnen hinterher, kam aber nicht mehr dazu den Satz zu beenden. Vor ihr tauchte wie aus dem Nichts ein in Schwarz gekleideter, bulliger Mann auf. Arabellas sämtliche Alarmglocken schrillten. War das der Killer?

Der Mann hielt ihr eine Pistole vor die Nase und fauchte sie an: „Stehen bleiben, oder ich schieße."
„Das ist gewöhnlich unser Part", stieß Arabella hervor. „Machen Sie ja keine Dummheiten." Vorsichtig, den Mann im Auge behaltend, griff sie nach der Dienstmarke am Schlüsselbund ihres Gürtels und hielt sie hoch. „Polizei. Und jetzt nehmen Sie gefälligst ihre Pistole runter. Ganz langsam, wenn ich bitten darf."
„Tschuldigung, Security", nuschelte der Mann kleinlaut. „Seit dem Mord liegen bei uns die Nerven blank."
„Nicht nur bei Ihnen", versicherte Arabella, als sie sah, dass der Wachmann seine 44er Magnum entsichert und schussbereit in der Hand hielt.

Oliver Niebling war so bekannt, so oft in der Presse gewesen, dass Arabella davon ausging, sein Leben würde ein offenes Buch sein. Aber die Aufgabe, seine Vergangenheit zu erforschen, war weitaus schwieriger als erwartet.
Niebling hatte in nur wenigen Jahren ein Unternehmen aufgebaut und sehr viel Geld gemacht. Als Viktor das Internet durchstöberte, fand er haufenweise Informationen über die geschäftlichen Aktivitäten und Spenden an verschiedene humanitäre Einrichtungen. Kein Artikel handelte von früher, die ersten zwanzig Jahre lagen im Dunklen. Die Organisationen oder Geschäftspartner, mit denen er zu tun hatte, wussten ebenfalls nichts Näheres über ihn. Die Rückfrage beim Justiziar der Firma erwies sich als Fehlanzeige. Er kannte seinen Boss nur als Oliver Niebling.
„Bevor wir das Handtuch werfen", erklärte Arabella nach einer Weile, „bleibt als Einziges übrig, uns auf die

Socken zu machen. Ich wollte schon immer mal in den Schwarzwald.“

Am nächsten Morgen machten sich Arabella und Jenny auf den Weg. Viktor durchforstete inzwischen die Meldungen der Standesämter.

Die Telefonbuch-App von Arabellas Smartphone zeigte einen Eintrag auf den Namen Herbert und Dora Schwertfinger. Das kleine Dorf, in dem sie wohnten, war eine dreiviertel Autostunde von Freudenstadt entfernt. Der Ort lag, umsäumt von dichten Tannenwäldern, in einem engen Tal, durch das sich ein Fluss schlängelte. Am Eingang des Weilers gab es ein Sägewerk. Aber Arabella entdeckte niemanden, der dort arbeitete. Der Dorfplatz neben der Kirche und dem Pfarrhaus war verwaist. Nur der Brunnen plätscherte. In der Ferne jaulte ein Hund; es hörte sich wie Wolfsgeheul an.

Die Schaufenster des einzigen Bäckers und Metzgers sowie des Supermarkts waren mit Zeitungspapier verklebt. Es musste schon lange her sein, denn mittlerweile waren die Zeitungen vergilbt und hingen an den Ecken herunter. Die Tankstelle war schon längst aufgegeben. Als einzige Bastion dörflichen Lebens war der Gasthof übrig geblieben. Ein Schild an der Tür verkündete: „Geöffnet von 17–23 Uhr“. Sollte Oliver Niebling tatsächlich Hagen Schwertfinger sein, konnte Arabella verstehen, weshalb er der Enge des Tals und dem Dorf entflohen war.

Erst nach einiger Zeit der Suche fand Arabella das einzeln stehende, mit Holzschindeln bedeckte Schwarzwaldhaus. Es stand zwischen zwei Waldstücken auf einem Hang, der nach hinten zum Garten steil abfiel. Zur

Straße hin befand sich eine Scheune, die unter das Gehöft gebaut war. Rechts und links der Eingangstür stapelten sich Holzbeugen. Alles war ruhig, nur zwei Katzen streunten umher.
Arabella klingelte. Nach unendlich vorkommenden Minuten öffnete sich die Haustür für einen Spalt und hervorlugte das runzlige, verkniffene Gesicht einer Frau. Misstrauisch spähte sie die beiden Kommissare an. „Mir brauchet nix und gebet nix“, erklärte sie barsch. Das war ihr Zauberwort, mit dem sie bestimmt jeden Vertreter oder Bettler vertrieb.
„Frau Schwertfinger, Polizei Stuttgart. Mein Name ist Herzog. Das ist die Kommissarin Schätzle. Wir möchten gerne mit Ihnen über Ihren Sohn sprechen.“
Im gleichen Moment wusste Arabella, dass das ein Fehler war, denn die Frau zuckte erschrocken zusammen und versuchte die Haustür zuzuschlagen. Jenny fasste den Türknauf mit der linken Hand und umklammerte den Rand des Türblatts mit der rechten. Sie knirschte mit ihren Zähnen: „Verflucht, was soll die verdammte Scheiße?“
Arabella schüttelte stumm den Kopf. Schließlich wollte sie nicht wegen Hausfriedensbruch angezeigt werden. Außerdem befürchtete sie schon, Jenny könnte ihre Finger quetschen, falls die Frau die Tür zuschlug. Endlich wich diese zurück und öffnete.
„Ja?“
Noch einmal wiederholt Arabella: „Frau Schwertfinger, wir möchten mit Ihnen über Hagen sprechen.“ Dabei artikulierte sie jedes Wort so, als ob sie mit einer Tauben spräche. „Vielen Dank, dass Sie Zeit für uns haben. Können wir hereinkommen?“

Arabella sah in das von der Sonne gegerbte Gesicht, bemerkte den gebeugten Rücken, der von jahrelanger körperlicher Arbeit herrührte. Über einem aus der Mode gekommenen, an den Ärmeln geflickten Kleid, trug die Frau eine weißgestärkte Schürze, die bei jedem ihrer Schritte knisterte. Sie führte die beiden Polizistinnen in ein winziges Wohnzimmer. Es war so niedrig, dass Arabella instinktiv den Kopf einzog. Durch die kleinen Fenster kam fast kein Tageslicht herein. In einer Ecke stand ein Kachelofen.
»Wenigstens hat sie es im Winter warm«, dachte Arabella und folgte ihr in die Küche. Sie war heller als das sonnenlose Wohnzimmer. Der Linoleumboden glänzte blitzsauber und Topfpflanzen schmückten das Fenster mit Aussicht auf den Garten hinter dem Haus. Auf einem Wandbord standen Trockenblumensträuße und Fotos. Auf einem blickte ihnen ein pickliger Junge entgegen – Oliver Niebling.
Frau Schwertfinger öffnete eines der Fenster und rief etwas auf Schwäbisch hinaus, das Arabella nicht verstand.
Eine Gestalt, ein alter Mann, trat aus einem Schuppen. Er hielt eine Bierflasche in der Hand und erklomm mühsam die Stufen der Treppe, die hinauf zum Haus führte. Herbert Schwertfinger kam in die Küche. Arabella vermutete, dass sein glühendes Gesicht nicht vom anstrengenden Treppensteigen herrührte. Zumal sein Gesicht rote Äderchen durchzogen und mit einer Knollennase gekrönt war. Arabella konnte sich denken, dass er schon lange mehr trank, als seiner Gesundheit zuträglich war.
Er fragte schroff: „Sie kennen also Hagen?“

Bevor Arabella antworten konnte, unterbrach ihn seine Frau. „Hagen ist ein guter Junge.“ Sie zeigte auf eine eingebaute Spülmaschine, die aussah, als wäre sie noch nie benutzt. „Er schickt Geld, kauft Geschenke.“
Der alte Mann stampfte mit dem Fuß auf. „Er schickt Sachen, kommt aber nie nach Hause. Wir wissen noch nicht einmal, wo er wohnt.“
„Du bist Schuld, dass er nicht mehr kommt, du mit deiner Sauferei. Geprügelt hast du ihn mit dem Ochsenziemer“, brach es aus der alten Frau heraus. „Hagen ist tot, er ist seit dreißig Jahren tot.“
„Warum behaupten Sie das? Warum seit dreißig Jahren? Wie kommen Sie darauf?“ Jenny schüttelte den Kopf. Aber dann begriff sie es. „Kennen Sie einen Oliver Niebling?“ Sie fühlte sich sichtlich unbehaglich und drehte immer wieder mit dem Zeigefinger ihren Pferdeschwanz.
„Nein, wer soll das sein?“, schnauzte der alte Mann sie an. „Weshalb sind Sie hier?“
Noch während Arabella fragte: „Hatte Hagen hier Freunde? Gibt es jemanden, mit dem wir reden können?“, drängte der Mann sie aus der Küche und griff sich dabei den Ochsenziemer, der an einem Haken hinter der Tür hing.
„Hier gibt es nichts zu sehen. Hauen Sie endlich ab. Reden Sie mit unserem Sohn, wenn Sie etwas wissen wollen.“
Notgedrungen verließ Arabella das ungastliche Haus, Jenny im Schlepptau. Hinter ihnen wurde die Tür zugeschlagen. Sie waren ausgesperrt und standen auf dem Gehweg – perplex. „Verflixt. Hier kommen wir nicht weiter“, sagte Arabella. „Entweder wissen sie es nicht, oder sie wollen es nicht wissen, wer ihr Sohn eigentlich war.“

„Scheiße“, pflichtete ihr Jenny bei und fragte: „Müssten wir nicht unserem Verdacht nachgehen? Indem wir DNA-Proben der Eltern entnehmen und sie mit der von Niebling vergleichen?“

„Das können wir noch immer“, sagte Arabella. „Ich glaube, es ist längst klar, dass Niebling ihr Sohn war. Mich interessiert im Augenblick, wie und warum er seine Identität geändert hat. Ich habe so ein mulmiges Gefühl, dass da mehr dahintersteckt, als sein schlechtes Verhältnis zum Vater.“

Sie blieb unschlüssig stehen und überlegte, ob sie gleich wieder nach Stuttgart fahren, oder noch einen Versuch wagen sollte, das Ehepaar erneut zu befragen, als ein gelber Polo vor dem Haus stark abbremste und eine rundliche, ältere Postbotin ausstieg.

Jenny setzte ihr freundlichstes Lächeln auf und die Frau lächelte zurück.

„Grüß Gott“, sagte Jenny. „Kann ich Sie was fragen? Bringen Sie hier schon lange die Post?“

Die Frau blieb, neugierig zu erfahren, was die Fremden von ihr wollten, stehen.

„Seit meiner Hochzeit.“

„Kennen Sie die Familie Schwertfinger?“

„Seit meiner Hochzeit.“

„Kannten Sie ihren Sohn?“

„Seit er acht war. Mit 20 bin ich hierher gekommen, als ich geheiratet habe.“ Sie öffnete die Beifahrertür und nahm aus einer Tasche zwei Werbeprospekte heraus. „Moment, ich muss das kurz einwerfen.“ Sie ging zum Haus und steckte die Prospekte in den Briefkastenschlitz. Eine Gardine im Wohnzimmerfenster bewegte sich, wurde dann aber wieder losgelassen.

Als die Zustellerin zurückkehrte, blieb sie erneut stehen und lehnte sich gegen ihr Auto. „Sie fragen mich wegen Hagen?"
„Ja, wie war er?", setzte Arabella das Interview fort.
„Clever, hellwach. Er konnte keine Minute stillsitzen, schon als Kind nicht. Er kam oft zu uns und saß am Mittagstisch, weil er es zu Hause nicht aushielt. Er sagte immer, dass er reich werden würde, wenn er groß wäre. Das wurde er dann auch."
„Kam er jemals zurück, um seine Eltern zu besuchen?"
„Ich habe ihn nur einmal gesehen, etwa zwei Jahre, nachdem er fortging. Über Nacht ist er damals verschwunden. Als er wiederkam, sah er vornehm aus. Sein Angeberauto parkte direkt vor dem Haus."
„Frau Schwertfinger sagt, er starb vor 30 Jahren."
Die Postbotin lachte. „Natürlich meint sie nicht, dass er richtig tot ist. Für sie ist er gestorben, weil er sich von irgendeiner kinderlosen, einsamen Witwe aus dem Ausland adoptieren ließ. Die soll außerdem ziemlich reich gewesen sein. Kurze Zeit danach ist sie bei einem Badeunfall ums Leben gekommen. Frau Schwertfinger hat nach dem einzigen Besuch nie wieder mit Hagen gesprochen. Für sie war er tot."
„Und jetzt ist er tot."
„Ich weiß." Sie sah traurig aus. „Ich weiß auch, wie er nachher hieß. Aber ich rede nicht mehr mit den Alten da drin. Manchmal stand da was über Hagen in den Boulevardblättchen, die beim Friseur rumliegen. Nicht, dass ich mir die selbst kaufen würde." Die Postbotin kicherte verlegen.
„Das sagen alle", murmelte Jenny.
„Hatte er damals Freunde? Eine Freundin?"

„Die Mädchen mochten ihn, aber er durfte nie eine mit nach Hause bringen. Der alte Saufbeutel, der Schwertfinger, hat die Mädlesrennerei nicht erlaubt. Aber ich muss jetzt wirklich weiter."
„Nur noch eine Frage", sagte Arabella. „Haben Sie hier Probleme? Gewalt, Schlägereien und so was?"
„Nicht mehr als anderswo, und bestimmt weniger als in der Stadt. Es gibt ja kaum noch junge Leute hier, die sind fast alle weggezogen. Wer bleibt, sind die Alten."
„Würden Sie sich erinnern, wenn hier einmal ein kleines Mädchen ermordet worden wäre?"
„Jetzt, wo sie es sagen ... Das war an dem Tag, als Hagen verschwand. Meinen Sie die kleine Ruth Berger? Mein Gott, das hätte ich fast vergessen. Man fand sie im Wald. Sie war nackt und ..."
„Wurde vergewaltigt?"
„Ja, ja, aber jetzt ist es genug. Nur noch soviel: Hinterher war das Dorf nicht mehr dasselbe. Jedermann verdächtigte hier jeden. Ich möchte nicht mehr darüber reden."
Sie drehte den Kopf weg und ihre Augen blickten an Arabella und Jenny vorbei.
Blitzartig kam Arabella der Verdacht, dass es im Gedächtnis der Postbotin etwas gab, das sie bisher verdrängt hatte oder an das sie nicht erinnert werden wollte.

Als Arabella und Jenny von ihrer Dienstreise zurückkamen, war Viktor überrascht über die Entwicklung im Fall Oliver Niebling. Inzwischen hatte er im Computer nach einem Eintrag über die Namensänderung eines Hagen Schwertfinger gesucht, aber in Deutschland nichts gefunden. Eine Suche über Interpol lief bereits.

Er hörte zu, was ihm über die Familie, die Postbotin und über den Mord an der kleinen Ruth berichtet wurde.
„Aber es gibt keinen Hinweis darauf, dass Niebling dafür verantwortlich war", bemerkte er.
„Das ist nicht der Punkt, Viktor. Er war da und muss das Mädchen gekannt haben. Er verschwand an dem Tag, als die kleine Ruth gefunden wurde. Wir können ihn nicht mehr des Mordes überführen. Uns interessiert im Augenblick nur die Möglichkeit, nicht die Wahrscheinlichkeit", sagte Arabella. „Auf jeden Fall ist Nieblings Weg mit Leichen gepflastert. Alles ziemlich nebulös."
„Da hat Frau Herzog Recht, Viktor. Wir müssen Nieblings Mörder suchen, auch wenn ich es Scheiße finde, je länger ich mich damit befassen muss. Ich finde es auch ziemlich merkwürdig, dass er sich gerade an dem Tag auf- und davonmachte, an dem die kleine Ruth ermordet aufgefunden wurde."
„Ich kann nur nicht verstehen, warum das niemandem aufgefallen ist. Besonders nicht den Kollegen" intervenierte Viktor.
Jenny schüttelte den Kopf. „Bestimmt ist es ihnen aufgefallen und sie haben ihn gesucht. Weiß der Geier, in welchen Fuchsbau er sich verkrochen hatte, bis Gras über die Sache gewachsen war. Dann hat er sich adoptieren lassen. Später haben nur wenige Menschen gewusst, wer hinter Niebling in Wirklichkeit steckte. Und schlussendlich wurde er Opfer eines Verbrechens."
„Wenn wir Recht haben", sagte Arabella kalt, „so ist das Kind Ruth das eigentliche Opfer, nicht Niebling."

August

vierzehn

Gitta rief dreimal an, um Judith und Arno zum Abendessen in die Stadt einzuladen. Sie wollte sich revanchieren und so ein Essen zu viert wäre eine gute Idee, damit sie Alain noch näher kennenlernen konnten. Aber jedes Mal, wenn Gitta nachfragte, hatte Arno keine Zeit.
Beim vierten Anruf bestand Gitta darauf, dass Judith zusagte. Ob mit oder ohne ihrem ach so beschäftigten Ehemann.
„Wie? Ich dachte das mit Alain sei nur ein vorübergehendes Arrangement?", fragte Judith erstaunt.
Die sonst so redselige Gitta druckste verlegen herum: „Eigentlich ist es schon mehr als das. Bei uns beiden. Alain wird demnächst bei mir einziehen."
„Oh Gitta, überleg dir das noch einmal", versuchte Judith ihr den Plan auszureden. „Stört dich nicht der Altersunterschied?", fragte sie.
„Warte nur, bis du ihn richtig kennenlernst", konterte Gitta. „Und was soll die blöde Frage? Warum sollte mich der Altersunterschied stören? Wenn ein 50-jähriger eine 25 Jahre jüngere Freundin hat, regt sich kein Mensch auf. Aber wehe, der Mann ist deutlich jünger als die Frau, dann wird sich das Maul zerrissen. Du weißt, dass ich nicht grundsätzlich gegen Männer bin. Ich kann nur das blöde Machogetue nicht ausstehen. Und mit Alain fühle ich mich wohl, er ist humorvoll, aufmerksam und

liebevoll. Er tut mir gut nach dem Reinfall mit meinem Ex, dem Loser."

Judith stellte ihren Smart am Wilhelm-Geiger-Platz ab und nahm die Stadtbahn, da es rund um den Hauptbahnhof wegen der Baustellen schwierig werden würde, einen oberirdischen Parkplatz zu finden. Tatsächlich mied Judith Tiefgaragen so oft es möglich war.

Sie trafen sich in einem Hotel-Restaurant unweit vom Bahnhof. Judith hatte es Gitta empfohlen. Als Vorspeise gab es Sülze von Bachkrebsen mit Sauerrahmtörtchen. Als Hauptgang wählte Judith eine rosa gebratene Entenbrust mit Ingwer, dazu Kartoffelgratin, Vanillerübchen und Kaiserschoten.

Den Nachtisch ließ Judith ausfallen, dafür bestellte Gitta eine doppelte Portion Crème brulée mit weißem Schokoladeneis und frischen Kirschen.

Seit der Poolparty hatte Judith keinen Alkohol mehr angerührt. Jetzt war es Mitte August. Sie warf alle Bedenken über Bord und trank Weißwein zum Essen und einen Grappa zum Espresso. Gegen Ende des Dinners war sie ein klein wenig beschwipst und fühlte sich auf eine beunruhigende Art beschwingt.

Als Judith Alain fragte, wie er denn mit Gitta so fertig werde, grinste er und meinte, er werde nicht nur mit ihr fertig, sondern stimme mit ihr grundsätzlich überein.

„Wie schön", sagte Judith und dachte an Arno und sich.

Mit einem tiefen Seufzer ließ sich Gitta in den Stuhl zurückfallen. Wie es aussah total zufrieden mit dem Essen, mit sich und ihrer neuen Liebe.

Sie sprachen zuerst über das Wetter, dann über Politik, später über die wachsende Kriminalität.

Gitta zeigte ein erneutes Interesse an Judiths Recherchearbeit.
„Stell dir das mal vor, Alain, sie legt tatsächlich Ordner über Mörder und Vergewaltiger an. Ich konnte mich persönlich davon überzeugen."
„Rein wissenschaftlich", lachte Judith.
Dann lenkte sie das Gespräch auf die schreckliche Gefahr, dass die Menschen unfreiwillig auf eine globale Umweltkatastrophe zusteuerten. Alain erwies sich wieder einmal als guter Zuhörer und überließ den beiden Frauen weitgehend die Unterhaltung.
Judith sah Gitta an, dass sie glücklich war, und dass sie sich gut mit Alain verstand. Als er sich zu Judith beugte und ihr zuflüsterte: „Du hast einen heimlichen Verehrer", gab Gitta ihm einen Klaps auf die Hand und maulte: „Nichts da, ich habe dich zuerst gesehen." Es klang aber wie eine gutmütige Bemerkung und war bar jeder Eifersucht.
Alain rückte verlegen seine Krawatte zurecht. „Ich meine doch nicht mich." Wieder zu Judith gewandt sagte er: „Da sitzt ein Mann allein, da drüben am Fenstertisch, der dich nicht aus den Augen lässt."
„Wahrscheinlich sieht er nur, wie gut wir uns amüsieren, und bedauert es, dass er alleine essen muss", entgegnete Judith.
Aber auch ihr war den Mann aufgefallen. Seine schweren Augenlider und das markiges Kinn ließen ihn zugleich schwermütig und brutal aussehen. Er trug über dem leicht zerknitterten Sommersakko einen dekorativ geknoteten Baumwollschal. Genauso dekorativ hatte er seine professionelle Digitalkamera auf dem Tisch abgelegt.

Judith amüsierte sich. Aber dann bemerkte sie, dass der Mann zwar in ihre Richtung sah, aber nicht sie beobachtete, sondern ein Ehepaar mit einem kleinen Jungen, die an dem Tisch neben ihnen saßen.
Es waren Hotelgäste. Der Vater des Kindes nannte seine Zimmernummer, als eine Bedienung die Rechnung brachte.
Auch ihre Rechnung kam. Alain bezahlte und gab ein großzügiges Trinkgeld. Aber Judith wollte noch nicht nach Hause und lud die beiden in die Hotelbar ein.
Beim Verlassen des Restaurants und auf dem Weg in die Bar kamen sie an dem Tisch mit dem alleinsitzenden Gast vorbei. Wie es aussah, logierte er auch hier, denn er nannte dem Oberkellner seine Zimmernummer, als er die Rechnung unterschrieb.
Gitta, die ihn schon eine Weile angestarrt hatte, wurde mit einem Mal ganz bleich. Als sie außer Hörweite waren, rüttelte sie Judith am Arm. „Das ist er, das ist er."
Weder Judith noch Alain wussten, wovon sie sprach.
„Weißt du noch, worüber wir uns in der Küche während deines Sommerfests unterhalten haben?", fragte sie.
„Wir haben uns über einiges unterhalten", schmunzelte Judith.
„Du musst dich doch noch erinnern, was ich dir über das Gerichtsverfahren erzählt habe, in dem ich war, um Arno zu hören. Das ist der Bastard, dieser Fotograf, den er frei gekriegt hat. Mein Gott, das ist er. Lasst uns hier weggehen." Gitta schnappte nach Luft. Dann stürmte sie voraus durch die Empfangshalle des Hotels. Alain und Judith konnten kaum mit ihr Schritt halten.
„Wir wollten hier doch noch etwas trinken", protestierte Judith.

Mit zusammengepressten Lippen sah Alain in Richtung Restaurant. „Ist das der Kerl, der verdächtigt wurde, sich an kleinen Kinder zu vergreifen?“, fragte er. Sein Gesichtsausdruck wurde hart. „Zum Teufel mit dem Schwein, von so jemandem lassen wir uns nicht den Abend vermiesen.“

Judith hörte Gitta sagen: „Du hast Recht, aber ich hasse es, mit ihm in einem Raum zu sein. Er gehört hinter Schloss und Riegel.“

„Der Richter kam aber zu einem ganz anderen Schluss“, warf Judith ein.

„Ja, dank Arno.“ Gittas Stimme klang zynisch. „Ich kann es immer noch nicht fassen. Laut Aussage der Polizei befanden sich Fotos mit nackten Jungen in seinem Besitz. Das wird bei uns nicht bestraft, was ich einfach unglaublich finde. Wer sammelt denn so was? Hm? Wenn er so ein künstlerisches Interesse daran hat, wie es hieß, könnte er genau so gut in die Staatsgalerie gehen, um sich Allegorien mit Putten anzusehen. Sein Computer und Laptop waren verschwunden, so konnten ihm die Ermittler nichts nachweisen. Ein Schelm, wer Böses dabei denkt.“

„Aber vielleicht ist er ja wirklich unschuldig. Vielleicht sollten wir uns seine Sicht der Dinge anhören. Ich meine natürlich Arnos.“ Mit einem Mal war Judith in Hochstimmung, die nichts mit dem Wein und Grappa zu tun hatte.

„Willst du den Typ auf die Sache ansprechen? Bist du nicht ganz bei Trost, Ju?“, fuhr Gitta sie an.

Alain meinte, es wäre jetzt wirklich an der Zeit aufzubrechen. Gitta pflichtete ihm bei und sagte, es sei schön gewesen, aber die Party sei jetzt vorbei. Sie umarmte

Judith und gab ihr rechts und links angedeutete Küsse auf die Wangen.
Als sie Judith fragte, ob sie sie nach Hause fahren solle, verneinte Judith mit der Begründung, dass der Taxistand ja nicht weit wäre.
Sie machte sich nicht die Mühe, Gitta darüber aufzuklären, dass für sie die Nacht alles andere als vorbei sei, sondern gerade erst begann.

fünfzehn

Rob Braun lebte schon mehr Jahre aus dem Koffer, als er zählen mochte. Zwar besaß er in München ein Atelier, in dem er arbeitete, wenn ihn die Aufträge nicht rund um den Globus führten; er war aber fast nie zu Hause, auch an den Wochenenden nicht. Seine Frau und die zwei Mädchen hatten sich daran gewöhnt. Bei seinen seltenen Besuchen betrachteten sie ihn eher als einen Verwandten denn als Ehemann und Vater. Ihm war es recht. Er hatte nur geheiratet, weil er gehofft hatte, so seine Neigungen kontrollieren und unterdrücken zu können. Inzwischen gab ihm die Ehe nach außen hin ein Alibi, damit er seine geheimen sexuellen Wünsche ausleben konnte.

Normalerweise arbeitete Rob gerne in Stuttgart. Er hieß eigentlich Robert, hatte den Namen aber in Rob umgewandelt, weil es sich auf internationalem Parkett professioneller anhörte.

Aber seit seinem Prozess vor zwei Monaten hatte er ein ungutes Gefühl bezüglich der Stadt. Zwar ging man in der Menge unter und konnte tun und lassen, was man mochte. Das war ihm lieber, als in kleineren Städten zu arbeiten. Trotzdem sagte ihm sein Bauchgefühl, dass es diesmal anders war. Irgendwie fehlte ihm der Drive seit der Gerichtsverhandlung. Zusätzlich deprimierte ihn der Blick auf die Baustelle. Wenn er nicht dieses große

Werbeshooting gehabt hätte, wäre er nicht wieder hierher gekommen und hätte sich nicht in diesem Hotel einquartiert.
Nicht, dass er mit dem Aufenthalt und Zimmer unzufrieden war, aber sobald er seinen Auftrag morgen erledigt hatte, wollte er abreisen und sich eine Auszeit zu Hause in München gönnen. Zum ersten Mal fehlten Folgeaufträge für das nächste halbe Jahr. Rob war sich sicher, dass es mit dem Prozess zusammenhing, weil seine Kunden kalte Füße bekommen hatten.
Auch sein morgiger Auftraggeber hatte versucht, die Session zu stornieren, aber im Vertrag zwischen ihnen gab es eine Klausel, die für diesen Fall eine hohe Konventionalstrafe vorsah. Selbst die Klienten aus der Großindustrie sparten inzwischen, wo sie nur konnten und vermieden unnötige Ausgaben.
Trotz des vorzüglichen Essens im Restaurant war Rob übel gelaunt. Nichts konnte ihn jetzt mehr aus seinem Tief reißen.
In seinem Zimmer legte er die Kamera aufs Bett und erfrischte sein Gesicht mit kaltem Wasser. Er beschloss, den Abend mit einem Drink und einer Zigarre zu beenden. Obwohl er ab und zu gerne eine Cohiba genoss, schlief er lieber in einem Nichtraucherzimmer. Die Bar-Lounge war der einzige Ort, an dem Rauchen im Hotel erlaubt war.
Kurz vor Mitternacht betrat Rob den schwach beleuchteten Raum. Außer dem Barkeeper und einem turtelten Pärchen gab es nur noch einen weiteren Gast. Die attraktive Frau mit der übergroßen rosagefärbten Designerbrille saß in einer kleinen Nische, die eine gewisse Privatsphäre bot.

Sie trug ein leichtes geblümtes Kleid mit kleinen Ärmeln, das ihre schlanke Figur betonte und ihr ein mädchenhaftes Aussehen verlieh. Ihre schwarzen Haare hatte sie zu zwei Zöpfen geflochten, die sich wie ein Kranz um den Kopf wanden.

Rob schenkte ihr ein Lächeln und sie lächelte zurück.

»Warum nicht«, dachte Rob. »Ein bisschen Abwechslung tut mir gut«. Obwohl seine Präferenzen ganz woanders lagen, war er nicht abgeneigt, sich den restlichen Abend oder die Nacht zu amüsieren.

Er bestellte an der Bar einen Whisky, eine Cohiba und einen zweiten Drink: „Für die Dame am Tisch, was immer sie gerade trinkt."

Als der Kellner ihr einen Mojito brachte, flüsterte sie ihm etwas zu. Der Kellner wies mit einer Kopfdrehung auf Rob hin und sie bedankte sich bei ihm, indem sie das Glas hob und ihm zuprostete.

Rob verstand es als Einladung. Er ging mit seinem Whiskyglas in der Hand zum Tisch der Frau und fragte: „Darf ich mich setzen?"

„Bitte, ich freue mich über Gesellschaft." Ihre Stimme klang leicht rauchig.

Rob versuchte sie einzuschätzen. Für eine Straßenhure hatte sie zu viel Klasse. Außerdem würde das Hotelmanagment eine Bordsteinschwalbe in seinen Räumen nicht dulden. Entweder war sie eine Geschäftsfrau auf der Durchreise oder eine Schauspielerin. Wozu ihr Outfit eher passte. Nicht, dass es wichtig gewesen wäre. Er hatte auch schon für sein Vergnügen bezahlt, und das nicht zu wenig in letzter Zeit, wenn er an das Schweigegeld dachte, mit dem er die letzte Sache bereinigt hatte.

„Sind Sie öfter hier?"

Sie schüttelte den Kopf. „Nur zu besonderen Gelegenheiten."
Rob überlegte, welche besondere Gelegenheit für eine Dame Anlass sein konnte, allein in eine Bar zu gehen.
„Ihr Geburtstag?", fragte er und schüttelte gleichzeitig den Kopf über seine Frage. So jemand verbrachte bestimmt nicht seinen Geburtstag allein, außer sie war tatsächlich auf der Durchreise und kannte niemanden in der Stadt. Rob schloss auf Letzteres.
„Du liebe Güte, nein." Sie lachte amüsiert über die Frage.
Rob wartete auf eine Erklärung. Stattdessen fragte sie, was er denn so mache, und was ihn denn nach Stuttgart verschlagen hätte.
Die Frage gab Rob die Gelegenheit, über seinen Beruf und seine Reisen zu sprechen. Er merkte nicht, dass die Frau nichts über sich erzählte, sondern weitere Drinks für ihn bestellte und in der Unterhaltung einsilbig blieb. Was er ebenso nicht merkte, war, dass seine Begleiterin schon eine Weile an ihrem Strohhalm nuckelte und ihren Cocktail immer noch nicht ausgetrunken hatte.
Der Kellner brachte weitere Getränke, zusammen mit einer Schale Erdnüssen.
Obwohl Rob zu Abend gegessen hatte und fand, dass es gut gewesen war, vorher eine Grundlage für Alkoholisches zu schaffen, spürte er bereits nach seinem zweiten Whisky die Wirkung. Dunkel nahm er wahr, wie seine Begleiterin ihm mit ihrer Hand über sein Bein strich. Dabei rückte sie immer näher an ihn heran. Nur das dünne Taschenfutter trennte sie von direktem Hautkontakt. Mittlerweile war er zu betrunken, direkt darauf zu reagieren.

Rob trank aus, weil er ihre Avancen als Indiz verstand zu gehen, damit sie die Nacht auf seinem Zimmer verbringen konnten. Er stand auf, aber seine Beine waren wie Gummi und er sackte zusammen. Als die Frau die Hand wegzog und den Arm um seine Taille legte, um ihn zu stützen, sah er alles verschwommen.

Halb ziehend, halb schiebend schaffte es die Frau, ihn bis in die Lobby zu manövrieren. Dort bugsierte sie ihn in einen Sessel und bedeutete dem Nachtportier, dass ihrem Gast jemand in sein Zimmer helfen müsste. Inzwischen konnte sich Rob kaum noch bewegen und seine Stimme versagte.

Die Frau wartete, bis der Page auftauchte und in Robs Hosentaschen nach der Schlüsselkarte suchte, die er eigentlich bei sich haben müsste. Als sie die Karte nicht fanden, sahen er und der Portier in seinem Ausweis nach, um ihn zu identifizieren. Schließlich stellten sie im Computer seine Zimmernummer fest und zogen die Zweitkarte aus einer Schublade der Rezeption. Der Nachtportier und der Page halfen Rob auf die Füße und hielten ihn aufrecht, während sie auf den Aufzug warteten. Die Frau sah zu, wie Rob in den Fahrstuhl geschoben wurde, wobei der Page versuchte, mit einer Hand ihn und mit der anderen sich selbst an der Wand des Fahrstuhls abzustützen, bis sich die Tür schloss und die beiden nach oben fuhren.

Als der Concierge mit angewidertem Kopfschütteln an die Rezeption zurückkehrte, verließ die Frau das Hotel durch den Haupteingang, wobei sie an ein Ehepaar geriet, das seinen zweiten Hochzeitstag allein und ungestört ohne schreiendes Baby verbringen wollte und sich deshalb für eine Nacht eine Suite gebucht hatte. Die

Frau bedankte sich bei dem uniformierten Portier, der ihr die Eingangstür aufhielt.
Im fünften Stock schleppte der Hotelangestellte den Gast den Korridor entlang. Als sie endlich das Zimmer erreicht hatten, war der Page völlig außer Atem und hatte die Nase gestrichen voll. Es war seine erste Woche. Sollten sie sich doch einen anderen Dummen suchen. Für das knausrige Trinkgeld, das ohnehin zu seinem Lohn hinzugerechnet wurde, musste er betrunkene und bekiffte Kerle bedienen und auf ihr Zimmer schleppen.
Denn bei dem Typen war noch etwas anderes als Alkohol mit im Spiel. Das sah selbst ein Blinder mit Krückstock. »Weiß der Geier, was der eingeworfen hat«, dachte der Page. Er öffnete die Tür, schleppte Rob hinein und ließ ihn auf das Bett fallen. Mit einem letzten Blick über die Schulter trat er hinaus auf den Flur und zog die Tür zu.
Seine Nachtschicht endete um sechs Uhr morgens. Bis dahin hatte er vor, sich im Keller im Aufenthaltsraum für die Angestellten hinzulegen und ein wenig zu dösen.

Rob Braun wachte vor der Dämmerung mit extrem starkem Durst auf. Noch immer vollkommen angezogen, war seine Kleidung zerknittert und feucht vor Schweiß. Abgesehen von einem schmalen Lichtstreifen an der Badezimmertür lag der Raum im Dunklen.
Er lag still da, sein Kopf dröhnte und er versuchte sich zu erinnern, was am Abend vorher passiert war. Vor seinen Augen tauchte die Frau auf, die ständig Drinks orderte. Er erinnerte sich daran, dass ein junger, kräftiger Mann ihn im Fahrstuhl nach oben schaffte, und dass da

irgendetwas mit seiner Schlüsselkarte gewesen war. Aber alles war verschwommen, so als ob er außerhalb seines Körper gestanden und sich selbst wie einen Fremden betrachten konnte.

Rob fluchte, aber seine Stimme war nur ein heiseres Krächzen. Weil er in der Vergangenheit erfahren hatte, wie gefährlich ein Filmriss war, vermied er in letzter Zeit, bis zum Exzess zu trinken. Er wusste immer noch nicht, was eigentlich mit ihm los war und sah auf die Uhr neben seinem Bett. In drei Stunden musste er seinen wichtigsten Kunden besuchen. Wenn er das vermasselte, konnte er seine berufliche Zukunft, die sowieso gerade wackelte, in den Wind schreiben.

»Ich muss geistig umnachtet, nicht ganz dicht in der Birne gewesen sein, um in so einem Zustand aufzuwachen«, dachte Rob. »Reiß dich gefälligst zusammen!«

Seine Beine fühlten sich merkwürdig steif an. Trotzdem schwang er sie mit einem Ruck aus dem Bett, blieb jedoch, den Kopf in den Händen abstützend, am Bettrand sitzen. Mehr als alles andere wünschte er sich einen Schluck Wasser. Aber selbst die Minibar war außer Reichweite. Er hatte nicht die Kraft, das Badezimmer zu erreichen, sich dort ein Glas Wasser zu holen, sich unter die Dusche zu stellen und kalt abzubrausen, damit er nüchtern wurde. Regungslos saß er da, die Handballen auf seinen Schläfen, den Blick auf den Teppich gerichtet.

Es war heiß im Zimmer, obwohl Rob gestern noch die Klimaanlage auf kühle sechszehn Grad gestellt hatte. Er war so durcheinander, dass er glaubte, sich verhört zu haben, als er die Stimme das erste Mal vernahm.

„Rob Braun.“

Und noch einmal: „Rob."
Ein drittes Mal ertönte die Stimme, diesmal lauter, eindringlicher: „Rob Braun."
Er hob den Blick und sah die Silhouette einer dunkelgekleideten Gestalt in dem immer breiter werdenden Lichtsteifen des Badezimmers. Das konnte nur eine Erscheinung sein, die ihm sein Hirn vorgaukelte. War das schon das Delirium? Rob schloss die Augen. Wenn er sie wieder öffnete, würde das Phantom weg sein.
Als er die Augen wieder aufschlug, sah er die Gestalt auf sich zukommen. Lautlos, wie ein Raubtier beim Anschleichen.
Rob warf sich zurück aufs Bett, drehte sich um und versuchte wegzukrabbeln. Aber seine Beine gehorchten ihm noch immer nicht. Sie fühlten sich bleiern und schwer an, so als ob er zu viele Schlaftabletten genommen hätte.
Er war in Gefahr. Er verspürte Furcht. Schreckliche Angst kroch in ihm hoch, jenseits seines Begreifens. Mit einem Mal konnte er die Angst in den Augen der Kinder verstehen, wenn etwas auf sie zukam, dem sie hilflos ausgeliefert waren.
Er rollte sich herum und tastete nach der anderen Bettkante, um sich herüberzuziehen und außer Reichweite der Gefahr zu gelangen. Seine Finger umklammerten die Kante, als sich andere, kräftige Finger in Handschuhen um seinen Hals legten. Sein Körper bäumte sich auf, als er um Luft rang. Er spürte den Druck, als seine Augen aus den Augenhöhlen quollen. Wie durch einen roten Schleier sah er alles verschwommen. Dann setzte ein schriller Ton ein, explodierte vor seinen Trommelfellen, bevor alles vorbei war und seine Augen brachen.

Rob spürte die geschickten Hände nicht mehr, die ihn auszogen, ihn auf den Teppichboden legten. Er sah und spürte auch nicht mehr, dass die Gestalt aus ihrer Sporttasche eine Geflügelschere hervorzog, ihm den Penis abschnitt und in seinen Mund steckte. Mit einem blutroten Filzstift in seiner behandschuhten Rechten malte der Mörder auf Robs Bauch die Zahl 4.

Der Killer streifte den Bademantel des Hotels über den Neoprenanzug. Die für Rob bereitgelegten Pantoffel aus Frottee waren noch verpackt, sodass der Mörder sie erst aus der Plastiktüte herausholen musste, bevor er sie anzog. Er verdeckte seine Haare mit einer schwarzen Schwimmhaube und die Augen durch eine dunkle Brille. Dann schulterte er einen Sportrucksack mit seinen Straßenschuhen und der Kleidung. Anschließend öffnete er behutsam die Zimmertür und hängte das Schild „Please Do Not Disturb" außen an die Klinke.

Der Flur war leer. Die Gäste schliefen noch und die Morgenschicht, die Putzfrauen und das Frühstückspersonal waren noch nicht eingetroffen.

Der Mörder fuhr mit dem Fahrstuhl in den Keller zum Schwimmbad. Es gab niemanden, dem der nicht eingetragene Gast auffiel, der, unten angekommen, in einer Kabine die Badeutensilien und den Tauchanzug auszog und in seine eigenen Kleider und Schuhe schlüpfte. Er benutzte die Schlüsselkarte und verließ das Hotel durch den Seiteneingang.

Seine Spur verlor sich auf der Straße. In der Ferne waren die ersten Baumaschinen zu hören.

Als der Gast von Zimmer 501 um zwölf Uhr noch immer nicht ausgecheckt hatte, klopfte das Zimmermädchen

an und rief, während sie mit der Universalschlüsselkarte die Tür öffnete: „Housekeeping."
Die Leiche des international bekannten Fotografen Rob Braun lag so, dass sie die Hausangestellte direkt von der Tür aus sehen konnte. Nackt. In einer Blutlache. Etwas steckte in seinem Mund. Als das Zimmermädchen erkannte, was es war, schrie sie laut um Hilfe. Noch immer schreiend, flüchtete sie einen Stock tiefer zur Hausdame und berichtete ihr unter Schluchzen und atemlos, was sie entdeckt hatte.
Die Hausdame benachrichtigte den Geschäftsführer und der Geschäftsführer die Polizei.
Am Tatort fanden die Ermittler keinerlei Hinweise auf einen Raubmord. Es schien nichts zu fehlen. Die teure Kameraausrüstung, der Laptop, das iPhone und die Koffer waren unberührt. Sein Van stand noch in der Tiefgarage.

Frau Braun, die schon vor dem Prozess geahnt hatte, dass ihr Mann ein Doppelleben führte und einmal unrühmlich sterben würde, entschied sich wegen ihrer zwei Mädchen, die gutbürgerliche Fassade aufrecht zu erhalten. Sie sagte gegenüber der Polizei und den Medien kein schlechtes Wort über Rob. Schließlich war er zu ihr und den Kindern immer ein treusorgender Gatte und Vater gewesen.
Nach einer Weile ließ sie sich die Lebensversicherungen ihres Mannes auszahlen, verkaufte das Haus in München und übersiedelte mit ihren Töchtern nach Mallorca.

Am nächsten Morgen, nachdem sie von ihrem Treffen mit Gitta und Alain heimgekommen war, stand Judith

noch früher als sonst in der Küche. Die Sonne war gerade aufgegangen. Ihre ersten Strahlen ließen das Wasser im Pool wie einen blauen Edelstein schimmern.
Das muss warten. Schwimmen kann ich auch später, sagte sich Judith.
Sofort machte sie sich ans Werk. Zuerst wusch sie die gesamte Wäsche, die sich im Badezimmerkorb angesammelt hatte. Danach zog sie ihre Bettwäsche ab und drehte die Matratze um. Unter dem Bett hatten sich wieder Flusen angesammelt. Kaum zu glauben, dabei hatte sie erst gestern dort gesaugt. Sie stopfte die Bezüge ebenfalls in die Waschmaschine. Sogar die Kopfkissen und Decken wusch sie. Anschließend hängte sie alles nach draußen auf die Leine. Die Wäschestücke flatterten schon im reinigenden Sonnenlicht, als Arno um neun Uhr in die Kanzlei fuhr.
Noch nicht einmal einen Moment Zeit hatte sie gehabt, um ihm das Frühstück herzurichten.

sechszehn

Arabella hatte in ihrem Arbeitszimmer ein Schlafsofa aufgestellt. Ihr eigenes Zimmer war inzwischen fast fertig eingeräumt, inklusive eines riesigen Schuhschranks.
Obwohl der Platz für ihn nicht optimal war, hatte Arabella sich entschlossen, ihn dorthin zu stellen. Denn schon unmittelbar nach dem ersten Farbanstrich der Wände war genau an der Stelle, in Augenhöhe gegenüber dem Bett, ein dunkler Fleck aufgetreten. Es war kein Schimmel, soviel stand fest. Irgendetwas anderes. Arabella versuchte, die Stelle mit Wasser und Seife zu behandeln. Umsonst. Sie hatte den Fleck überstrichen, aber er kam immer wieder und wurde von Mal zu Mal größer. Arabella gab schließlich auf und hatte einfach den Schuhschrank davor gerückt.
Trotzdem fühlte sie geradezu, wie sich der Makel ausbreitete. Es war wie ein Omen.

Schon wie so oft in letzter Zeit wälzte sich Arabella unruhig im Bett herum. In Bereitschaftsnächten war es besonders schlimm. So wie Werwölfe den Vollmond oder Vampire das Sonnenlicht fürchtete sie die Zeit zwischen Mitternacht und drei Uhr morgens. Denn jeden Augenblick konnte ein Verbrechen geschehen und das Handy klingeln.

Als wäre das nicht Stress genug, feierten einige Jugendliche lautstark auf dem Festplatz gegenüber der Wohnung und ließen die Nacht zum Tag werden. Gesprächsfetzen drangen zu ihr, Flaschen klirrten und irgendwo spielte ein Radio. Autos fuhren vorbei, der Linienbus brummte. Trotz des Lärms schloss Arabella das Fenster nicht, da das Thermometer um Mitternacht immer noch achtzehn Grad anzeigte. Selbst ein Ventilator brachte keine Kühlung. Arabella hatte das Gefühl zu ersticken, sobald sie das Fenster schloss.
Um drei Uhr stand sie auf, duschte nochmals. Danach holte sie sich in der Küche eine Flasche Wasser, aus der sie in hastigen Zügen trank, um ihren Durst zu löschen. Gegen vier Uhr morgens nickte sie endlich ein und glitt in den Schlaf. Als um halb acht der Müllwagen vor dem Haus rumpelte und anhielt, die Kommandopfiffe ertönten, wurde sie jäh aus ihrer REM-Phase, dem Tiefschlaf, geweckt.

Arabella gähnte und reckte sich. Schon wieder ein neuer Tag. Wenigstens keine Bereitschaft mehr. Sie konnte sich an ihren Traum nicht mehr erinnern. Der Schmerz zog sich von der Schädeldecke bis zum Nacken. Plötzlich fror sie. Sie wickelte sich in ihre Sommerdecke aus Wildseide und schlief wieder ein. Trotzdem fühlte sie sich wie gerädert, als sie gegen 10 Uhr aufstand.
»Jetzt brauche ich ganz viel Koffein«, dachte sie und füllte den Wassertank der Espressomaschine auf.
Wie es aussah, hatte Mathias wie immer hektisch die Wohnung verlassen. Auf dem Frühstückstisch in der verglasten Veranda standen noch Milch und Butter. Durch die breiten Flügelfenster schien die Sonne herein

und die Butter zog sich in flüssigen Bahnen über den Tisch und war auf den Boden getropft.

An dem Morgen, an dem Rob Braun ermordet wurde, endete Arabellas Bereitschaft eigentlich um 7.15 Uhr. Von da ab war die Tagesschicht zuständig. Aber Arabella hatte schon ein ungutes Gefühl, als sie mittags ihr ziviles Dienstfahrzeug, einen VW Golf, vor dem Präsidium abstellte und ihre Heckler & Koch im Tresor ihres Büros deponierte.
„Kollege Möller ist krank“, erklärte ihr Hommelsberger sichtlich genervt, als er sie abfing. „Ihr Team muss raus. Mord in einem Hotel. Die Kollegen sind informiert.“
»Verflixt«, dachte Arabella. Nun musste sie Mathias absagen. Heute fiel sein Unterricht nachmittags aus und er wollte ihr die Wilhelma zeigen und anschließend mit ihr essen gehen. Schon allein der Gedanke, mit Mathias etwas zu unternehmen, entschädigte ein klein wenig dafür, dass sie sich in letzter Zeit wenig sahen. Dazu kam, dass ihre Gespräche sich fast nur noch um rein organisatorische Dinge drehten.
„Außerdem gilt ab heute Anwesenheitspflicht“, ergänzte Hommelsberger seine Ansage.
„Das heißt?“, fragte Arabella.
„Das heißt, wir bleiben im Präsidium erreichbar, auch wenn unsere Bereitschaft zu Ende ist. Solange zumindest, bis die Fälle gelöst sind. Mir sitzen das Justizministerium und die Staatsanwaltschaft im Nacken, außerdem werden wir in der Öffentlichkeit schon als untätig und unfähig beschimpft. Ich hätte von Ihnen Einiges mehr erwartet.“ Hommelsberger knallte eine Akte auf Arabellas Schreibtisch und rauschte hinaus.

Jenny Schätzle, die gerade das Zimmer betrat, zuckte vor Schreck zusammen. „Was ist denn los?", fragte die junge Polizistin.

Arabella berichtete ihr von Hommelsbergers Auftritt.

„Hat der sie nicht mehr alle?", rief Jenny erbost aus. „Das halte ich im Kopf nicht aus. So eine verfickte Scheiße. Was ist mit unseren Überstunden? Also wenn ich Anwesenheitspflicht habe, dann habe ich auch in Zukunft Abwesenheitspflicht. Glaubt er, dass dann noch irgendjemand freiwillig mehr Stunden macht als bisher? Das passt ja großartig zusammen."

„Was passt zusammen?", wollte Arabella wissen. Noch immer fassungslos über die Ansprache ihres Chefs kramte sie in ihrer Schreibtischschublade. Irgendwo da drin lag das Handbuch zum Dienstrecht.

„Wie er seine Sekretärin behandelt", erklärte Jenny. „Haben Sie das nicht mitgekriegt, dass er sie dauernd fertig macht? Zuerst hat ihm ihre Kleidung nicht zugesagt, dabei kleidet sie sich total korrekt. Aber er meint, sie solle sich weniger auffällig anziehen. Jetzt hat er ihr sogar empfohlen, sie soll weniger trinken, damit sie nicht so oft aufs Klo gehen muss. Dabei weiß doch jedes Kind, dass bei Schwangeren das Baby auf die Blase drückt und sie deshalb so oft zur Toilette müssen."

Arabella fiel die Begegnung mit der weinenden jungen Frau auf dem Flur ein. „Ich glaube, wir sollten die Gewerkschaft einschalten", sagte sie. „Ich kann nur hoffen, dass die Sekretärin das auch getan hat. Und, Jenny, seien Sie vorsichtig mit ihrem Urteil über Herrn Hommelsberger. Er könnte Sie hören."

„Das ist mir so was von scheißegal, ob mich dieser ‚Urmel aus dem Eis', hört", entgegnete Jenny trotzig.

Arabella senkte ihren Kopf, die Lippen fest aufeinander gepresst, damit sie nicht laut losprusten musste. Sie konnte tatsächlich die Ähnlichkeit von Hommelsberger mit „Urmel", einer Marionettenfigur der Augsburger Puppenkiste, nicht verleugnen.
„Wenn es so ist - ich habe Sie gewarnt", sagte Arabella.
„Aber jetzt müssen wir los. Wo ist Herr von Zuhm?", fragte sie und holte ihr Smartphone hervor.
„Kommt bestimmt gleich", erwiderte Jenny und nahm ihren Rucksack.

siebzehn

Judiths Leben, das während des letzten halben Jahres fast ereignislos verlaufen war, kam allmählich in Schwung. Ob es an der heutigen Anwesenheit von Carlos lag, oder daran, dass Arno sie seit ihrem Gespräch im Anschluss an das Sommerfest in Ruhe ließ und sie keinem weiteren Verhör unterwarf – Judith konnte es nicht einordnen.

Jedenfalls waren die ruhigen Tage am Pool vorbei. Selbst als es in der zweiten Augustwoche stark regnete, absolvierte sie weiterhin ihr Programm und schwamm täglich. Danach verbrachte sie eine Stunde im Fitnessraum mit Kraftübungen. Doch den Rest ihrer Zeit verbrachte sie weiterhin damit, Arnos Akten zu sortieren, sie am Computer zu digitalisieren und Ordner anzulegen.

Von Carlos bekam sie die restlichen von ihm recherchierten Daten gemailt. Judith hatte ihn seit dem Abend im Ballett nicht wieder gesehen. In den wenigen Telefonaten, die sie miteinander führten, achteten sie darauf, ihre Beziehung auf einer unpersönlichen Ebene zu halten.

Arnos Bekanntheitsgrad war seit seinem Auftritt im TV gestiegen. Mittlerweile galt er als Autorität, was die vorzeitige Entlassung von Strafgefangenen und deren Widereingliederung in die Gesellschaft anging. Außerdem bekam er in verstärktem Maße finanzkräftige Mandan-

ten, die ihn eher zur Abschreckung möglicher Prozessgegner als für eine aktuelle Verteidigung benötigten.
In der letzten Augustwoche lud Arno Carlos ein, um mit ihm bei einem Abendessen über den Fortschritt des Archivs zu reden. Vor allem sollte Judith dabei sein, um zu zeigen, wie weit sie inzwischen mit ihrer geplanten Bibliothek war.
An diesem Abend erhaschte Judith erneut einen Blick hinter die Fassade von Carlos, die er noch immer aufrechterhielt.
Während einer seiner Reisen, die er zu Recherchezwecken für das Steinfeld-Archiv unternommen hatte, nahm er an einem Treffen von Personen teil, deren Angehörige Opfer eines Verbrechens geworden waren. Er fand, dass viel mehr zur Unterstützung dieser Selbsthilfegruppen getan werden sollte.
Arno widersprach ihm und sagte, es sei falsch, sich ständig in seinem Leid zu suhlen. Man solle lieber versuchen, es zu vergessen.
Carlos schluckte. „Genau das hat man diesen Leuten erzählt. Geht heim, trauert und vergesst dann alles."
„Das einzig Vernünftige, was man tun kann", entgegnete Arno. „Reden macht die Toten nicht wieder lebendig."
Judith, die zeitlebens den Gejagten näher stand als den Jägern und die Geschichte von Carlos' Familie noch frisch in Erinnerung hatte, fragte: „Sag mal, Arno, was würdest du tun, wenn mich jemand umbringt?"
„Genau das ist die Frage. Was soll ich denn deiner Meinung nach tun? Soll ich den Rest meines Lebens darüber nachgrübeln? Würdest du dir nicht lieber wünschen, dass ich versuche, mein Leben weiterzuführen?"

„Natürlich wünschte ich dir das. Aber eigentlich geht es mehr um die Frage, ob du den, der für meinen Tod verantwortlich ist, verteidigen würdest."
Judith sah Arno an, dass er sich unbehaglich fühlte. Sie und Carlos warteten auf seine Antwort.
„Das ist rein hypothetisch und außerdem wäre das überhaupt nicht erlaubt", erwiderte Arno unwirsch.
„Darum geht es nicht, sondern darum, ob du es könntest. Wärst du in der Lage, so jemanden zu verteidigen?"
„Wahrscheinlich nicht."
„Wie würdest du dich dabei fühlen?", fragte Carlos.
„Ich wäre auf jeden Fall wütend. Ich wollte ihn hinter Gittern sehen."
„Nur wütend? Würdest du nicht lieber Rache wollen?"
„Oh nein."
„Aber was dann? Würde es dich nicht stören, dass Judith tot ist und ihr Mörder nach ein paar Jahren wieder frei herumläuft?", hakte Carlos nach. „Würdest du ihm nicht gerne die Hände um den Hals legen und ihn erwürgen?"
Arno fühlte sich sichtlich in die Enge getrieben. „Wozu sollte das gut sein, das bringt Judith dann auch nicht mehr zurück. Soll ich mich auf die gleiche Stufe wie der Mörder begeben? Natürlich nicht! Das ist es nicht wert, um den Rest meines Lebens im Gefängnis zu verbringen."
„In dem Fall würdest du den Rest deines Lebens nicht im Gefängnis verbringen. Ich an deiner Stelle würde ein paar Jährchen riskieren." Carlos lächelte süffisant. „Auch deine moralischen Bedenken kannst du vergessen, du bringst ja einen Mörder um. Es gibt einen großen Unterschied zwischen Mord und Vergeltung", fügte er hartnäckig hinzu.

Judith wusste genau, dass der Freund Arnos tiefe Überzeugung in den Rechtsstaat nicht erschüttern konnte – egal mit welchen Worten.
„Vergeltung ist das Recht des Staates, nicht des Einzelnen. Außerdem ergibt Unrecht plus Unrecht noch kein Recht“, widersprach Arno. „Du kannst das Opfer nicht wieder lebendig machen. Wem ist damit geholfen? Um welchen Preis? Ist es das wert, dass ein weiteres Leben für immer zerstört wird?“
Judith sah ihn lange an. „Wenn du wirklich der Meinung bist, dass es keinen Preis für ein menschliches Leben gibt, dann bleibt nur eine Währung übrig. Ein Leben für ein Leben.“
Carlos nickte zustimmend.
Arno machte ein finsteres Gesicht. „Auge um Auge? Das ist barbarisch.“
„Mord ist barbarisch. Und was sollte mit Barbaren geschehen?“, entgegnete Carlos.
„Du bist also für die Wiedereinführung der Todesstrafe?“, fragte Arno ihn.
Er sah Carlos fassungslos an. „Ich verstehe dich nicht, alter Freund. Gerade du musst das doch aus Kolumbien wissen. Gewalt sät Gewalt. Außerdem gibt es in Ländern mit Todesstrafe nicht weniger Kapitalverbrechen. Das sagt jedenfalls die Statistik.“
„Statistiken kann man fälschen“, unterbrach Judith seine Aussage.
Arno ließ sich nicht aus der Ruhe bringen. „Wenn ein Individuum nicht das Recht hat, ein Leben zu nehmen, hat es der Staat auch nicht. Wir sollten an Resozialisierung und nicht an Bestrafung denken. Es gibt Fälle, bei denen ein verurteilter Inhaftierter, der auf Bewährung

entlassen wurde, später ein nützliches und produktives Mitglied der Gesellschaft wurde."

„Du denkst dabei an Robin Kracke", erwiderte Carlos, ohne auf Arnos Frage nach der Todesstrafe einzugehen.

„Genau, Robin Kracke, den meine ich", entgegnete Arno. „In einigen Ländern wäre er für immer hinter Gittern gelandet oder sogar hingerichtet geworden. Aber bei uns wurde er mit Auflagen entlassen, hat jetzt einen Beruf und ist glücklich verheiratet."

„Du meine Güte." Judith schnappte nach Luft. „Die arme Frau."

„Wieso die arme Frau?" Arno sah sie verständnislos an. Dann signalisierte er das Ende der Diskussion, indem er fragte: „Ich habe langsam Hunger. Was gibt es denn zu essen, Judith?"

„Du kannst schon mal den Grill anwerfen", entgegnete Judith. „Es gibt Fisch, Hühnchen, mallorquinische Kartoffel und Salat."

„Hmm, lecker", Arnos Gesicht erhellte sich. „Wie lange brauchst du noch?", fragte er.

„Du hast noch eine halbe Stunde Zeit", sagte Judith.

Aus der Küche heraus konnte sie das leise Murmeln einer Unterhaltung hören, auch das Klappern von Eiswürfeln in Drinks. Judith schaltete das Küchenradio ein und ließ Musik laufen, während sie die kleinen, schon vorgewaschenen Kartoffeln feucht abrieb und sie danach mit wenig Wasser und zwei Händen voll Salz aufsetzte.

Sie wusch den Salat, schleuderte ihn trocken und rührte eine Vinaigrette an. Zu den Salatblättern fügte sie junge Mangoldspitzen und gewürfelte Tomaten hinzu.

Die Barben hatte sie schon vom Fischhändler ausnehmen lassen. Es fehlten nur noch Salz und Pfeffer, Rosmarinzweige und Zitronenscheiben, die sie in den Bäuchen der Fische versteckte. Nachdem sie die Brust des Huhns ausgelöst und die Beine mit der Geflügelschere in Ober- und Unterschenkel getrennt hatte, würzte sie sie mit Salz und Pfeffer. Zum Abschluss bestreute sie das ausgelöste Fleisch mit einer orientalischen Spezialmischung aus Kardamom- und Fenchelsamen, Chili sowie einem Hauch von Rosenblüten und Zimt.

Als sie einen Blick aus dem offenen Küchenfenster warf, sah sie, dass sich der Neffe ihrer Nachbarin im Garten seiner Tante nützlich machte. Er kürzte die überhängenden Zweige des Haselnussstrauchs. Judith hob die Hand und grüßte. Wie es aussah, war seine Anwesenheit längerfristig. »Vielleicht soll ich doch einmal hinüber gehen und ihn richtig willkommen heißen«, überlegte Judith, widmete sich aber dann wieder der Zubereitung des Abendessens.

Von der Terrasse her roch sie das qualmende Grillfeuer und rief Arno zu: „Bist du mit dem Feuer soweit? Ich brauche nur noch fünf Minuten."

Sie goss die Kartoffeln ab und gab sie in eine Schüssel, dann schnitt sie das Baguette und trug alles hinaus.

Während Arno den Grill bediente, deckte Judith den Tisch.

Carlos öffnete seinen mitgebrachten Rioja.

Sie kamen nicht wieder auf ihr vorheriges Gespräch zurück, aber Judith fragte Carlos nach den Einzelheiten seines Treffens mit der Selbsthilfegruppe. Arno hörte höflich zu.

Erst als sich das Gespräch um die Beschäftigungsprogramme in den Haftanstalten drehte, meldete er sich wieder zu Wort.

„Es gibt sogar Computer für die Häftlinge."
„Tatsächlich?", fragte Judith. Sie reagierte gleichmütig. „Das Geld ist gut ausgegeben. Es heißt, Computerkriminalität sei das Verbrechen der Zukunft. Es geht doch nichts über einen Einstieg von der Pike auf."
Gutes Essen verminderte Arnos Streitsucht. Er überging die Bemerkung und legte sich stattdessen noch ein Hühnerbein auf.
„Judith", sagte er liebenswürdig und strahlte über das ganze Gesicht. „das war genial. Wir sollten das öfter machen."
Sie beendeten das Essen und Carlos bestand darauf, den Tisch abzuräumen. Arno folgte seinem Beispiel, kratzte die Reste von den Tellern und ließ kurz Wasser darüber laufen, bevor er sie in den Geschirrspüler räumte.
Als Dessert servierte Judith Käse mit frischen Feigen und Melone.
Nach dem Espresso ging Carlos. Er erklärte, er müsse noch für einen Kurztrip packen. „Geschäftlich", sagte er und reichte Judith die Hand. „Es war ein wunderschöner Abend." Nichts an seinem Benehmen ließ erkennen, dass sie etwas anderes als Freundschaft verband.
„Komm bald wieder", sagte Judith. Rasch zog sie ihre Hand zurück, aus Angst, sie nicht wieder loslassen zu können.
Arno begleitete ihn zur Tür. Er blickte seinem Freund gedankenversunken nach. „Ich muss noch etwas für einen Prozess vorbereiten. Du kommst doch alleine zurecht, Judith?", fragte er und ging in sein Arbeitszimmer.
„Ja, natürlich", antwortete sie und löschte die Tischkerzen und die Windlichter auf der Terrasse. Dann packte

sie das übrig gebliebene Essen in den Kühlschrank. Ohne sich um Arnos Bedenken wegen ihres nächtlichen Schwimmens zu kümmern, zog sie sich aus und stieg nackt in den Pool.

September

achtzehn

Nichts deutete an diesem frischen Herbstabend darauf hin, dass der Empfang zur Verabschiedung des Polizeipräsidenten Simon Thürauf einen Einfluss auf Arabella und den Verlauf der kommenden Ereignisse haben würde.

In seiner Eigenschaft als Dezernatsleiter der Mordkommission war Hommelsberger eingeladen. Weil er nicht alleine gehen wollte, forderte er Arabella auf, ihn zu begleiten.

„Sollten Sie nicht lieber Ihre Frau mitnehmen?", fragte sie.

„Meine Frau ist verhindert. Die Angelegenheit ist natürlich rein dienstlich", ergänzte er. „Außerdem ist es nicht schlecht, wenn Sie einige einflussreiche Leute privat kennenlernen. Man weiß nie, ob es nicht irgendwann nützlich ist."

Arabella und Hommelsberger trafen getrennt ein. Aufgeräumt und gut gelaunt registrierte er Arabellas Outfit. Zu dem festlichen Anlass perfekt angezogen, trug sie ein kobaltfarbenes Seidenkleid mit passendem Bolerojäckchen und Pumps.

Gemeinsam mit Hommelsberger stieg sie die Treppen des imposanten Sandsteingebäudes in der Mörikestraße hoch. Simon Thürauf begrüßte sie, schon leicht angeheitert. Auch schon deshalb schien er erfreut, dass

Hommelsberger mit einer attraktiven Begleiterin auftauchte. Sein Blick glitt anerkennend über Arabellas Äußeres.

Die Gäste schienen sich gut zu unterhalten. Die drahtige Ehefrau des Präsidenten flatterte wie ein aufgescheuchtes Huhn hin und her. Obwohl ein Catering für Speisen und Bedienung zuständig war, versuchte sie den Eindruck zu vermitteln, dass sie die Party eigenhändig vorbereitet und dafür den ganzen Tag in der Küche gestanden hatte. Sie gehörte zu der Art Frauen, die sich über ihren Mann und ihren Haushalt identifizierten.

Nach der Begrüßung und kurzen Vorstellung von Arabella und Hommelsberger gesellte sich ihr Chef zu der Gruppe, die sich erneut um den Polizeipräsidenten a. D. scharrte. Arabella ließ sich ein Mineralwasser geben und schlängelte sich an kleinen Menschentrauben vorbei. Sie war damit zufrieden, am Rand zu bleiben und Gesprächsfetzen mitzubekommen. Sie konnte ihnen entnehmen, dass sich viele der Gäste schon jahrelang kannten und dass sie alle etwas mit der Justiz oder vergleichbaren Berufen zu tun hatten. Sie fühlte sich zwar überraschenderweise nicht unwohl in der Gesellschaft, aber sie fragte sich mittlerweile, was das Ganze denn solle. Insbesondere, warum Hommelsberger ihr praktisch die Dienstanweisung gegeben hatte, mit ihm an der Verabschiedungsparty des Polizeipräsidenten teilzunehmen.

Arabella verspürte keine Lust, sich in bestehende Unterhaltungen einzumischen. Außerdem genügte es ihr, die Leute zu beobachten. Ein paar davon erkannte sie von Pressefotos und Auftritten im Fernsehen. Unter denen, die sie im TV gesehen hatte, war ein Rechtsanwalt

namens Steinfeld. Ein kleiner Mann mit Glatze und Brille, in Begleitung einer großen Blondine. An der Art der Vertrautheit und Körpersprache, wie sie nebeneinander standen, vermutete Arabella, dass sie verheiratet waren. Die Blondine unterhielt sich gerade lebhaft mit einem weiteren Gast, den sie mit Carlos anredete.
»Verdammt, sieht der gut aus«, dachte Arabella, als sie ihn beobachtete. Arabella wusste nicht, ob es an ihrem fixierenden, intensiven Blick lag oder etwas anderes die Frau aufgescheucht hatte, dass sie plötzlich in ihre Richtung sah. In Arabella stieg die Gewissheit auf, dass sie die gutaussehende Blondine kannte. Ihre Erinnerungen durchkämmend, kam sie zu dem Schluss, dass ihr letztes Aufeinandertreffen schon Jahre her sein musste. Arabella trat zu ihnen hin. „Herr Steinfeld, ich habe Sie im Fernsehen gesehen. Sie waren ausgezeichnet."
Der Anwalt errötete vor Freude. Er stellte die Großgewachsene neben ihm als seine Ehefrau Judith vor. Mit einem Glas Trollinger in der Hand schlenderte Hommelsberger auf die Gruppe zu, legte eine Hand auf Arabellas Schulter und fragte: „Wahrscheinlich kennen Sie meine neue Kollegin Frau Herzog noch nicht?"
Judith Steinfeld zuckte leicht zusammen, fing sich aber gleich wieder und tauchte in einen abwartenden, fast unbeteiligten Zustand ein. Niemand außer Arabella hatte es bemerkt. Sie versuchte in Judiths Augen irgendeine Spur des Erkennens zu entdecken, aber deren blaue Regenbogenhäute zogen sich nicht zusammen. Auch rührte sich kein Muskel in ihrem makellosen Gesicht.
»Na ja, vielleicht habe ich mich getäuscht«, dachte Arabella, »schließlich ist es schon ein viertel Jahrhundert

her«. Sie nahm sich aber trotzdem vor, bei Gelegenheit dem Ganzen auf den Grund zu gehen.
„Wir unterhielten uns gerade über die Morde. Wie ich erfahren habe, sind Sie noch keinen Schritt weiter. Wie viele sind es aktuell?", fragte Arno in Richtung Hommelsberger, begierig, Informationen aus ihm und der Neuen vom Präsidium herauszukitzeln.
„Ich wusste gar nicht, dass Sie ein persönliches Interesse an den Verbrechen haben, Herr Steinfeld. Sollten Sie etwas wissen oder erfahren haben, dass uns bei den laufenden Ermittlungen weiterhelfen kann, wäre ich sehr verbunden, wenn Sie es uns überließen", giftete Hommelsberger zurück.
„Das bezweifle ich. Selbst wenn ich etwas wüsste, dürfte ich allein schon wegen der Schweigepflicht gegenüber meinen Mandanten nichts sagen."
Arno amüsierte sich. Er hatte schon öfter mit Hommelsberger zu tun gehabt und verabscheute ihn zutiefst. Nach seiner Meinung war der Dezernatschef ein aufgeblasener Hornochse, der andere für sich arbeiten ließ, um dann die Lorbeeren für sich einzustreichen.
„Aktuell sind es drei, aber da verrate ich keine Geheimnisse", entgegnete stattdessen Arabella. Sie bemerkte die kaum verhohlene Feindseligkeit zwischen dem Juristen und ihrem Chef. „Dass sich unsere Untersuchungen recht schwierig gestalten, ist ebenfalls kein Geheimnis. Aber ich kann Ihnen versichern, wir haben Fährte aufgenommen."
„Sehr gut", meldete sich der zweite Mann zu Wort, den Arno Steinfeld als seinen Kollegen Carlos Binder vorgestellt hatte. „Dann kann man ja hoffen, dass der Serien-

killer bald gefasst ist. Soviel ich gelesen habe, hatten die Leichen fortlaufende Nummerierungen. Was ist eigentlich mit dem Opfer Nummer 1? Haben Sie es gefunden oder gibt es keine Nummer 1? Bin ich da falsch informiert?"

„Woher haben Sie das mit der Nummer 1 erfahren? Wir hatten dazu keine Presseerklärung herausgegeben. Außerdem dürfen wir zum Stand unserer Ermittlungen aus fahndungstechnischen Gründen keine Stellung nehmen", wich Hommelsberger aus. „Ich glaube, ich hole mir noch etwas von den guten Crostinis", sagte er und ließ seinen Blick schweifen, bis er am Buffet angelangt war.

»Aha«, dachte Arabella, »jetzt ist mir klar, warum ich eigentlich hier bin: Damit ich die unangenehmen Fragen beantworte!«

„Aber Sie gehen doch von einem Serienkiller aus? So viel ich weiß, sind die Kriterien mit drei Morden erreicht", hakte Carlos Binder nach.

„Das müsste voraussetzen, dass wir für alle Morde denselben Täter suchen", entgegnete Arabella.

„Und? Tun sie dass?" Carlos ließ nicht locker.

„Wie Herr Hommelsberger schon ausführte, kann ich Ihnen dazu keine Auskunft geben. Aber soviel kann ich Ihnen sagen: Es gibt kein typisches Profil eines Serientäters. Menschliches Verhalten lässt sich nicht in Schubladen einordnen."

„Genau so ist es", bestätigte Arno Steinfeld. „Aber mit Sicherheit ist es ein Soziopath oder Psychopath. Oder mehrere, falls es verschiedene Täter sind. Sie suchen also Personen, die in ihrer Kindheit Schlimmes erfahren haben und deshalb zum Mörder wurden."

„Ganz so einfach ist das nicht“, widersprach Arabella. „Die meisten misshandelten Kinder werden nicht zu Mördern. Nicht jeder Psychopath wird zum Killer.“
Zum ersten Mal meldete sich Judith Steinfeld zu Wort: „Ich frage mich, ob Sie sich in den Kopf eines Killers hineinversetzen können?“
„Das kann ich nicht“, entgegnete Arabella. „Und will es auch nicht.“
„Aber wie ist es denn dann möglich zu erkennen, wie so jemand tickt, damit Sie ihn fassen können?“, fragte Judith erneut.
„Indem wir Informationen über sein Verhalten gewinnen. Über Opferauswahl, Planung, Zeitpunkt und Durchführung des Verbrechens. Zusätzlich bietet die Forensik zum Beispiel mit der DNA-Analyse die Möglichkeit, den Täter dingfest zu machen.“
„Das setzt voraus, dass die DNA in der Datenbank ist“, ergänzte Carlos.
Arabella sah ihn lange an.
„Vollkommen richtig. Aber jemand mit solch einer kriminellen Energie ist mit hoher Wahrscheinlichkeit schon früher einmal aufgefallen. Wir sammeln seit ’98 den genetischen Fingerabdruck sämtlicher Straftäter. Irgendetwas findet sich immer.“
Sie wollte gerade für ihre Abteilung und die Polizeiarbeit eine weitere Lanze brechen, als ihre Ausführungen abrupt durch die Ankündigung eines Toasts auf den Polizeipräsidenten a.D. unterbrochen wurden.
„Wie wär´s, wenn wir Ihnen ein Glas Champagner holen?“, wandte sich Carlos erneut Arabella zu. „Nur mit Wasser auf Simon anzustoßen, geht gar nicht. Wenn ich das richtig einschätze, dauern die Reden bestimmt lan-

ge. Am besten suchen wir uns ein Plätzchen zum Sitzen. Erzählen Sie mir von sich."
Carlos umfasste ihren gebeugten Arm am Gelenk und führte sie leicht dirigierend in Richtung Bedienung.
Arabella lächelte und ließ sich bereitwillig führen. Sie merkte bei seiner Berührung, wie sich ihre kleinen Härchen am Arm aufrichteten. Gleichzeitig verspürte sie ein leichtes Bauchkribbeln.
Im Gehen hörte sie, wie Judith murmelnd zu ihrem Mann sagte: „Wenn die Reden vorbei sind, möchte ich nach Hause. Ich glaube, ich werde krank."

Am letzten Wochenende des Monats zeigte sich der beginnende Herbst von seiner schönsten Seite. Klarer, wolkenloser Himmel, das Laub der Bäume färbte sich in einer Palette von Scharlachrot bis Umbra. Die ersten Zugvögel formierten sich, um nach Süden zu ziehen.
Carlos lud Arno und Judith ein, das Wochenende am Bodensee zu verbringen, bevor es kühler wurde und der Herbstnebel sich über das Wasser legte.
Da Arno viel zu tun hatte und sich in seinem Arbeitszimmer verschanzte, lehnte auch Judith ab. Seit der Einladung des Polizeipräsidenten a. D. hatte sie Carlos nicht mehr gesprochen. Sein offensichtliches Interesse an der attraktiven Kommissarin irritierte sie. Aber sie hatte keinen Anspruch auf ihn. Dennoch verspürte sie die aufkeimende Eifersucht.
Carlos machte sich allein auf den Weg an den Bodensee und Judith erweiterte derweil ihre Joggingstrecke bis nach Weilimdorf. Bei der Gelegenheit wollte sie mal wieder am Horn von Feuerbach das Gartengrundstück samt Häuschen inspizieren, das Arnos Eltern gehörte. Seine

Mutter hatte noch bis vor zwei Jahren darauf Gemüse angepflanzt, bevor sie ins Pflegeheim übersiedelte. Da Arno aber keine Zeit und Lust hatte, sich um die Parzelle zu kümmern, und es Judith überließ, sich um häusliche Dinge zu kümmern, zerfiel die Laube sichtlich und der Garten verwilderte.
Mittlerweile standen die Brennnesseln mannshoch und ein umgefallener Quittenbaum versperrte zusätzlich den Weg zur Hütte. Nur mit Mühe hatte sich Judith das letzte Mal einen Weg durch das Gestrüpp bahnen können. Sie ließ zur Probe den Generator laufen. Er sprang ohne Probleme an. Trotzdem nahm sie sich vor, bei Gelegenheit mit dem Auto einen vollen Benzinkanister mitzunehmen und den Tank des Generators aufzufüllen. Falls sie in nächster Zeit das Grundstück in Ordnung bringen wollte, gab es wenigstens Strom für Motorsäge und Häcksler.

Während sie joggte, dachte sie über den Handtaschendieb nach und wie merkwürdig es gewesen war, im Zeugenstand zu sein und sich an die Ereignisse des Tages zu erinnern.
Da sich ihre Nachbarin noch immer in einer Reha-Klinik von den Folgen des Überfalls erholte, trat Judith als Hauptbelastungszeugin auf.
Der Anwalt des jungen Räubers Kevin war aggressiv und energisch. Verwunderlich fand sie, dass er sie keinem Verhör über ihre Attacke unterwarf. Judith vermutete, dass die Polizisten, entgegen ihres ursprünglichen Plans, doch keine Strafanzeige gegen sie erhoben hatten und es auch keine Akte über den Vorfall mit ihr gab.

Erleichtert darüber antwortete sie kurz und präzise auf die Fragen des Anwalts. Es überraschte sie nicht, dass der Beschuldigte Kevin angesichts seines Alters und weil er ohne Vorstrafen war, auf Bewährung freigelassen wurde. Judith fand das Urteil zu mild.
Schon im Flur des Gerichtsgebäudes, als sie auf den Aufruf des Gerichtsdieners wartete, hatte sie Jerome, der Bruder des Jungen, voller Hass angestarrt. Judith ignorierte ihn ungerührt.
Sie fand seine fette Gestalt mit den kinnlangen Haaren, die zu einem winzigen Zopf zusammengebunden waren, abstoßend und seinen Auftritt in tiefsitzenden löchrigen Jeans, die massiven Schlüsselanhänger, die um seine Hüften hingen, sowie die aus Reptilienhaut gefertigten, spitzen Stiefel mit Absätzen einfach lächerlich. Als Krönung der Lächerlichkeit trug er ein T-Shirt mit dem Aufdruck „Couch-Potatoe" und eine massive Goldkette unter einer schwarzen, ledernen Biker-Jacke. Er war als Leumundszeuge vorgeladen und gab als Beruf freischaffender IT-Spezialist an.
Auch Kevin starrte sie unverhohlen voller Wut an. An Judith, die schon als Kind gelernt hatte, solche Emotionen in andere Kanäle zu leiten, prallten die Blicke der beiden ab.
Als sie das Gericht verließ, war sie froh, dass es vorbei war.

November

neunzehn

Judith hasste den November. Als Sonnenanbeterin und Outdoor-Sportlerin gefiel ihr die Jahreszeit nur, weil Arno und sie dann für eine oder zwei Wochen in den Süden flogen.

Arno rief sie an, sie solle ihm eine Tasche für eine Übernachtung packen. Er erklärte ihr, dass er ins Rheinland müsse, würde aber nur für eine Nacht dort bleiben. Judith meinte, sie habe vor ihrer gemeinsamen Reise noch so viel zu tun und könne den Trolley mit dem Taxi schicken. Sie legte auf und schrieb weiter an der Liste der Dinge, die sie vor ihrem Abflug nach Teneriffa noch besorgen wollte.

Der Mittagshimmel war dunkelgrau und heftige Windböen beugten Äste, rissen Zweige von den Bäumen und trieben sie die Straße entlang. Judith fröstelte. Der Sturm kündigte einen Wetterwechsel an. Laut Meteorologen sollte es den ersten Frost und Schnee geben.

Das Taxi kam und Judith gab dem Fahrer den Auftrag, den Rollkoffer zur Kanzlei zu fahren.

Sie war froh, dass sie zu Hause bleiben konnte, aber mit einem Mal fühlte sie sich unbehaglich ohne Arno. Früher hatte es ihr nichts ausgemacht, tagelang allein zu sein. Seit ein paar Wochen aber verspürte sie eine merkwürdige Unruhe, als ob sich etwas Dunkles über das Haus und sie legen würde.

Erst als sie vor einigen Tagen in Arnos Nachttischschublade eine Pistole entdeckt hatte, wusste sie, dass Arno sich ebenfalls Sorgen machte. Vielleicht hatte er es auch gespürt, aber Judith glaubte, dass es eher seine Angst vor gewalttätigen Klienten war als vor einer unbekannten, nicht fassbaren Bedrohung.
Judith überlegte, ob sie Gitta bitten solle, die Nacht bei ihr zu verbringen, tat aber den Gedanken als kindisch ab. Dann, als es dämmerte und der Giebel des Hauses unter dem Sturm ächzte und seufzte, änderte sie ihre Meinung und wählte Gittas Nummer. Aber niemand nahm den Hörer ab.
Hundert Meter vom Haus entfernt ging die einzige Straßenlaterne an und warf ihren schwachen Schein ins Küchenfenster. Judith kam es vor, als ob arglistige, verschlagene Augen sie von Raum zu Raum verfolgten.
Das Telefon klingelte. Erleichtert griff Judith zum Telefon, sah aber auf dem Display, dass jemand mit unterdrückter Nummer anrief. Aus der Hörmuschel drang nur ein Atemgeräusch.
Sie fragte: „Wer ist da?“ und am anderen Ende wurde aufgelegt. Statt des erhofften Anrufs von Gitta hatte sich jemand verwählt.
Mittlerweile war es still im Haus. Das Ächzen und Seufzen hatte aufgehört, nur das Klicken der anspringenden Heizung klang wie ein Gewehrschuss. Ein Gurgeln ertönte. »Die Heizung muss entlüftet werden«, dachte Judith.
Mit einem Mal hörte sie Geräusche, die sie nie zuvor gehört hatte. »Alles nur Einbildung«, dachte sie. Dennoch blieb das unbehagliche Gefühl.
Nach dem Spätfilm und den letzten Nachrichten ging sie zu Bett. Aber dann stand sie noch einmal auf, holte

die Pistole aus Arnos Zimmer und legte sie unter das Zweitkissen neben sich.
Sie hatte allen Mut zusammengenommen, um ihre Vorurteile gegenüber Waffen zu überwinden und die Pistole zu nehmen.
Sie wusste, wie man sie bediente. Im Waffenschrank ihres Vaters hatten nicht nur die Gewehre gestanden, die er für die Jagd nutzte; dort hing auch eine alte Wehrmachtspistole aus dem Zweiten Weltkrieg, die er einem Bauern abgekauft hatte. Er hatte ihr einmal erklärt, wie man sie putzen und laden musste.
Judith wog die Pistole aus Arnos Schublade in ihrer Hand. Sie fühlte sich kalt an. Tödlich. Aber gleichzeitig schien es in ihr nichts auszulösen, so wenig wie die zähe rote Flüssigkeit, die an dem Jungen heruntergetropft war, als sie ihn niederschlug.
Die Erhebung unter dem Kissen beruhigte sie, und sie schlief besser, als sie es gedacht hatte.
Am nächsten Morgen, als sie nach draußen ging, um zu sehen, was der Sturm in ihrem Garten angerichtet hatte, entdeckte sie Fußabdrücke auf der dünnen Schneedecke.

Mittags, als Arno nach Hause kam und sie ihm von den Fußspuren erzählte, gab er sich sorglos. Aber als er sich unbeobachtet fühlte, überprüfte er sämtliche Tür- und Fensterriegel.
Später, als er nach oben ging und sie ihm beim Auspacken half, erzählte sie ihm, dass sie seine Pistole mit in ihr Schlafzimmer genommen hatte.
„Hast du das Magazin überprüft?", fragte er.
Als Judith bejahte, sagte er befriedigt: „Gut."

Arno schlug vor, gemeinsam auswärts zu essen. Sie könnten ja den neuen Griechen im „Lindentäle" ausprobieren.
Zur Mittagszeit war das Lokal nicht ganz voll. Sie setzten sich an einen Vierertisch ans Fenster, weit entfernt von den anderen Gästen.
Bei der Vorspeisenplatte mit Oktopus, Dolmades, Fischroggenpaste und Tsatsiki fragte Arno: „Erinnerst du dich noch an Robin Kracke?"
Ihr fiel ein pickliger Fünfzehnjähriger ein, der im Gefängnis zu einem gutaussehenden jungen Mann herangewachsen war.
„Robin Kracke, war das nicht der Junge, der dieses Kind umgebracht und ihren Körper in Plastiksäcke gestopft hatte? Er hatte sie in mehrere Teile zerhackt."
„Er ist derjenige, dem man vorwarf, sie umgebracht zu haben. Er war selbst noch ein Kind, als man ihn verurteilte. Einige Beweise, die ihn hätten entlasten können, wurden unterschlagen."
„Seine Eltern haben dich doch engagiert, um Berufung einzulegen", sagte Judith.
„Das stimmt. Nicht nur seine Eltern glaubten, dass er unschuldig sei. Sie gründeten eine Initiative, die für seine Freilassung kämpfte."
„Wurde nicht Blut an seiner Kleidung gefunden? Außerdem war er der Letzte, der das Mädchen lebendig gesehen hatte."
Arno orderte bei der Bedienung eine weitere Karaffe Retsina zum Lammfleisch. „Alles Indizien", sagte er ungeduldig.
„Du hast damals für ein sehr geringes Honorar sehr viel Zeit aufgewendet", erinnerte Judith ihn.

„Der Junge brauchte jede erdenkliche Unterstützung und ich habe es nicht getan, um mich zu profilieren oder reich zu werden."

„Er wurde freigelassen, nicht wahr?"

„Ja, vor sechs Jahren. Er legte sich eine neue Identität zu. Wir wiesen dem Standesamt nach, dass der Name unbedingt für die Resozialisierung geändert werden müsse. Nicht nur wegen der Verurteilung, sondern auch weil Kracke wie Kacke klingt und Robin schon immer deswegen gehänselt und gemobbt wurde. Wir haben ihm einen Job besorgt, er hat dann geheiratet und jeder mochte ihn."

Judith verzog ihren Mund spöttisch. „Wussten sie, wer er war? Die Leute, bei denen er gearbeitet hatte?" Unbewusst nahm sie die Vergangenheitsform von Arno an.

„Nein, natürlich nicht. Das gehört zur Tarnung."

„Wusste die Frau, die er geheiratet hat, davon?"

„Nein, ich sagte dir doch gerade, dass er eine völlig neue Identität erhielt. Mit allem, was dazugehört. Neuer Pass, Personalausweis, Führerschein. Eine neue Lebensgeschichte, ein nagelneues Leben. Er lebt jetzt in Weilimdorf."

„Also lebt er jetzt hier in Stuttgart unter neuem Namen. Und er ist in Schwierigkeiten und du musst ihn wieder da rausholen."

„Mein Gott, Judith, nerv mich nicht. Der Junge hat jahrelang wegen eines Verbrechens, das er nicht verübt hat, im Gefängnis gesessen. Und du bist noch immer bereit, das Schlimmste anzunehmen. Aber falls du es wissen willst, ich bin nach Neuwied gefahren, um seine Eltern zu treffen, da sie zutiefst beunruhigt sind. Den beiden geht es nicht gut, wegen der Geschichte musste der Vater seine Metzgerei aufgeben, weil kein Mensch mehr bei ihnen einkaufte. Er hat dann bis zu seiner Rente in einer Fleischfabrik gearbeitet. Sie haben ihr Haus verkauft und sind weggezogen. Und alles nur, weil die Polizei damals den Falschen verhaftet hat."

Judith hätte sich am liebsten selbst einen Tritt gegeben, weil sie Arno verärgert hatte. Wenn er eine Meinungsverschiedenheit witterte, machte er sofort dicht. Sein Mauern im Privatleben war eine Reaktion auf sein Berufsleben, in dem er seine ganze Kraft darauf verwendete, gegenteilige Ansichten zu widerlegen. Schon früh in ihrer Ehe hatte sie gelernt, dass Nachgeben eine bessere Taktik war. Sie konnte froh sein, dass er nicht aus dem Restaurant stürmte und sie alleine sitzen ließ.

Sie beugte sich über den Tisch und legte ihre Hand auf seine. „Entschuldige, Arno. Erzähl was passiert ist."

Besänftigt erwiderte er: „Er wird vermisst. Seine Eltern riefen mich an und sagten, er sei vor zwei Wochen zur Arbeit gegangen und wurde seitdem nicht mehr gesehen."

„Warum haben sie solange gewartet und dich erst jetzt benachrichtigt?"

„Sie haben ihn als vermisst gemeldet. Mich wollten sie nicht damit behelligen, weil sie davon ausgingen, er würde wieder auftauchen. Außerdem wollten sie seine Frau nicht noch weiter beunruhigen."

„Vielleicht hatte er Streit mit seiner Frau?"

„Nein, ich habe mit ihr gesprochen. Sie hat geschworen, dass es niemals einen Streit zwischen ihnen gegeben hat."

„Aber jeder hat mal einen Streit, Arno, wie wir auch."

Arno sah sie verständnislos an. „Wenn du Melanie nur kennen würdest ... Sie ist eine der nettesten jungen Frauen, die ich je getroffen habe. Zwar ein bisschen still, aber ... Und da sind noch die zwei Babys, ein Junge und ein Mädchen."

„Wahrscheinlich war ihm alles zu viel. Die Verantwortung für Frau und Kinder, für eine Familie zu sorgen. Vielleicht hatte er Ärger bei der Arbeit."

„Er war einer ihrer besten Fahrer, hat nicht einen Tag gefehlt, seitdem er dort anfing Pakete auszuliefern."

„Er wird schon wieder auftauchen. Menschen verschwinden nicht so einfach von der Bildfläche, ohne Spuren zu hinterlassen."

Judith kannte Arno zu gut um zu wissen, dass er zutiefst beunruhigt war. So einfach ließ er sich von ihr nicht trösten.

„Es muss schwierig sein, jemandem eine neue Identität zu verpassen", sagte sie nach einer kleinen Pause.

„In mancher Hinsicht schon. Es besteht immer die Gefahr, einem zu begegnen, der dich kennt. Auch für die Eltern ist das hart. Frau Kracke sagte mir, am schwierigsten wäre es für sie gewesen, nicht mehr Robin zu ihm zu sagen. Und lauter solche Kleinigkeiten."

„Wie wird so ein neuer Name ausgesucht?", fragte Judith. „Hat Robin ihn sich selbst ausgesucht? Mir würde alles Mögliche einfallen, um nicht mehr Judith zu heißen."

„Aber mir gefällt dein Name, er passt zu dir", widersprach Arno, während er sich noch einmal Bohnen und Lammfleisch auf seinen Teller schaufelte. „Wir haben ihn für Robin ausgesucht. Das ist sicherer, ansonsten hätte er wohlmöglich etwas aus seinem Unterbewusst-

sein hervorgekramt, was ihn mit seinem alten Leben in Verbindung gebracht hätte."
Noch einmal versuchte Judith, Arno etwas über die neue Identität des jungen Mannes zu entlocken. „Also, wie hieß er dann am Ende? Du kannst mir vertrauen, bei mir ist es in guten Händen. Ich werde es nicht weitersagen."
Arno zögerte, dann beugte er sich zu Judith und flüsterte: „Tom Krings."
Judith schmunzelte. „Also jetzt Tom Krings. Hast du das so aus der Luft gegriffen? Hört sich aber auf jeden Fall besser an als Robin Kacke, Verzeihung, ich meine natürlich Kracke."
Irritiert von Judiths Mangel an Ernsthaftigkeit blickte Arno nicht mehr von seinem Teller auf und sie wusste, dass für ihn das Gespräch zu Ende war.
Sie fuhren schweigend nach Hause. Als sie ihn fragte, ob er einen Espresso wolle, sagte er, dass er noch zu seiner Mutter ins Pflegeheim fahren müsse.

Kaum war Arno aus dem Haus, nahm sie sich den Küchenboden vor. Sie schrubbte ihn kniend mit ihren bloßen Händen. Wahnsinn, was für ein Dreck von dem blitzsauberen Küchenboden herunterkam. Besonders in den Ecken, in den Spalten zwischen den Fließen und in den Ritzen zwischen Boden und Einbauschränken. Sie holte eine alte Zahnbürste und bearbeitete sie damit. Kratzte sie aus, wobei sie einen flüssigen Hygienereiniger mit Zitronenduft benutzte. Anschließend wischte sie den Boden mit einem feuchten Mikrofasertuch. Das Wasser im Eimer wurde richtig braun. Aber sie war nicht zufrieden. Damit ihr auch ja nichts entging, füllte sie den Eimer noch einmal mit frischem Wasser und fing

von vorne an. Selbst nach dem zweiten Mal fand sie, dass der Boden nicht sauber war, also putzte sie ein drittes Mal.
Dabei hatte sie geglaubt, es sei alles in Ordnung und nun verbarg sich bei ihr die ganze Zeit ein solcher Schmutz und Dreck.

Nur kurz nach der Unterhaltung von Arno und Judith tauchte Tom Krings auf.
Zwei Spaziergänger, die ihre Hunde ausführten, fanden seinen Rumpf in einem Plastikmüllsack am Bärensee. Erst nachdem der zweite Sack einige Tage später in einem Waldstück zwischen Schloss Solitude und Bergheim gefunden wurde, konnte seine Leiche identifiziert werden. In dem zweiten Sack waren sein Kopf, die Arme und die Beine, an denen eine Karte hing. Es war eine gewöhnliche Glückwunschkarte, auf der eine goldene 5 eingestanzt war. Seine Hände und Füße sowie die Geschlechtsteile wurden nie gefunden.

Als Arno von dem grausigen Fund erfuhr, war er völlig am Ende.
„Irgendein lausiger Bastard konnte es nicht ertragen, dass der arme Junge sich so gut gemacht hat", wütete er. „Diesem Dreckskerl sollte man das Gleiche antun oder für immer wegschließen."
Dieser Ausbruch war für ihn so uncharakteristisch, dass es Judith die Sprache verschlug. In der Regel ließ sich Arno nicht gefühlsmäßig auf seine Mandanten ein. Offensichtlich hatte er aber für Tom Krings eine persönliche Verpflichtung empfunden und glaubte tatsächlich an dessen Unschuld.

„Weiß man schon, wer es getan hat?“, fragte sie. „Wie konnte man denn die Leiche identifizieren?“
Arno knirschte mit den Zähnen. „Die Polizei hat den Kopf fotografiert und mit den Vermisstenanzeigen verglichen. Außerdem haben seine Adoptiveltern im Leichenschauhaus bestätigt, dass es ihr Sohn sei.“ Arno schlug mit der Faust auf den Tisch.
Judith bemerkte, dass er die falsche Legende immer noch aufrechterhielt, selbst ihr gegenüber.
„Die Polizei soll nicht herumtrödeln, sondern den Kerl finden, der dafür verantwortlich ist. Im Moment tappen sie im anscheinend im Dunklen.“
„Weiß die Polizei, wer Tom Krings in Wirklichkeit ist?“
„Mit hoher Wahrscheinlichkeit nicht. Selbst wenn er noch in der Datei ist, konnte ein Fingerabdruck wegen der fehlenden Hände nicht genommen werden. Für sie ist es Tom Krings. Niemand außer dem mittlerweile verstorbenen Standesbeamten und den Leuten, die sich für ihn eingesetzt haben, wusste es.“
„Aber es muss doch darüber Unterlagen geben?“, fragte Judith.
Arno nickte nachdenklich. „Wahrscheinlich schon, aber wenn kein Anfangsverdacht besteht, wird die Polizei dort nicht suchen.“
„Vielleicht solltest du es der Polizei sagen, dass Tom eigentlich Robin ist?“
„Du liebe Güte, Judith, weißt du, was es bedeuten würde, wenn Melanie und die Kinder davon erfahren? Das ist das Letzte, was ich tun würde. Außerdem muss ich jetzt los. Wir reden ein anderes Mal darüber.“
Judith hatte das Gefühl, dass die Wahrheit sowieso irgendwann zu Tage treten würde, denn jeder, der mit

Tom Krings zu tun gehabt hatte, wurde verhört. Seine angeblichen Adoptiveltern, beide Rentner, hatten ihr Zuhause verlassen und waren zur Schwiegertochter und den Enkelkindern gezogen, um in ihrer Nähe zu sein. Auch sie wurden vernommen.

Judith hielt es für unwahrscheinlich, dass sie die Beziehung zu der jungen Familie glaubwürdig darstellen konnten, ohne dass es Fragen aufwarf. Zu ihrer Überraschung gelang es ihnen, die Fassade aufrecht zu erhalten. Sie tischten den Polizisten eine Geschichte auf, die vorerst niemand in Frage stellte.

Tom wurde von der Presse schon bald als „Der geheimnisvolle Mann“ tituliert. Die Reporter, die es gewohnt waren, selbst unter erschwerten Bedingungen intime Details aus dem Leben einzelner Personen herauszufinden, waren von Toms fehlender Vergangenheit überrascht.

Arno, der Toms tatsächliche Identität kannte, entschloss sich, das Geheimnis zu wahren. Selbst wenn es bedeutete, dass sein Mörder ungeschoren davon kam.

So wäre die Wahrheit vielleicht nie herausgekommen, wenn nicht Arabellas unglaubliches Gedächtnis gewesen wäre.

zwanzig

Es war Sonntagmorgen, sechs Uhr. Arabella quälte sich aus dem Bett. Eigentlich hatte sie vorgehabt auszuschlafen. Aber eine innere Unruhe brachte sie seit einigen Wochen aus ihrem Rhythmus. Das war neu. Selbst in ihren miesesten Zeiten hatte sie immer wie ein Baby schlafen können.

„Was ist denn los?“, grummelte Mathias mit schleppender Stimme. „Komm wieder ins Bett.“

„Nichts, träum weiter“, sagte Arabella. „Ich muss nur etwas nachsehen.“

Er drehte sich um und an seinem schweren, gleichmäßigen Atem hörte sie, dass er tatsächlich erneut eingeschlafen war.

Noch im Pyjama ging Arabella in die Küche und goss sich ein Glas Orangensaft ein. Sie trank ihn aus, während sie mit der anderen Hand Wasser einfüllte und danach eine Espressokapsel in die Maschine gab. Ich bin ein Koffein-Junkie, dachte sie. Der Kaffee war ihr so zur Gewohnheit geworden – besonders in Stresssituationen brauchte sie Unmengen davon –, dass es ihr schwerfiel, damit aufzuhören.

Entgegen ihren sonstigen Gewohnheiten hatte sie die Fallakte von Tom Krings mit nach Hause genommen und auf ihrem Schreibtisch deponiert. Sie blätterte die Papiere durch und Toms Foto, das seine Adoptiveltern bei

ihrer Vermisstenanzeige der Polizei zur Verfügung gestellt hatten, fiel heraus. Ein junger Mann in Anzug und Schlips lächelte in die Kamera.
Die Aufnahme genauer betrachtend, kam Arabella irgendetwas bekannt vor, aber sie wusste nicht, was es war. Der Name Tom Krings sagte ihr nichts. Er war nur ein weiteres Mordopfer in einer bizarren Serie und ein Fall, mit dessen Aufklärung sie beauftragt war.
Ihre Datenabgleiche bei INPOL und SIS hatten keine Auffälligkeiten ausgespuckt. Es gab nichts über das Opfer, nichts was ihn mit irgendwelchen Strafsachen in Verbindung brachte.
An den Leichenfundorten wie auch an den Körperteilen und Säcken selbst wurde keine fremde DNA, kein Staubkorn, nichts gefunden, was auf den Mörder hinwies.
Bei einem zweiten Espresso – Arabella hatte sich inzwischen einen Bademantel über- und dicke Socken angezogen – fiel es ihr wie Schuppen von den Augen. „Verflixt, da soll mich doch der Teufel holen.“ Sie pfiff durch die Zähne, dann zog sie einen ihrer Ordner aus dem Schrank und blätterte ihn durch. Da war es: Elf und sechs Jahre zuvor. Ein und dieselbe Person. Tom Krings bei seiner Festnahme und nach seiner Entlassung aus dem Gefängnis. Dasselbe schiefe Lächeln, dieselbe Haltung. Auf dem ersten Foto ein verängstigter Junge zwischen zwei Polizisten. Auf dem Zweiten, vier Wochen nach seiner Entlassung, braungebrannt und fast erwachsen. Nur dass es nicht Tom Krings, sondern Robin Kracke war, der auf den Fotos in die Kameras lächelte.
Der Mord an Tom war vor vierzehn Tagen passiert, aber niemand aus ihrem Team hatte bisher den Zusammen-

hang herstellen können. Aber sie besaß nun vielleicht die entscheidende Information, die zu einer erfolgreichen Lösung des Falls führen würde.
Die Adresse und Telefonnummer von Robin Krackes Eltern stand auf einem Blatt in ihrem Ordner. Arabella wählte sie an. Es überraschte sie nicht, dass sich niemand am anderen Ende meldete. Über ein Jahrzehnt war vergangen, die Krackes waren vielleicht tot oder umgezogen. Es hätte sie nach den Ereignissen nicht verwundert. Persönlich kannte sie Robins Eltern nicht. Die Ermittlungen gegen ihren Sohn hatte damals die Mordkommission in Neuwied geführt.
Alles was Arabella im Moment zur Verfügung stand, waren die archivierten Zeitungsausschnitte mit den Fotos von Robin und eben diese Telefonnummer.
Bei der Identifizierung von Tom Krings Leichnam durch die Adoptiveltern war Arabella nicht anwesend gewesen. Viktor von Zuhm und Staatsanwalt Sommer hatten sie vertreten. Auch die Vernehmung der Eltern und die der Witwe hatten Viktor und Jenny durchgeführt. Hinter der Spiegelglasscheibe stehend, hatte Arabella durch die geschickte Befragung ihrer beiden Mitarbeiter die Fakten über die Familienverhältnisse erfahren.
Per Mail startete sie eine Anfrage an die zuständige Polizeidienststelle in Neuwied und an den damals leitenden Kriminalkommissar. Möglich, dass er sich erinnerte und ihr helfen konnte. Es gab von Robin keine gespeicherten Fingerabdrücke, keine DNA und auch keine Zahnschemata mehr, weil sämtliche Daten gelöscht waren. Also konnten sie nicht mit den Merkmalen von Tom verglichen werden. Es blieben Arabella nur zwei Möglichkeiten, die Wahrheit herauszufinden. Eine davon

war, die Angehörigen des ermordeten Tom Krings noch einmal selbst zu befragen.

Eine halbe Stunde später machte sich Arabella auf dem Weg zu der jungen Witwe, die auf dem elterlichen Bauernhof lebte. Zu so früher Stunde herrschte wenig Verkehr. Nach nur zehn Minuten war sie in Weilimdorf. Die Eltern von Toms Frau waren Bauern. Neben Milchkühen besaßen sie eine kleine Landwirtschaft, deren Erzeugnisse sie auf Wochenmärkten und im Hofladen verkauften.
Arabella bog in den Privatweg ein und sah das Haus und die umliegenden Scheunen sofort. Sie standen zurückgesetzt von der Straße, inmitten von Feldern und Apfelbäumen. Sie hatte damit gerechnet, Reporter auf dem Grundstück herumschwirren zu sehen, aber es war niemand in Sicht.
Das Bauernhaus sah verlassen aus. Die Gardinen waren zugezogen, an einigen Fenstern die Rollläden heruntergelassen. Das einzige Lebenszeichen war ein riesiger Schäferhund, der, an einer Kette angeleint, vor seiner Hütte den Hof bewachte. Als Arabella aus ihrem Auto stieg, sträubte sich das Nackenfell des Hundes, er fletschte die Zähne und knurrte böse.
Sie ignorierte ihn. »Wenigstens ist der Köter angekettet. Bei einem Angriff ziehe ich wahrscheinlich den Kürzeren«, überlegte sie. »Notfalls müsste ich ihn erschießen.«
Als sie auf die Haustür zuging, bemerkte sie eine Regung hinter einer der Gardinen. Sie klingelte und wartete, klopfte lauter und rief: „Hallo, ist da jemand? Machen Sie bitte auf."
Hinter sich hörte sie den Hund immer lauter bellen.

Noch immer antwortete niemand. Ohne Beschluss oder dass Gefahr im Verzug war, durfte Arabella das Gebäude nicht betreten. Daher überlegte sie, wie sie mit den Bewohnern Kontakt aufnehmen konnte, ohne dass es allzu großen Verdacht erweckte. Sie kannten sie nicht als Polizistin. Heute Antworten auf ihre Fragen zu erwarten, würde wahrscheinlich aussichtslos sein. Schon bei der Vernehmung durch Viktor und Jenny waren die Angehörigen einsilbig, fast feindselig gewesen. Bestimmt mauerten sie jetzt erst recht.

Eine Vorladung ins Präsidium würde sie erneut erschrecken und die Wahrheit über Tom käme wieder nicht ans Licht.

Arabella ging, immer die Fenster beobachtend, um das Haus herum. Den Hinterhof übersäten landwirtschaftliche Geräte. An der Rückseite des Gebäudes gab es eine Tür mit einem gardinenlosen Fenster. Sie trommelte gegen das Türblatt, bis die Scheibe klirrte, fest entschlossen, nicht zu weichen. Als sie durch das Glas sah, blickte sie direkt in die Küche. Auf dem Herd stand ein Wasserkessel, der unablässig einen durchdringenden Pfeifton – ähnlich dem einer Dampflok – von sich gab. Arabella wartete. Bald würde jemand auftauchen, der den Kessel vom Herd nahm. Es dauerte nur kurze Zeit, bis eine kleine grauhaarige Frau in Kittelschürze erschien. Die Bäuerin blieb unentschlossen stehen, während sie zu Arabella hinsah. Noch immer ertönte der Pfeifton.

»Jetzt nimm endlich den verdammten Kessel runter«, fluchte Arabella.

Und tatsächlich, als ob sie Arabella gehört hätte, nahm sie ihn vom Herd. Dann stapfte sie zur Hintertür und öffnete sie einen Spalt breit. Arabella fragte freundlich

lächelnd: „Frau Meier, ich möchte mit Ihnen über Tom sprechen." Noch während sie es aussprach, überbekam sie ein Déjà-vu. Es war die gleiche Situation wie damals, als sie im Schwarzwald an die Tür von Nieblings Eltern geklopft hatte.
Die Bäuerin versuchte, die Tür zu schließen. „Bitte gehen Sie."
Aber Arabella gab nicht so leicht auf. „Ich habe das von Tom erfahren, ich bin seine ehemalige Lehrerin", log sie. „Aus seiner alten Heimat."
Widerwillig öffnete Toms Schwiegermutter die Tür gerade so weit, dass Arabella durch den Spalt in die Küche schlüpfen konnte.
„Ich wollte nachsehen, wie es ihrer Tochter geht. Es gibt etwas, was sie wissen sollte."
Es entging ihren wachen Augen nicht, dass Frau Meier mit einer Kopfbewegung jemanden im Nebenzimmer warnte. Arabella vernahm ein leises Geräusch, eine raschelnde Bewegung. Sie war sich sicher, dass sich Melanie Krings im angrenzenden Raum aufhielt. Wenn sie es richtig anstellte, würde sie herauskommen.
Frau Meier sah sie misstrauisch an. „Wie heißen Sie? Sind Sie von der Polizei?", fragt sie. „Wir haben schon alles gesagt, was Sie wissen wollten."
Arabella ignorierte die letzte Frage der Bäuerin. „Mein Name ist Herzog."
„Mein Schwiegersohn hat Sie nie erwähnt."
„Vielleicht nicht. Aber wir standen in Kontakt. Er hat mich nur wenige Tage vor seinem ... ähm ... Verschwinden angerufen." Arabella hoffte, dass diese Notlüge nicht aktenkundig wurde, falls Frau Meier sich über sie beschweren würde. Aber im besten Fall dachte die Bäu-

erin nicht mehr daran, sollte es ihr gelingen, die Angehörigen in die Enge zu treiben. Sie musste herausfinden, ob sich ihr Verdacht bestätigte und ob die Schwiegereltern und die Ehefrau über Toms wahre Identität Bescheid wussten.

Die Bäuerin zögerte. „Wenn Sie eine Nachricht für Melanie haben, können Sie sie mir auch sagen."

„Nein, tut mir leid, ich muss es ihr persönlich sagen."

Noch immer verwehrte Frau Meier den Zutritt zu dem anderen Zimmer, indem sie sich demonstrativ breit in die Türöffnung stellte. Arabella beschloss, alles auf eine Karte zu setzen, drehte sich um und tat so, als ob sie gehen wolle.

„Dann eben nicht. Ich dachte nur, seine Frau sollte es wissen."

„Warten Sie, gehen Sie nicht", ertönte eine Stimme hinter ihrem Rücken.

Arabella wandte sich wieder um. Da war sie, eine kindliche, blasse Frau. Die Witwe in schwarzer Trauerkleidung machte einen verhärmten Eindruck. Ihr langes dunkles Haar hing strähnig und glanzlos herunter. Vom vielen Weinen gerötete Augen sahen Arabella fragend an.

„Ich bin Melanie Krings." Die Stimme der jungen Frau klang hilflos und gebrochen.

Sie tat Arabella leid, die Trauer schien echt zu sein. Vielleicht irrte sie sich, was ihre Vermutung anging. Aber dann siegte ihre Professionalität über ihr Mitgefühl und sie fragte: „Wollen wir uns nicht setzen? Erzählen Sie mir von Tom, ich kannte ihn ja nur von früher."

Melanie Krings ließ sich widerstandslos an den Küchentisch führen und nahm auf einem der Stühle Platz.

Auch Frau Meier setzte sich zu Arabella und ihrer Tochter. „Was ist jetzt?“, fragte sie. Sie trommelte mit den Fingerspitzen auf die Tischplatte. „Ich muss weiterschaffen und habe nicht den ganzen Tag Zeit.“
„Wie ist es Tom in Stuttgart ergangen, seitdem er hierher gezogen ist?“, ermutigte Arabella die junge Witwe zu erzählen.
Melanie Krings zitterte: „Es ging ihm gut. Er war einer der besten Menschen, die ich je kannte, ein liebevoller Mann und ein guter Vater für meine Babys.“
Arabella hätte erwartet, dass sie bei dieser Aussage erneut in Tränen ausbrechen würde, aber Melanie weinte nicht. In ihren Augen stand nur ein feuchter Film, der ihnen einen merkwürdigen Unterwasserblick gab.
Sie versuchte es noch einmal. „Tom sprach am Telefon viel von Ihnen und den Kindern.“
„Aber er hat mir nie etwas von seiner Lehrerin erzählt“, bekräftigte Melanie die Aussage ihrer Mutter. Es klang wie ein Echo. Arabella vermutete, dass die junge Frau, fast noch ein Kind, kaum selbstständig zu denken und handeln gelernt hatte.
„Dann hat er nie viel von seiner Vergangenheit gesprochen, nicht wahr?“, fragte Arabella.
„Manchmal schon“, flüsterte Melanie.
Arabella starrte sie an. »Sie wusste es, und sie hat ihn trotzdem geheiratet«, dachte sie. Gewiss gab es Frauen, Gefängsnisgroupies, die wildfremden Mördern oder Vergewaltigern Briefe schickten, sie besuchten, von ihnen erregt wurden und sogar Heiratsanträge machten. Melanie Krings passte aber nicht in das Bild. Dazu war sie viel zu unselbstständig und wirkte naiv zutraulich. Mit Sicherheit hatte sie geglaubt, dass Tom wirklich un-

schuldig war und ihm der Mord in die Schuhe geschoben wurde.
Arabella konnte über so viel Weltfremdheit nur staunen. Was immer Melanie über Tom wusste, sie hatte sein Geheimnis gehütet, um ihm ein neues Leben mit ihr und den Kindern zu ermöglichen.
„Hat er Ihnen erzählt, wo er aufgewachsen ist und wo er zur Schule ging?", bohrte Arabella nochmals nach.
„Ja", antwortete sie, zog ein zusammengeknülltes Papiertaschentuch aus ihrer Hose und putzte sich die Nase. „Er war nicht sehr glücklich. Aber das wissen Sie sicher selbst, wenn Sie ihn unterrichtet haben, damals in Düsseldorf."
Arabella schluckte. Also wusste Melanie doch nichts über Robin Kracke.
Was immer Tom ihr erzählt hatte, es war nicht die Wahrheit gewesen.
Ihre Chancen abwägend, wollte Arabella Melanies Vertrauen gewinnen. Wenn sie alles auf eine Karte setzte, bekam sie vielleicht, was sie brauchte, bevor Melanie dicht machte. So überging sie Melanies Aussage im letzten Satz, und fragte stattdessen: „Haben Sie eine Ahnung, wer Tom das angetan hat?"
Die junge Witwe schüttelte den Kopf.
„Haben Sie einen Verdacht?"
Frau Meier stand auf und legte Melanie die Hand auf die Schulter. „Wenn Sie meiner Tochter etwas zu sagen haben, dann tun Sie das besser sofort und gehen dann."
„Glauben Sie, dass es jemand war, den Tom von früher kannte?", beharrte Arabella, ohne sich um Frau Meier zu kümmern.
„Alle mochten ihn", flüsterte Melanie.

„Er war ein guter Mensch“, ereiferte sich die Bäuerin entschieden. „Ich will, dass Sie damit aufhören!“
„Sie möchten doch, dass derjenige, der das getan hat, bestraft wird?“ Arabellas Frage richtete sich an beide Frauen.
Melanie nickte. Frau Meier ergriff den Arm ihrer Tochter.
„Du musst dich jetzt hinlegen.“ Zu Arabella gewandt sagte sie: „Meine Tochter braucht Ruhe, es ist zu viel für sie. Verschwinden Sie jetzt.“
Arabella wusste: Jetzt war es an der Zeit ihren letzten Trumpf auszuspielen, bevor sie hinausgeworfen wurde.
„Tom kam nicht aus Düsseldorf, er ist in Neuwied aufgewachsen und hat seinen Wohnort nie verlassen. Seine Eltern besaßen eine Metzgerei in der Melsbacher Straße.“
„Nein, er lebte in Düsseldorf, bevor er hierher kam.“ Wütend, ja anklagend hatte Frau Meier ihre Stimme erhoben. „Sie spinnen ja. Sie haben Tom überhaupt nicht gekannt.“ Ihr faltiges Gesicht verzog sich voller Zorn. „Ich will, dass Sie jetzt sofort abhauen und nie wieder kommen.“
Als hätte sie alles nicht begriffen oder nicht gehört, was ihre Mutter sagte, begann Melanie mit monotoner Stimme zu reden: „Toms Eltern kamen um, als er noch ein kleiner Junge war. Die Familie Krings hat ihn aufgezogen, sich um ihn gekümmert und wie ihren eigenen Sohn geliebt. Als Tom verschwand, zogen sie hierher, um in der Nähe zu sein.“
Diese Information kannte Arabella schon aus der Vernehmung.
Mittlerweile war Frau Meier böse geworden. „Für die

Eltern von Tom ist es genau so hart wie für Melanie. Lassen Sie uns in Ruhe. Wenn Sie jetzt nicht verschwinden, rufe ich die Polizei!“
Arabella vermied es, sie darüber aufzuklären, dass die Polizei schon längst da war. „Ja, aber bevor ich gehe, möchte ich Ihnen etwas zeigen.“
Sie griff in ihre Handtasche, zog die Zeitungsausschnitte von Robin Kracke hervor und legte sie so gefaltet auf den Frühstückstisch, dass die Zeilen darunter nicht zu lesen waren.
Frau Meier warf einen Blick darauf und sagte überrascht: „Das ist ja Tom.“
„Nein, das ist Robin Kracke“, widersprach Arabella und glättete die Zeitungsausschnitte.
Frau Meier beugte sich hinunter und runzelte die Stirn, während sie die Berichte unter den Fotos las. Auch Melanie las die Artikel neugierig mit.
Frau Meier hörte auf zu lesen und starrte Arabella an. Sie sah völlig verstört aus. „Wer ist dieser Typ? Warum zeigen Sie uns das?“
„Ich glaube, Sie wissen das. Tom ist Robin Kracke. Robin Kracke ist Tom. Es ist ein und dieselbe Person.“
Beide Frauen starrten sie wortlos an.
Bevor sie sich von ihrem Schreck erholen konnten, fuhr Arabella fort: „Als er noch zur Schule ging, hat er ein kleines Mädchen umgebracht und es mit einer Säge und einem Fleischermesser zerstückelt. In der Wurstküche der Metzgerei, im Keller seines Elternhauses. Er stopfte die Teile in Müllsäcke und verteilte sie entlang der Wied im Wasser und am Ufer. Man fand sie erst ein halbes Jahr später. Ein paar Teile des Kindes wurden nie gefunden.“

„Sie lügen“, schrie Melanie. „Tom hat in seinem ganzen Leben noch nie jemandem etwas getan.“
Frau Meier fügte triumphierend hinzu: „Hier steht, dass dieser Robin Kracke im Gefängnis ist. Warum erzählen Sie solche Lügengeschichten? Hat meine Tochter nicht schon genug gelitten?“
„Robin Kracke wurde vor sechs Jahren entlassen. Er bekam einen neuen Namen. Eine neue Umgebung. Ein neues Leben.“
„Das ist gelogen“, schluchzte Melanie.
„Es ist wahr.“
„So etwas hätte er niemals getan. Das glaube ich nicht.“
„Vielleicht glauben *Sie* das nicht. Aber da draußen ist jemand, der es glaubt.“ Arabella faltete die Zeitungsausschnitte zusammen und steckte sie wieder in ihre Tasche.
„Ich glaube, der Mord an Tom ist die Kopie der Tat von damals. Tom wurde umgebracht, weil er das Kind umgebracht hat. Vielleicht wartete ein Verwandter des Mädchens, ein Bruder, bis Tom aus dem Gefängnis herauskam, um die Tat zu rächen.“
Die beiden Frauen sahen sie an, als stünde eine Verrückte vor ihnen.
Arabella gab den Versuch auf, sie zu überzeugen. „Ich werde auch mit Herrn und Frau Krings sprechen.“
„Sie haben schon genug geredet. Nichts außer einem Haufen Lügen. Über einen Toten. Sie sollten sich schämen, Sie blöde Kuh“, geiferte Frau Meier und legte beschützend ihren Arm um Melanie. „Mein Mann kommt gleich nach Hause“, drohte sie. „Wenn er Sie hier sieht, hetzt er den Hund auf Sie, weil Sie Melanie in diesen Zustand versetzt haben.“

Als sei es das Stichwort gewesen, hörte Arabella draußen eine Autotür zuschlagen und den Hund aufgeregt bellen. Frau Meier wurde bleich. Arabella machte sich auf Herrn Meier gefasst. Die Haustür wurde geöffnet und eine Frauenstimme rief: „Melanie, wir sind zurück!"
Sie kamen in die Küche, eine ältere Frau mit einem Baby auf dem Arm. Neben ihr ein dicker, grauhaariger Mann, leicht vornübergebeugt, zittrig, der einen kleinen Jungen an der Hand führte.
Arabella tat einen Schritt nach vorn. Sie hatte es gewusst, gleich nachdem das alte Ehepaar die Küche betrat. Ihre verblüffende Ähnlichkeit mit Robin Kracke wäre ihr schon früher aufgefallen, wenn sie den Zeitungsausschnitt schon bei der Vernehmung vor sich liegen gehabt hätte. Der gewaltsame Tod ließ Toms Gesichtsausdruck so fremd aussehen, dass sie ihn auf den Fotos von der Autopsie nicht erkannt hatte. Aber jetzt wusste sie, wer die zwei waren.
Beiläufig, als begrüße sie alte Freunde, sagte sie: „Herr und Frau Kracke. Schön Sie wiederzusehen."
Der alte Mann taumelte wie durch einen Schlag zurück. Frau Kracke schrie. Melanie wurde ohnmächtig.
Arabella hatte sie, wo sie sie haben wollte. Sie durfte nur nicht lockerlassen.

Frau Kracke konnte nicht mehr mit dem Reden aufhören. Ihr jahrelang unterdrückter Schmerz sprudelte in einem Schwall von Worten und Erinnerungen hervor. Arabella holte ihr Tablet hervor und schrieb mit. Sie musste nichts weiter tun als zuhören, ab und zu ein paar Fragen stellen und tippen.

„Er war ein so guter Junge. Ich war bereits über vierzig, als ich schwanger wurde. Wir hatten es schon aufgegeben, ein Kind zu bekommen. Robin war ein hübscher Junge, alle mochten ihn. Besonders die Mädchen. Robin wollte nicht Metzger werden wie sein Vater, sondern Architekt und er sprach immer darüber, dass er uns ein großes Haus bauen würde und dass Vati nicht mehr arbeiten bräuchte, weil er später viel Geld verdienen würde."

In der ersten Verwirrung und dem Schock, als Frau Meier sich um ihre bewusstlose Tochter und die Enkel kümmerte, hatte Arabella die Krackes aus dem Haus gelotst. Auf neutralem Boden war es einfacher zu reden, das sagte ihr der Instinkt. Außerdem wäre es mit den Meiers im Rücken alles andere als einfach geworden. Als dem Ehepaar Kracke bewusst wurde, dass Arabella die Absicht hatte, sie aufs Präsidium vorzuladen, und sie dort wieder in dem sterilen Vernehmungsraum sitzen sollten, entschieden sie sich, ihr in ein Hotel im Industriegebiet zu folgen. Um ungestört mit ihnen zu sprechen, mietete Arabella für den Rest des Tages einen kleinen Seminarraum.

In unvertrauter Umgebung und konfrontiert mit Arabellas Hartnäckigkeit packte Frau Kracke aus.

„Robin kannte das Mädchen. Sie wohnte nebenan. Ein hübsches Ding, reif für ihr Alter, wenn Sie wissen, was ich meine. Sie war es gewohnt, für sich allein zu sorgen. Die Mutter arbeitete und so besuchte die Kleine immer die Nachbarn. Oft saß sie bei uns am Mittagstisch."

Arabella fragte: „Hatte sie Brüder oder Schwestern?"

„Nein, keine. Die Mutter und sie waren allein."

„Kam Verwandtschaft zu Besuch?"

„Die einzigen Besucher, die wir sahen, waren die Männer. Die Mutter war geschieden und kein Kind von Traurigkeit, wenn Sie wissen, was ich damit sagen will. Es herrschte ein ständiges Kommen und Gehen von männlichen Freunden. Es war einer von ihnen, nicht unser Robin. Als die Polizei die Männer vernahm, hatten die Alibis und sie ließen sie gehen. Aber wer weiß, ob die Alibis stimmen? Irgendjemanden musste die Polizei beschuldigen und da kam ihnen unser Robin in den Sinn. Sie suchten sich ein Kind aus, das sich nicht verteidigen konnte."

Arabella konnte es nicht glauben. Nach allem, was geschehen war, versuchten die Krackes noch immer, allen anderen die Schuld zu geben. Der Mutter mit ihren Männerbekanntschaften und auch dem toten ermordeten Mädchen, das sie als Lolita hinstellten.

»Einerseits ist es verständlich, dass Eltern sich so verhalten, aber so viele Scheuklappen kann es einfach nicht geben. Schließlich wurde Robin von einem Gericht für schuldig befunden, sämtliche Beweise sprachen für seine Schuld. Und trotzdem waren die Eltern noch immer bereit, an seine Unschuld zu glauben«, überlegte Arabella. Sie verkniff sich aber eine Bemerkung.

„Was ist mit dem Vater des Mädchens? Ist es möglich, dass er sich an Robin rächen will?", fragte sie.

„Er lebte in München. Die Mutter hatte das alleinige Sorgerecht. Nach dem Prozess wollten wir mit dem Vater reden und ihm erklären, dass unser Robin das nicht getan hat, aber er verfluchte uns und Robin. Er erklärte, dass er ihm das eines Tages heimzahlen würde."

Frau Kracke fing an zu weinen, die Erinnerungen schienen sie zu quälen.

Aber Arabella konnte darauf keine Rücksicht nehmen. „Glauben Sie, dass er ..."
„Nein, wir hörten, dass er kurz nach dem Prozess einen Autounfall hatte und verstarb. Wir wissen, dass es stimmt, weil wir Angst hatten und unser Anwalt uns versprochen hatte, ein Auge darauf zu haben und uns auf dem Laufenden zu halten. Er schickte uns die Todesanzeige, darum kann es der Vater nicht gewesen sein. Wir waren erleichtert, als wir erfuhren, dass er tot ist. Wir ..."
Frau Kracke wollte mit ihrer tränenreichen Beichte fortfahren, da unterbrach Arabella sie und fragte: „Robin hat es übel erwischt. Um seinetwillen sollten wir herausfinden, wer dafür verantwortlich ist. Das wollen Sie doch auch, oder?"
Frau Kracke blickte ihren Mann an.
„Ich weiß nicht", erwiderte sie unsicher. „Er war ein so lieber Junge und wenn das jetzt rauskommt, werden die Leute wieder anfangen, Schreckliches über ihn zu sagen. Das macht ihn auch nicht wieder lebendig. Darum ist es vielleicht besser, alles zu vergessen, um Melanie und den Kindern eine Chance zu geben."
„Nun, ganz so einfach ist das nicht. Es ist schon herausgekommen. Melanie und ihre Familie wissen es jetzt. Ich weiß es. Die Suche nach dem Mörder läuft. Könnte es sein, dass es jemand ist, den Robin im Gefängnis kennengelernt hat?"
„Nein, alle mochten ihn. Er war ein beispielhafter Häftling, ein guter Junge, deshalb kam er ja auch früher frei." Frau Kracke wiederholte sich, sie konnte nicht aufhören, immer wieder das Gleiche zu sagen. „Robin hatte zu Gott gefunden, er war ein wiedergeborener Christ."

»Auch das noch«, dachte Arabella. „Im Gefängnis passiert so einiges, Frau Kracke." Sie wollte die Frau nicht beleidigen, aber sie hakte nach: „Gab es dort jemand besonderen, mit dem Robin enger befreundet war?"
Sie nickte. „Es gab dort einen Wärter, der ihn mochte. Er wäre wie ein großer Bruder zu ihm, hat Robin immer wieder gesagt."
»Aha«, dachte Arabella.
Böse mischte sich Herr Kracke ein. „Wenn Sie wissen wollen, ob mein Sohn ... ähm ...", er warf seiner Frau einen raschen Blick zu, „... einer von denen war, so lautet die Antwort: Nein. Er war ein guter, gottesfürchtiger Junge. Hätte er sonst Melanie geheiratet?"
Selbst zornig wirkte Herr Kracke alt und verbittert.
Arabella vermutete, dass es zwecklos war darauf hinzuweisen, dass Männer und Frauen im Knast alles Mögliche taten, um zu überleben. Das Ehepaar lebte schon zu lange hinter ihrem Schutzwall aus Naivität und blindem Glauben, sodass jedwede Unterhaltung über die Realität des Lebens zwecklos gewesen wäre.
Arabella bestellte Essen für Robins Eltern und verabschiedete sich. Gleichzeitig bat sie beide, sich zur Verfügung zu halten, damit sie ihre heutige Aussage noch einmal bestätigen konnten.
Arabella wusste noch nicht, wer Tom/Robin umgebracht hatte, aber sie wusste warum. Aus Rache. Verübt von jemandem aus seiner Vergangenheit. Jemandem, der das kleine Mädchen gekannt und über ein Jahrzehnt gewartet hatte, um ihrem Mörder das zuzufügen, was er ihr zugefügt hatte.
Aber wie hing der Mord an Tom mit den anderen Morden zusammen? Außer den Nummerierungen der Lei-

chen gab es kein einheitliches Muster. Die Opfer kannten sich nicht, es gab zwischen ihnen keine auffälligen Gemeinsamkeiten. Die Methoden der Tötungen konnten nicht unterschiedlicher sein. Bis jetzt fehlte, abgesehen von den Nummern, eine identische Signatur.

einundzwanzig

Arno sagte den Urlaub auf Teneriffa ab, weil er dabei sein wollte, wenn sich im Fall Tom Krings etwas Neues ergab. Judith könne aber gern ohne ihn fliegen.
Als sie ihn fragte, ob er den Mörder von Tom mit der gleichen Hingabe verteidigen würde, wie er es bei seiner Berufung für Tom an den Tag gelegt hatte, stürmte er ohne Antwort aus dem Raum.
Am nächsten Tag erzählte er ihr, dass er für eine Nacht verreisen müsse. Judith wusste, dass es mit dem Fall zusammenhing. Jetzt tat es ihr leid, dass sie seinen Rat nicht befolgt hatte und ohne ihn geflogen war. Denn sie fühlte sich nicht länger wohl, wenn sie allein zu Hause war. Tagsüber machte es ihr nichts aus, aber sobald die Dunkelheit hereinbrach, wurde sie nervös und fühlte sich unbehaglich in ihren vier Wänden.
Sie dachte daran, in ein Hotel zu ziehen. Aber sie schaffte es nicht noch einmal, für die Übernachtung etwas zusammen zu suchen, nachdem sie die Sommer- und Strandkleidung wieder aus den Koffern ausgepackt hatte.
Sie blieb unschlüssig auf ihrem Bett sitzen. Schließlich rief sie Gitta an und überredete sie, bei ihr zu bleiben, bis Arno zurückkam.
„Es ist nur für heute Nacht“, beruhigte sie Gitta. „Ich bin sicher, dass Alain solange ohne dich auskommen kann.“

Es war schon dunkel, als Gitta ankam. „Hast du was gekocht? Mein Magen knurrt vor Kohldampf", jammerte sie.
Als Judith vorschlug, essen zu gehen, sagte Gitta: „Tolle Idee, Ju, wie in alten Zeiten. Nur wir zwei Hübschen."
Sie fuhren in die Innenstadt und gingen zu Gittas Lieblingsitaliener. Zu Antipasti, gegrilltem Gemüse und der Hauptspeise bestellten sie eine halbe Karaffe Chianti der Hausmarke.
„Das letzte Mal, dass ich dich was trinken sah, war an dem Abend, als wir diesen - wie hieß er denn noch? - trafen", bemerkte Gitta.
Judith horchte auf. Auch wenn sie Gitta in der Zwischenzeit schon mehrfach gesehen hatte, musste sie nicht an den Abend erinnert werden, als sie den Fotografen in dem Hotel-Restaurant getroffen hatten.
„Gelegentlich trinke ich schon", entgegnete sie kühl. „Wie geht es Alain?"
Auf ihr bevorzugtes Thema angesprochen, erzählte Gitta von ihrem Lover, während sie die Auberginen, Peperoni und Zucchini mit Pizzabrot aßen. Sie erzählte weiter bei Spaghetti con Cozze, zu denen sie eine weitere Karaffe bestellte. Beim Nachtisch und Espresso erzählte sie immer noch. Am Schluss wusste Judith über Alain genau so viel wie über Arno.
Als sie gingen, waren beide leicht angeheitert und mit sich und der Welt zufrieden. Gitta bestellte ein Taxi. Ihre gute Laune hielt an, bis sie in die Auffahrt der Steinfelds einbogen.
Die Straße schien wie ausgestorben. Der dunkle Umriss des Gebäudes sah bedrohlich aus. Nebelschwaden umzogen es.

Während Judith den Fahrer bezahlte, wartete Gitta. Sie sah zum Haus hin und schwieg, keinen Fuß in seine Richtung setzend.
»Ihr geht es genau so wie mir«, dachte Judith. »Sie fühlt es auch.«
Als sie an der Veranda entlanggingen, bemerkte Judith frische, schlammige Schuhabdrücke. Da sie Gitta nicht beunruhigen wollte, sagte sie nichts. Drinnen angekommen, knipste sie alle Lampen im Erdgeschoss an und redete laut und ununterbrochen auf Gitta ein.
„Du bist nervös, Ju", bemerkte Gitta. „Was ist denn los? Erst willst du, dass ich hier schlafe und dann dein hektisches Gerede. Was ist denn los? Ist es das Haus?"
„Ja", gab Judith zu.
Gitta schaute sich um. „Ich komme mir vor wie in einem Horrorfilm. Jeden Augenblick warte ich darauf, dass irgendein Killer oder ein Zombie sich auf uns stürzt."
„Vielleicht ist es nur der Nebel und der beginnende Winter", erwiderte Judith, wusste aber, das es nicht stimmte.
Gitta ging in die Küche und nahm ein großes Messer aus dem Messerblock. „Du machst mich selbst schon ganz kribbelig. Lass uns sicherheitshalber nachschauen", sagte sie. „Bestimmt ist da nichts", beruhigte sie Judith.
Mit dem Messer in der Hand ging Gitta voraus und blieb am Fuß der Treppe stehen. „Ich glaube, ich höre was", flüsterte sie.
Auch Judith hörte ein leises, kratzendes Geräusch von oben. Sie drückte sämtliche Lichtschalter für den oberen Flur. Langsam gingen sie die Treppe hinauf.
„In meinem Schlafzimmer ist eine Pistole", flüsterte Judith Gitta ins Ohr.

„Gut“, flüsterte Gitta zurück. Sie schwang das Messer wie ein Samurai-Schwert.
Langsam schlichen beide hinauf und erreichten ohne Zwischenfall Judiths Schlafzimmer. Als das Licht brannte und sie die Tür hinter sich geschlossen hatten, fühlten sie sich albern, wie zwei Kinder, die Gespenster jagten. Gitta warf das Messer auf das Bett und grinste: „So ein Schwachsinn. Wir benehmen uns wie zwei alte, ängstliche Weiber.“
Das kratzende Geräusch ertönte wieder, diesmal lauter. Gitta sprang zum Bett und hob das Messer auf. Sie schnaufte.
Auch Judith spürte ihr Herz klopfen. „Das sind diese verdammten Zweige, die ans Fenster schlagen“, flüsterte sie und bemühte sich, das Zittern in ihrer Stimme zu unterdrücken.
„Wo ist die Pistole?“, fragte Gitta.
Judith griff unter ihr Kopfkissen. Die Pistole war weg.
„Sie ist nicht mehr da.“ Sie begann am ganzen Körper zu zittern.
Gitta griff zu ihrem Handy und wählte den Notruf. Sie sprach von einem Einbruch und gab mit klarer, deutlicher Stimme die Adresse an.
„Die Polizei ist gleich da“, sagte sie zuversichtlich zu Judith.
Sie überprüfte die Fenster. Alle waren geschlossen. Gitta stellte fest, dass sich die Zweige des Flieders leicht bewegten, aber nicht gegen die Scheiben schlugen. Sie schaute genauer hin. Ganz unten an der Ecke war die Scheibe beschlagen.
Wenige Augenblicke später fuhr der Streifenwagen vor. Das Martinshorn ertönte durch die Nacht und das Blau-

licht warf sein Licht durch die Fenster. Gitta nahm Judith bei der Hand und sie gingen nach unten.
Die Tür zu Arnos Arbeitszimmer war angelehnt. Als Judith in den Raum hineinsah, bemerkte sie, dass der Bildschirmschoner des Computers hell aufleuchtete. Das Fenster stand sperrangelweit offen und im Raum herrschte Eiseskälte.
Die Beamten waren jung, höflich und gutaussehend. Sie überprüften das Grundstück. Auf Gittas Wunsch hin durchsuchten sie das Haus. Sie fanden keine Anzeichen eines Einbruchsversuchs. Auch keinen Hinweis auf die Anwesenheit eines Fremden.
Judith wies auf das offene Fenster im Arbeitszimmer hin, aber auch dort fanden sich keine Einbruchsspuren. Sie zeigte ihnen die schlammigen Schuhabdrücke. Die Polizisten meinten, dass sie wahrscheinlich von einem Nachbarn seien, der mal kurz vorbei gekommen sei. Da er aber niemanden angetroffen hatte, sei er wieder gegangen.
Sich an den Neffen ihrer Nachbarin erinnernd, bestätigte Judith den beiden Polizisten: „Ja, natürlich, das muss jemand von nebenan gewesen sein.“ Aber schon als sie den Gedanken aussprach, wusste sie, dass es so nicht gewesen sein konnte. Was für einen Grund hätte der Neffe haben sollen, nicht an der Vordertür zu klingeln?
Sich für die Belästigung entschuldigend, bot Judith den zwei Schutzpolizisten Kaffee an, was die beiden mit der Begründung ablehnten, sie hätten viel zu tun. In der dunklen Jahreszeit fänden vermehrt Wohnungseinbrüche statt. Fahrende Diebesbanden trieben ihr Unwesen. Aber sie hätten alles aufgenommen und würden bei ihren Runden ab und zu vorbeikommen, um ein Auge auf

das Haus zu werfen. Obwohl es wahrscheinlich keinen Grund zur Beunruhigung gab.
Sie zogen ab. Mit ihnen verschwand das unheimliche Gefühl, die böse Vorahnung, die Judith und Gitta bei ihrer Ankunft verspürt hatten.
„Verdammt, wir hätten ihnen von der Pistole erzählen sollen", sagte Gitta. Obwohl die verschwundene Waffe der Grund für ihren Anruf gewesen war, hatten sie vergessen, sie zu erwähnen.
Judith meinte, das sei vielleicht auch besser so. Arno könnte sie genommen und woanders deponiert haben. Aber irgendwie glaubte sie nicht daran.
„Du must es deinem Mann erzählen, nur für alle Fälle", schlug Gitta vor.
„Für welche Fälle?", fragte Judith.
„Für den Fall, dass jemand mit eurer Pistole erschossen wird", scherzte Gitta. Aber dann fragte sie mit ernster Stimme: „Wo ist denn Arno? Ist er oft weg und lässt dich allein?"
„Nur selten", erwiderte Judith. Hellwach, wie sie jetzt war, konnte sie nicht zu Bett gehen. Sie zündete den Kamin an und beobachtete, wie die winzige Flamme zum Leben erwachte. Gitta ließ sich in einen Sessel fallen und hielt beide Hände zum Feuer hin. Auch Judith nahm Platz und kuschelte sich in eine Wolldecke.
Stockend erklärte sie die Geschichte mit Toms neuer Identität und seiner Ermordung. Arno sei entschlossen herauszufinden, wer dafür verantwortlich war. Deshalb treffe er sich mit den Leuten, die sich damals für die Freilassung von Robin Kracke eingesetzt hatten.
„Du meine Güte, ich wusste ja nicht, dass Arno diesen Tom kannte", rief Gitta entsetzt aus. Trotzdem fand sie

als eifrige Krimileserin, dass die Geschichte alles in den Schatten stellte, was sie bisher gelesen hatte. „Das ist ja Real Life“, sagte sie fasziniert. „Hat er schon irgendwelche Spuren?“

„Ich weiß nicht“, entgegnete Judith und bedauerte, dass sie überhaupt damit angefangen hatte.

„So wie ich das sehe“, überlegte Gitta, „müsste er als erstes feststellen, wer von den beiden ermordet wurde. War es Robin Kracke oder Tom Krings?“

„Warum ist das wichtig? Tot ist Tot, so oder so.“

„Natürlich ist das wichtig. Der Mörder wird nicht ermittelt, solange das Motiv nicht herausgefunden wurde. Und das Motiv wird nicht herausgefunden, solange sie nicht wissen, ob es Robin oder Tom war, der in die Säcke gestopft wurde.“

„Wenn das so ist, wird es nicht herauskommen. Niemand außer Arno und uns weiß davon. Du wirst es doch nicht weitersagen?“, fragte Judith ängstlich. „Arno würde es mir nicht verzeihen, dass ich das weitererzählt habe.“

Gitta zögerte ein paar Sekunden, bevor sie nickte. „Vorher sollte ich allerdings wissen, ob du glaubst, dass dieser Robin … ähm … Tom tatsächlich das kleine Mädchen umgebracht hat.“

„Ja, ich schon.“

In Gitta kam ein leiser Verdacht hoch. „Also Arno nicht! Er muss ihn doch für unschuldig gehalten haben, ansonsten würde er sich nicht so engagieren.“

Nachdenklich blickte Judith ins Feuer. „Ich weiß nicht mehr, was Arno denkt. Am Anfang glaubte ich, er hätte Mitleid mit dem Jungen. Als er in Berufung ging, schien es Anlass für Zweifel zu geben. Deshalb setzte er sich mit aller Macht für Robin ein. Vielleicht ist das so eine Ego-Sache. Er wollte ihn unbedingt frei bekommen. Aber jetzt hat der Mörder ihm seine Erfolgsstory kaputt gemacht."

„Gab es damals andere, die das Mädchen getötet haben könnten?"

„In der Berufungsverhandlung führte Arno als Beweis einen fremden Mann an, der an dem Tag in dem Haus gesehen wurde. Irgendein Mann, der in der Metzgerei gestanden hatte, soll es gewesen sein. Arno hat tatsächlich einen Zeugen gefunden, der einen Fremden in der Straße bemerkt hatte. Das wurde dann aufgebauscht. Sämtliche Indizien sprachen aber gegen Robin. Er hat verdient, was er bekommen hat."

Leise sagte Judith, wie zu sich selbst: „Niemand kann nach so einem Verbrechen einfach weitermachen. Aber Tom konnte es."

„Ju, ich weiß nicht. Ohne Grund würde Arno nicht glauben, dass Tom unschuldig war", warf Gitta ein.

„Sei doch nicht so naiv", entgegnete Judith. „Arno ist Strafverteidiger. Er verbringt die meiste Zeit damit, Leute wie dich und mich zu überzeugen, dass seine Mandanten unschuldig wie Lämmchen sind. Manchmal glaube ich, dass er sich sogar selbst überzeugt."

„Also, wenn ich mal in echte Schwierigkeiten komme, hätte ich Arno gerne auf meiner Seite. Fraglich ist aber, ob er meine Verteidigung überhaupt übernehmen würde." Gitta lachte hell auf.

Judiths Lächeln war kalt wie Frost. „Ich hätte ihn auch gerne an meiner Seite, glaub' mir das." Sie stand auf und streckte sich. „Wollen wir schlafen gehen? Es ist spät."

Gitta gähnte. „Können wir denn das Feuer brennen lassen?“, fragte sie.
„Keine Sorge, das geht von alleine aus“, antwortete Judith.
Plötzlich dachte sie an das brennende Haus, an das Feuer, das sie miterlebt hatte. Auch daran, wie sie damals zugesehen hatte. Ohne Bedauern, ohne Reue.
Auf dem Weg ins obere Stockwerk sagte Gitta: „Weißt du, dass Stuttgart mittlerweile einen Rekord aufstellt?“
„Welchen Rekord?“, fragte Judith.
„Mit den Morden. Es ist so was von grässlich, hoffentlich hört das bald auf.“
Judith brachte Gitta im Gästezimmer unter, bevor sie sich in ihr Bett legte. Schläfrig dachte sie an den Streifenwagen, der draußen seine Runde machte und an die Freundin im angrenzenden Zimmer. Sie fühlte sich warm und beschützt und fiel in einen tiefen, ungestörten Schlaf.

zweiundzwanzig

Arabella saß mit Viktor und Jenny im Büro. Sie sahen sich zusammen die Aussage von Frau Kracke auf Arabellas Tablet an.
„Krass", meinte Jenny. „Endlich kommen wir weiter und können nach dem Motiv suchen."
„Das Motiv ist eindeutig Rache", sagte von Zuhm. „Da ist jemand ganz gehörig sauer."
„Das glaube ich auch", bestätigte Arabella. „Deshalb werden wir uns im Rheinland auf die Suche nach den Angehörigen des Mädchens machen. Die Mordkommission in Neuwied hat mir ihre Unterstützung zugesagt. Den Vollzugsbeamten, der wie ein ‚Bruder', zu Tom war, werden wir auch vernehmen müssen. Wir benötigen dringend einen Fahndungserfolg."
„Des dät i au sage", schwäbelte Jenny.

Arabella beschloss, allein nach Neuwied zu fahren. Falls sie nach ihrer Überprüfung noch Zeit hätte, würde sie die Recherche mit einem privaten Besuch verbinden.
„Kein Problem", hatte Jenny ihr versichert. „Wir haben hier genügend zu tun."
Auf der Fahrt dachte Arabella nach. Das Gespräch mit dem Ehepaar Kracke hatte nichts weiter gebracht als Kopfschmerzen und den vagen Verdacht, dass ihre Er-

mittlung zum Stillstand gekommen war. Immer wieder hatte sie die Aufnahmen abgespielt und nur die belanglosen Aussagen von Frau Kracke gehört.
Genauso erging es ihr mit dem Vollzugsbeamten in der Jugendstrafanstalt in Wittlich, in der Robin fünf Jahre eingesessen hatte. Er hatte Robin gemocht, wie auch die anderen Mithäftlinge. Ein vorbildlicher Gefangener wäre Robin gewesen. Der Mörder müsste einer von draußen gewesen sein, wegen eines Streits um Geld oder um eine Frau. Auch der Gefängnisleiter lobte Robin. Sie waren genauso hilfreich wie Frau Kracke.

Arabella fuhr in die Melsbacher Straße, an den Ort, an dem der Mord an dem kleinen Mädchen stattgefunden hatte. Die Metzgerei gab es nicht mehr. Das Haus war verkauft worden und die jetzigen Besitzer hatten es umgebaut. Die ehemalige Eingangstür zum Laden verschlossen lackierte Bretter. Über der Schaufensterauslage waren geraffte, halbhohe Gardinen in einem grellen Lila drapiert. Auf dem Fensterbrett standen Topfpflanzen und kitschige Porzellankatzen.
Zuerst wollte die Frau mit Kopftuch Arabella nicht hereinlassen. Die Rumänin wusste, dass das Haus Schauplatz einer Tragödie gewesen war, aber sie kannte keine Einzelheiten. Das Haus hätte lange leer gestanden und sie sei erst vor Kurzem eingezogen. Aber sie machte deutlich, dass sie nicht zu denen gehörte, die sich in fremde Angelegenheiten einmischten.
„Wir wollen nur arbeiten in Germania."
Erst als ihr Arabella die Polizeimarke zeigte, war sie bereit, sie herein zu lassen, damit Arabella sich die ehemalige Wurstküche im Keller ansehen konnte. Sie schaltete

das Licht an der Kellertreppe an und sagte, Arabella solle sich alleine umschauen.
„Ich geh da nicht runter. Demoni", erklärte sie vehement abwehrend.
Arabella stieg die Treppe hinunter und stand im Keller. Niemand schien in der Zwischenzeit gelüftet zu haben. Es roch modrig. Sie versuchte die Deckenleuchten einzuschalten, aber nur eine einzige Neonleuchte flackerte auf und warf Schatten in die Ecken. Das Fenster war streifig und schmutzig und es drang fast kein Licht herein. Spinnweben hingen wie Schnüre über den Kacheln an den Wänden. Ein Wasserhahn tropfte unaufhaltsam. Es war der einzige Ton, der zu ihr drang. Arabella versuchte sich den Gräuel vorzustellen, der hier stattgefunden hatte.
Mitten im Raum stand noch immer ein Edelstahlbottich. Sie nahm den Deckel ab. Im Innern sah sie Flecken, die aussahen wie altes getrocknetes Blut.
Genau so musste der Bottich damals ausgesehen haben, als Robin die Körperteile wusch, bevor er sie in die Säcke stopfte. Am Waschbecken hatte er sich die Hände geschrubbt, bevor er mit seinem Mofa wegfuhr, um die Leichenteile am Fluss zu verteilen.
Neben dem Waschbecken an der Wand befand sich ein hölzerner Tisch. Arabella fragte sich, ob es noch derselbe Tisch war, auf dem das Mädchen zersägt wurde. Sie strich über die Oberfläche des Tisches, die überraschender Weise im Gegensatz zu dem schmutzigen Raum knochenweiß und wie gescheuert aussah. In der Mitte des Bodens war ein Abfluss. Die Bodenkacheln waren zum Teil gesprungen und fühlten sich rau an.
»Hier stand er«, dachte Arabella, »genau hier, wo ich jetzt stehe.«

Er hat sich das T-Shirt ausgezogen, bevor er an sein Werk ging, weil er wusste, dass viel Blut fließen würde. Er spülte den Boden und den Tisch mit einem Schlauch ab, dann spritze er sich selbst ab und zog sich wieder an. Als er ging, war nichts mehr zu sehen, bis auf die Blutreste im Gully, an die er nicht gedacht hatte. Ebenso die kleinen Blutspritzer auf seiner Jeans, die er übersehen hatte. Niemandem fiel der Junge in Sneakers auf, der Müllbeutel aus dem Haus trug.
Als Arabella die Augen schloss, spürte sie die kalten Schwingungen, die der Raum aussendete. Fast fühlbar war das Böse. Sie sah das Messer, das sich durchs Fleisch schnitt, sie konnte die Säge hören, die sich durch Muskeln und Knochen fraß.
»Die Roma-Frau empfindet es auch, wie sonst ist ihre Angst vor Dämonen zu erklären«, überlegte Arabella. Sie schauderte und öffnete die Augen. »Es ist nur ein Keller«, dachte sie.
Aber sie sah die Szene deutlich vor sich: Ein dünner, pickliger Junge, der Körper nass vor Schweiß, konzentriert, methodisch vorgehend. So als schlachte und zerlege er ein Schwein oder ein Kalb, wie sein Vater es ihm gezeigt hatte. Es gab keinen Grund zur Eile. An diesem Sonntag war das Haus leer und würde es den ganzen Tag bleiben. Niemand würde ihn stören.

Als Arabella wieder nach oben ging und die Frau sie zu einer Tasse Kaffee in die Küche einlud, war sie froh, dem beklemmenden Gefühl entronnen zu sein und ins Helle zu kommen. Die Rumänin hatte Kaffeepulver zusammen mit Wasser auf dem Herd in einer kleinen Stielkasserolle aufgesetzt. Die Flüssigkeit brodelte und blubberte und ihr aromatisch-würziges Aroma erfüllte die Küche. Nach nur kurzer Zeit goss die Frau den dunklen, sirupartigen Kaffee in zwei Tassen ab und gab je drei Löffel Zucker dazu. „Cafea românesc“, sagte sie und lachte. Ungeniert zeigte sie dabei ihre vollständig mit Gold überzogenen Vorderzähne.

Arabella setzte sich an ein großes breites Fenster, von dem sie auf das Haus, in dem das Mädchen gewohnt hatte, sehen konnte. Die Mutter war schon lange weggezogen. Das hatte Arabella als erstes überprüft, bevor sie an der ehemaligen Metzgerei geklingelt hatte.

„Haben Sie den Tisch im Keller gescheuert - geputzt?“, fragte Arabella und machte eine kreisende Handbewegung.

Die Roma-Frau schüttelte den Kopf. Sie sah Arabella entsetzt an. „Demoni; ich geh nie in den Keller“, erklärte sie wieder und wieder.

Noch auf der Fahrt in die Reckstraße, wo sich die Dienststelle der Neuwieder Polizei befand, kämpfte Arabella mit der Erinnerung an den unheimlichen Keller.

Nach Auskunft der Kollegen war der Kriminalbeamte, der damals gegen Robin ermittelt hatte, inzwischen pensioniert. Aber Arabella bekam seine Adresse und suchte ihn auf.

Er werkelte gerade bei offenem Garagentor am Motor seines Autos. „Ich kann mich noch gut an den Fall erinnern, den Mord an der kleinen Lisa Müller“, berichtete er und wischte sich die öligen Hände an einem Lappen ab. „Ich werde das nie vergessen. Eine scheußliche Sache. Es verfolgt mich in meinen Träumen bis heute. Wissen Sie, bei uns kommen solche Verbrechen selten vor.“

„Wenn ich das doch auch nur sagen könnte“, seufzte Arabella und fragte: „Hatten Sie jemals Zweifel, dass jemand anderes als Robin das Kind getötet haben könnte?“
„Nein, sämtliche Indizien sprachen gegen den Jungen. Robin war der Täter, da gab es keinen Zweifel“, entgegnete der ehemalige Polizist. „Zwar hatten wir kurzfristig den Freund von Lisas Mutter in Verdacht, aber der hat sich nicht bestätigt.“
„Wissen Sie, wo die Mutter inzwischen lebt?“, fragte Arabella.
„Ja“, antwortete der Kommissar. „Auch nach meiner Pensionierung habe ich ihren Weg verfolgt – es lässt mich halt nicht los. Sie hat wieder geheiratet.“
Er gab ihr die Adresse der Mutter und Arabella hoffte, dass sie sich nicht geändert hatte. Sie hegte noch immer den Verdacht, das Motiv für den Mord an Tom sei bei dem kleinen Mädchen zu finden. Aber bis jetzt hatte sie dazu keinen Beweis finden können.

Lisa Müllers Mutter wohnte in einer Neubausiedlung in einem äußeren Stadtbezirk von Neuwied. Am Rande eines Waldes, neben einer ehemaligen Klinik, die jetzt als Seniorenresidenz diente.
Wie der pensionierte Polizist schon berichtet hatte, war die Mutter wieder verheiratet. Sie wollte nicht über ihre tote Tochter sprechen. Erst als Arabella ihr klar machte, dass sie auch ins Präsidium nach Stuttgart vorgeladen werden könnte, fing sie an zu reden. Ihr jetziger Ehemann, ein mürrischer und stiller Typ, besaß ein kleines Reinigungsunternehmen. Arabella bekam den Eindruck, dass sie ein ruhiges, unauffälliges Leben führten. Sie

hatten zwei neunjährige Jungen, Zwillinge, und lebten nur in der Gegenwart.
Arabella konnte es ihnen nicht verübeln. Es gab verschiedene Wege, solch ein schreckliches Ereignis zu bewältigen. Einer war, die Erinnerung zu löschen, bis sie nur noch wie ein schlechter Traum erschien.
Der Ehemann wusste von der Tragödie, weigerte sich aber, darüber zu sprechen. Er hatte darauf bestanden, dass seine Frau alles beseitigte, was irgendwie an das Ereignis erinnerte. Sie hatte noch nicht einmal ein Foto ihres ersten Kindes aufgehoben.
Die Strategie funktionierte so gut, dass Arabella das Gefühl hatte, sie spräche mit jemandem, der über den Mord in der Zeitung gelesen hatte. Schon nach den ersten Minuten der Befragung wurde deutlich, dass keiner der beiden von Tom Krings wusste. Sie hatten zwar die Berichterstattung über den Mord im Fernsehen mitbekommen, ihn aber nicht in Zusammenhang mit sich und der Tochter gebracht.
Die Frau bestätigte, dass der Vater des Mädchens tot sei. „Der Scheißkerl hat immer nur große Reden geschwungen, aber nie für seine Familie gesorgt. Ich bin nicht traurig, dass er tot ist.“ Kurz nur blitzte der Hass in ihrer Stimme hervor, bevor sie wieder unbeteiligt und monoton klang.
„Was ist mit ihrem damaligen Freund?“
„Er ist tot. Er hat Lisa wie eine Tochter geliebt und sich danach dauernd Vorwürfe gemacht, weil er nicht mehr auf sie aufgepasst hat. Seitdem konnte er nicht mehr schlafen. Er hat immer mehr getrunken und ist bei einer Wirtshausschlägerei ausgerastet. Sein Kopf war verletzt. Das war's dann.“

Als Arabella das Reihenhaus verließ, dachte sie über die Mutter nach, die jegliche Erinnerung an ihr Kind aus ihrem Leben und ihrem Gedächtnis gelöscht und beseitigt hatte. Der Freund hatte sich ebenfalls selbst beseitigt, ob nun absichtlich oder nicht.
Arabella überprüfte die Angaben der Frau bei INPOL und den Meldeämtern. Sie hatte gehofft, Antworten auf ihre Fragen zu finden. Aber alle Spuren führten in eine Sackgasse.

Arabella beschloss, das Büro der Rhein-Zeitung vor Redaktionsschluss aufzusuchen. Ihre Onlinearchivrecherche war ergebnislos verlaufen. Die zugänglichen Artikel datierten nur bis 1996. Das Ereignis, nach dem sie suchte, lag schon 25 Jahre zurück.
Die Leute von der Zeitung waren sehr hilfsbereit. Eine der Damen vom Empfang führte sie in einen Raum mit einem Computer.
„Was suchen Sie denn? Welches Jahr?“, fragte sie.
„Es muss 1988 oder ’89 passiert sein“, entgegnete Arabella.
„Mal sehen – wir haben zwar alle Artikel inzwischen digitalisiert – hoffentlich finden Sie das, was Sie suchen“, sagte die Empfangsdame und ging.
Arabella setzte sich vor den Bildschirm. Nach einer Stunde Durchlauf hatte sie den Zeitungsbericht gefunden: *Am 20. Februar 1988 wurde durch einen Brand in den frühen Morgenstunden das Wohnhaus der Familie W., ehemals eine alte Mühle, in Neuwied vernichtet. Trotz der Bemühungen, das Feuer in den Griff zu bekommen, konnten aus dem völlig niedergebrannten Gebäude nur noch die Leichen des Ehepaares geborgen werden.*

Sie hinterlassen eine 16-jährige Tochter, Judith W. Die Kriminalpolizei ermittelt wegen Brandstiftung.

Unter dem Artikel war ein Foto. Auf ihm sah man ein Bruchsteinhaus, aus dessen Fenstern die Flammen lichterloh schlugen. Davor Feuerwehrmänner im Einsatz.

Am Rande des Fotos entdeckte sie eine Gestalt – eingewickelt in eine Wolldecke. Das Gesicht der Person war unscharf.

Als Arabella das Foto heranzoomte, erkannte sie die Gesichtszüge klar und deutlich. Sie hatte sich nicht getäuscht.

Es war ihre ehemalige Mitschülerin Judith, die sie glaubte erkannt zu haben, als sie ihr auf der Party des Polizeipräsidenten begegnet war.

Nachdem sie die Redaktion verlassen hatte, besuchte Arabella ihre Mutter, die schon längere Zeit Witwe war und allein lebte. Wie Arabella befürchtet hatte, berichtete ihre Mutter pausenlos von ihren Krankheiten, von vergangenen und anstehenden Operationen. Die Geschichten wiederholten sich. Arabella kannte sie alle aus den letzten Telefongesprächen. Auch heute plapperte ihre Mutter ohne Punkt und Komma über die Nachbarn, die sich liebevoll um sie kümmern würden. Aus ihrer Stimme hörte Arabella den Vorwurf heraus, dass ihre Tochter sie nicht versorgte, sondern weggezogen war. Nach nur kurzer Zeit erfuhr Arabella alle Neuigkeiten und allen Tratsch der Umgebung. Als ihre Mutter damit fertig war, ging sie zu ihrem Lieblingsthema über: Arabellas Schwester. Der schönen, perfekten und gut verheirateten Bianca. Ihre Mutter vergaß dabei, dass ihre zweite Tochter sie genau so wenig besuchte wie

Arabella. Biancas ganze Hilfe bestand darin, einen ambulanten Pflegedienst zu beauftragen, obwohl sie nur zehn Autominuten entfernt wohnte.
Arabella hatte es schon längst aufgegeben, von sich zu erzählen oder zu berichten, wie es ihr erging. Alles das interessierte ihre Mutter wenig, da sie sich nur in ihrem Universum mit sich selbst als Epizentrum bewegte. Nach nur einer Stunde flüchtete Arabella. In ihrem Kopf pochte und hämmerte es. Es gab nichts, was sie noch hielt.
Da die Fahrzeit von Neuwied nach Koblenz nur eine halbe Stunde betrug, entschloss sie sich, zu ihrem letzten Wohnort zu fahren. Mittlerweile dämmerte es schon.

Arabella lenkte ihren Yaris zum Rheinufer und stellte ihn auf dem Parkplatz nahe des Deutschen Ecks ab. Im Sommer tummelten sich hier Heerscharen von Touristen, belagerten die Bänke unter den Platanen und schossen Andenkenfotos. Aber jetzt lag die Anlage rund um das Denkmal wie ausgestorben da. Arabella stieg aus dem Auto und ging zum Geländer, das die Promenade vom Fluss trennte. Sie lehnte sich dagegen, schaute ins Wasser. Ihr war so, als ob sich die leeren, toten Augen des ermordeten Mädchens darin spiegelten.

dreiundzwanzig

Als Arabella nach 22 Uhr wieder in Stuttgart ankam, überlegte sie, zuerst ins Präsidium zu fahren, aber sie war zu müde. Sie konnte im Augenblick keinen einigermaßen klaren Gedanken fassen. Sobald sie eine Kopfschmerztablette eingeworfen hatte und es ihr besser ging, würde sie von zu Hause aus die Ergebnisse ihrer heutigen Überprüfung in den Polizeicomputer übertragen.

In Feuerbach angekommen, gab es vor dem Haus keinen einzigen freien Parkplatz mehr. Sie versuchte, ihren Yaris auf dem mitgekauften Stellplatz im Hof abzustellen, aber die übrigen Eigentümer hatten ihn mit ihren Autos belegt. Nicht zum ersten Mal ärgerte sich Arabella. An manchen Tagen parkten die Nachbarn ihr Auto so, dass Arabella ihre Fahrertür nur einen Spalt breit öffnen konnte und über die rechte Seite ihres Wagens aussteigen musste. Samstags war Autowaschtag, auch dann wurden beide Plätze belegt. Arabella wusste nie, wann ihr Parkplatz frei sein würde. Schon des Öfteren hatte sie Mathias aufgefordert, sich zu beschweren. „Tu endlich was, nicht ich habe die Wohnung samt Stellplatz gekauft. Das ist deine Angelegenheit."

Aber selbst wenn Mathias die Nachbarn morgen darauf ansprach, würden diese wieder fadenscheinige Ausreden vorbringen. Um keinen Streit zu entfachen, saß er

die Sache einfach aus. „Sei nicht so spießig“, hatte er versucht, Arabella zu beruhigen. „Das regelt sich schon irgendwie.“
„Verflixt, von wegen spießig“, fluchte Arabella leise vor sich hin. „Das nächste Mal zeige ich meine Marke oder setze mein Blaulicht aufs Autodach, das hilft dann hoffentlich.“ Sie hasste es, die Polizistin herauszukehren, aber manchmal gab es keine andere Möglichkeit oder Hilfe.
Während Arabella ihr Auto zurücksetzte und wieder aus dem Hof fuhr, dachte sie daran, dass sie von Mathias keine Hilfe erwarten konnte. Sie hatte geglaubt, es genüge, wenn sie sich ihm gegenüber loyal verhalten würde. Hatte geglaubt, es würde möglich sein zusammenzuleben und die Verliebtheit würde genügen.
Wie auch immer. Allmählich ging ihr auf, dass es für Mathias nur einen Menschen gab, der ihm wichtig war. Sich selbst. Noch nicht einmal seine Kinder waren ihm wichtig. Nach außen hin und in seinem Beruf galt er zwar als engagiert und interessiert, aber tief in seinem Innersten war er unbeteiligt.
Ihr wurde klar, dass es nicht soweit gekommen wäre, hätte sie von Anfang an deutliche Linien gezogen. Sie hatte sich von einem Tsunami der Gefühle überrollen lassen. »Aber wenn ein Tsunami zurückweicht und verebbt, bleiben nur Trümmer zurück«, dachte Arabella.
Wieder auf der Straße kurvte sie zweimal um den Häuserblock, bis sie endlich eine gerade frei gewordene Parkbucht fand.

Gegen acht Uhr morgens betrat Arabella ihr Büro. Jenny und Viktor erwarteten sie bereits ungeduldig.

„Und? Wie war's? Hat Ihr Ausflug was ergeben?", fragte Jenny.
„Von wegen Ausflug." Arabella versuchte, ihre schlechte Laune zu verbergen. Sie brachte sogar ein Lächeln zustande, obwohl ihre Kopfschmerzen noch immer anhielten und mittlerweile in eine Migräne ausarteten.
„Nein, nichts hat sich ergeben. Jedenfalls nichts, was uns irgendwie weiterbringen wird. Wie zum Teufel bringen wir die Fälle unter einen Hut?"
Viktor zog seine Stirn in Falten. Er ging zur Flipchart-Tafel und sah sich die Fotos der Mordopfer zum wiederholten Mal genau an. Arabella und Jenny bemerkten, dass er angestrengt nachdachte, denn wie immer, wenn ihn etwas stark beschäftigte, tigerte er ruhelos vor der Tafel hin und her.
„Lassen Sie es uns noch einmal durchgehen: Mittlerweile sind es fünf Geschädigte.
Auf dem ersten Foto, Nummer 1. Die Buchhalterin Susanna Book. Aufgefunden im März im Neckar. Der genaue Todeszeitpunkt war auf Grund des Zustands der Leiche nicht zu ermitteln. Sehr wahrscheinlich Ende letzten Jahres. Fesselspuren an den Extremitäten, was vermuten lässt, dass sie eine Weile irgendwo gefangen gehalten wurde. Wurde aber nicht als vermisst gemeldet. Der Mörder hinterließ ihr ein zusätzliches Abschiedsgeschenk: Blutergüsse am Hals von der Strangulation, Fleischwunden, Knochenbrüche am ganzen Körper. Einige davon laut Rechtsmedizin durch Aufprall am Wehr. Tiefe Bisswunden durch Tierfraß.
Nummer 2 im Januar. Der Wachmann Eric Schneider: Stumpfe Gewalteinwirkung am Kopf und Körper. Atemstillstand und innere Blutungen.

Nummer 3 im März. Der Industriemagnat Oliver Niebling, Verbrennung dritten Grades, Feuertod. Durchstoßung des Herzbeutels.
Nummer 4 im August: Der Fotograf Rob Braun. Tod durch Erwürgen. Als Besonderheit: Der abgeschnittene und drapierte Penis.
Nummer 5 im November: Tom Krings alias Robin Kracke. Stumpfe Gewalteinwirkung, zerstückelt. Leichenteile in Mülltüten entsorgt.
Wir haben also zweimal Erwürgen und zweimal stumpfe Gewalteinwirkung. Einmal Verbrennungstod und Penetration des Herzens. Jeder Mord ist perfekt ausgeführt, unser Täter hinterlässt keine Spuren. Und das seit einem Jahr! Auch fehlt uns ein durchgängiges Motiv."
„Das Zertrennen ist neu", bemerkte Arabella. „Das passt nicht ins Profil. Außerdem deuten verschiedene Vorgehensweisen auf zwei Täter hin. Entweder steigert sich unser Mörder oder wir haben es tatsächlich mit zweien zu tun."
„Vielleicht ist das Zerstückeln keine Steigerung der Mordlust, sondern hängt mit etwas zusammen, was wir im Augenblick übersehen", entgegnete von Zuhm. „Was ist, wenn wir das Motiv nicht beim Mörder suchen, sondern beim Opfer? Nur rein theoretisch. Ich finde, wir sollten die Vergangenheit von Nummer 1 bis 5 noch einmal genauer durchleuchten."
„Klingt gut, schauen wir uns die Viktimologie an", meinte Arabella. „Fangen wir mit Nummer 1 an, mit Susanna Book. Was haben wir?"
„40-jährige Frau, geschieden. In ihrer Polizeiakte steht, dass sie zu drei Jahren Haft in einer Forensischen Klinik verurteilt war. Sie wurde vor 15 Monaten entlassen."

„Weshalb war sie drin?“, fragte Jenny.
„Kindstötung.“
„Interessant.“
„Es wird ja immer besser! Hier steht, sie hat ihre zwei Jahre alte Tochter erwürgt und von einer Brücke in den Neckar geworfen.“
„Was wissen wir von Nummer 2?“
„Eric Schneider, 24 Jahre. Laut Polizeiakte angeklagt wegen Körperverletzung mit Todesfolge. Er soll seine Ehefrau mit einem Schraubenschlüssel zu Tode geprügelt haben, während sein einjähriges Kind zusehen musste. Die Frau hatte massive Kopfwunden und ein Schädel-Hirn-Trauma. Schneider konnte nicht verurteilt werden, da er ein Alibi vorweisen konnte. Pikanterweise hat seine Mutter das Alibi bestätigt.“
Arabella wirkte nachdenklich.
„Hm, Schraubenschlüssel und Kopfverletzung. Wie geht's weiter?“
„Nummer 3, Oliver Niebling, 48 Jahre, Single. Ehemals Hagen Schwertfinger. Wurde verdächtigt, das Auto eines konkurrierenden Computerfabrikanten manipuliert zu haben. Der Wagen des Firmeninhabers geriet bei einem Verkehrsunfall unter einen Laster. Im SUV saßen die Ehefrau und zwei Kinder. Sie wurden durch die Karosserie zerquetscht und verbrannten. Nieblings Täterschaft konnte nicht bewiesen werden.“
Jenny rief aufgeregt: „Krass, Niebling ist ebenfalls durch Metall und Feuer umgekommen!“
„Ich glaube, in dem Zusammenhang ist es wichtig, dass die Fusion von Nieblings Konzern und dem des Verunglückten erst nach dessen Unfall möglich war“, ergänzte von Zuhm seine Erläuterung.

„Wir dürfen Nieblings Namensänderung nicht vergessen. Scheiße, vielleicht gibt es da jemanden, der den Mord an der kleinen Ruth rächen wollte“, warf Jenny ein.

„Alles klar, Jenny“, sagte Arabella. „Wir verlieren das nicht aus den Augen, aber die Ähnlichkeit der Tötungsmethode mit dem Autounfall ist zu offensichtlich. “

Sie nickte Viktor zu.

„Weiter!“

„Nummer 4, Rob Braun, 50, verheiratet, zwei Kinder. Laut Aktenlage der Vergewaltigung eines minderjährigen Jungen angeklagt. Die Anklage wurde niedergeschlagen und er kam frei.“

„Der Penis im Mund.“ Jenny knirschte mit den Zähnen. „Verdammt, dieses Schwein.“

„Ich verstehe, was du meinst, Jenny“, beruhigte sie Viktor. „Aber das hier ist wichtig, lass uns weitermachen.“

Er tippte mit einem Lineal auf ein Portraifoto. „Tom Krings alias Robin Kracke, 26 Jahre, verheiratet, zwei Kinder. Wurde kurz nach seiner Strafmündigkeit wegen Mordes an einer Siebenjährigen zu acht Jahren Jugendhaft verurteilt. Hat nur fünf davon abgesessen. Vor sechs Jahren wegen guter Führung und guter Prognose vorzeitig entlassen.“

Arabella fügte hinzu: „Da gab es die Speciality, dass er sein Opfer zerstückelt und in Mülltüten verpackt hat. Er leugnete die Tat bis zuletzt.“

Für einen Augenblick war es still im Dezernatszimmer. Arabella überlegte. Wo zum Henker waren die Parallelen? Sollte die verbüßte oder nicht bewiesene Straftat das Motiv für die Ermordungen sein? War das der Durchbruch?

Jeder der Kommissare hing seinen Gedanken nach, bis Arabella die Stille unterbrach. „Da ist jemand auf dem Kreuzzug und verübt Selbstjustiz. Wobei ich aber immer mehr zu der Auffassung komme, dass es nur ein Täter ist, der sich jeweils den ersten Mord als Vorbild genommen hat und es deshalb verschiedene Vorgehensweisen gibt. Er muss Einsicht in Polizei- oder Gerichtsakten haben und die Vergangenheit der Opfer genau kennen."

„Verfluchte Scheiße, sollen wir jetzt alle vernehmen, vom Polizisten aufwärts bis hin zu Schöffen, Gerichtsdienern, Schreibern oder Rechtspflegern?", maulte Jenny.

„Warum? Bist du nicht genügend motiviert?", fragte Viktor scherzhaft.

Jenny zog eine Schnute. „Ja, doch, aber bei dem Chef, dem Hommelsberger, ist jedes Engagement für die Katz."

„Davon lassen wir uns doch nicht beeindrucken, das wäre doch gelacht", meinte Arabella. „Das ist unser Job. Wir ziehen das durch. Als Erstes erstellen wir ein Profil des Täters. Dann überprüfen wir die Alibis derjenigen, die unmittelbar an den Ermittlungen oder den Prozessen beteiligte waren. Bestimmt sind einige auszuschließen, weil sie während der Zeiträume entweder krank, im Ausland oder sonst wie verhindert waren. Also, die Spreu vom Weizen trennen, was auch immer das heißen mag."

„Jetzt fällt mir etwas ein", sagte von Zuhm. „Wer waren eigentlich die Anklagevertreter? Wer waren die Richter oder Verteidiger? Wir dürfen keinen auslassen. Mörder gibt es in jeder gesellschaftlichen Schicht und eigentlich ..."

„… könnte es jeder sein.“, beendete Jenny seinen Satz. „Wir müssen uns die Gerichtsakten jedes Falls zukommen lassen. Staatsanwalt Sommer soll sie raussuchen. Das dürfte kein Problem sein“, befahl Arabella.

Vielleicht fügte sich ja nach Einsicht der Akten das Puzzle zusammen.

Dezember

vierundzwanzig

»Ich muss mal hier raus«, dachte Arabella und entschloss sich, in die Innenstadt zu fahren. Seit Monaten, im Grunde seitdem sie mit den Untersuchungen im Fall Niebling beauftragt wurde, hatte sie fast nichts anderes gesehen als ihre vier Wände zu Hause und die vier Wände des Dezernatszimmers. Die Fahrten in den Schwarzwald und nach Weilimdorf sowie der Trip ins Rheinland waren wirklich kein Vergnügen gewesen.
Fast pausenlos drehten sich ihre Gedanken um die ungelösten Fälle. Ihr Chef, Hommelsberger, ließ sie jeden Tag seine Unzufriedenheit über die (seiner Meinung nach) stockenden Ermittlungen spüren und auch zu Hause, in ihrer Ehe, lief es nicht rund. Sie hatte das Gefühl, aus der Haut zu fahren, falls sich nicht bald etwas änderte.
Egal, wie sie es hin und her wendete, ihr Leben, privat wie beruflich, lief aus dem Ruder, und sie war schuld, weil sie sich selbst in diese Situation hinein manövriert hatte.
„Wenn du nach Stuttgart rein fährst, bring mir doch aus der Markthalle Safran mit", hatte Mathias sie gebeten, als sie ihm ihr Vorhaben mitteilte, sich ein neues Paar Schuhe zu kaufen. Seinen Wunsch setzte Arabella auf ihre Liste, neben High-Heels und Espressokapseln.
„Du brauchst nicht mit dem Essen auf mich zu warten. Ich weiß nicht, wann ich zurück bin. Es kann sein, dass

ich direkt danach ins Büro fahre", erklärte Arabella. In letzter Zeit hatten sie sich oft nur mit der Klinke in der Hand gesehen, wenn der Eine ging und der Andere zurückkam.
„Okay", sagte Mathias. „Kauf bitte Fäden, auf keinen Fall gemahlenen, da weiß man nie, ob der nicht mit Gelbwurz gestreckt ist." Er vergrub sich gleich wieder in sein Arbeitszimmer, ohne sie noch einmal anzusehen oder ihr wie sonst einen Kuss zu geben.
Arabella fand sich damit ab, dass er mit seinen Gedanken ganz woanders war.

Der Himmel war grau in grau. Es fiel leichter Schnee, der aber schnell wieder taute. In den Straßen hasteten Menschen mit prallgefüllten Einkaufstüten an ihr vorbei. Die Luft über dem Schlossplatz war geschwängert von Glühweinschwaden, gegrillten Bratwürsten und gerösteten Kastanien.
Die Läden durchstreifend, probierte Arabella hier und da ein Paar Pumps an, konnte sich aber für keine entscheiden. Entweder waren sie so teuer wie ein Jahresbeitrag in einem noblen Reitclub oder sie gefielen ihr nicht. Immer lustloser entschloss sie sich aufzugeben und den Safran für Mathias zu besorgen.
Sie erinnerte sich daran, dass sie genau vor einem Jahr mit ihm über den Weihnachtsmarkt geschlendert war und er ihr das Lebkuchenherz geschenkt hatte. Das verflixte Lebkuchenherz. Das einzige Geschenk von ihm, das sie seit ihrer Beziehung erhalten hatte. Sie selbst liebte es, kleine Präsente zu machen. Von denen sie dachte, sie hätten eine Bedeutung und würden dem Beschenkten gefallen. Als sie neulich ihre Mutter besuch-

te, hatte sie „Wibele“ und „Rossbolle“, typisch schwäbisches Gebäck und Süßigkeit, sowie eine Flasche „Feuerbacher Berg“ mitgebracht, hübsch verpackt in einem Korb. Den ihre Mutter dann mit einem knappen „Danke“ achtlos auf ein Bord gestellt hatte.
Für Mathias erwarb sie die Besitzurkunde einer Mondparzelle, weil er ihr einmal erzählt hatte, er wäre gerne Astronaut geworden und zum Mond geflogen. Er hatte ihre Idee witzig gefunden. Wenn sie etwas Nützliches für sein Hobby und die Küche sah, kaufte sie es einfach. Aber mittlerweile wusste sie, dass es nichts nutzte. Ihr kam inzwischen alles wie ein großer Irrtum vor.

Nach dem Trubel auf den Straßen und in den Läden erschien ihr die Markthalle wie eine Wellness-Oase. Die hohen Decken dämpften die Geräusche. Die Halle durchzog der Duft von frischem Brot, aromatischem Käse und Gewürzen, begleitet von Gerüchen exotischen Obsts und Gemüses.
Gerade als Arabella sich am Gewürzstand die Unterschiede zwischen spanischem und iranischem Safran erklären ließ und die Preise verglich, legte sich eine Hand auf ihre Schulter. Überrascht drehte sie sich um.
„Hallo, Sie hier? Müssten Sie nicht auf Verbrecherjagd sein?“, fragte Carlos.
Arabella lachte. „Nein, die muss im Augenblick warten.“
„Und? Wie geht es Ihnen?“
„Gut“, erwiderte Arabella.
Im gleichen Moment dachte sie, dass das nicht der Wahrheit entsprach. Es ging ihr nicht gut, es ging ihr sogar ausgesprochen schlecht, nur hatte sie es bis eben nicht wahrhaben wollen.

„Ausgezeichnet“, entgegnete Carlos. „Haben Sie Zeit? Wie wär’s, wenn wir einen Cappuccino zusammen trinken, oder möchten Sie etwas anderes? Gleich hier oben?“ Carlos deutete auf die Empore.
„Nein, Cappuccino ist in Ordnung.“
Es gab einen freien Tisch, direkt an der Brüstung. Von dort aus konnte Arabella das Treiben in der Halle unter den bunten Markisen der Verkaufsstände beobachten.
„Wie ist es Ihnen ergangen?“, fragte Carlos. „Kommen Sie mit Ihren Untersuchungen gut voran?“
„Einigermaßen“, erwiderte Arabella. Sie hob den Schaum auf dem Kaffee mit einem kleinen Löffel ab. „Aber Sie wissen ja, dass ich Ihnen nichts sagen darf.“
Carlos sah sie lange prüfend an, dann lächelte er. „Natürlich weiß ich das. Aber was gibt es Neues bei Ihnen, in ihrem Leben? Oder ist das auch geheim?“
„Da will es jemand aber ganz genau wissen“, lachte Arabella. Ihr Lachen klang frei und gelöst. Sie wunderte sich, wie vertraut ihr Carlos vorkam. Gleichzeitig aber verdrängte sie in ihrem Hinterkopf, dass ihr gegenüber ein Mensch saß, dessen Name in den angeforderten Gerichtsakten stehen konnte. Der vielleicht sogar in die Fälle involviert war.
Natürlich hatte sie Carlos gegoogelt. Es gab nur den Eintrag in Verbindung mit der Kanzlei Steinfeld. Außerdem einen Bildhauer gleichen Namens. Die Vergangenheit von Carlos Binder lag im Dunklen.
Bisher war sie immer der Auffassung gewesen, dass jemand, über den nichts im Internet stand, entweder etwas zu verbergen hatte oder so uninteressant war, dass es sich nicht lohnte, sich mit ihm zu beschäftigen.

»Aber Carlos ist interessant, sehr sogar«, dachte Arabella. »Ich mag ihn, sehr sogar.«
Sie tunkte den Mandelkeks zur Hälfte in den Kaffee und knabberte daran.
Schon bei ihrem ersten Treffen hatte sie gemerkt, dass Carlos sie als Frau wahrnahm und nicht als Polizistin. Sie erinnerte sich, wie er sie auf dem Empfang des Polizeipräsidenten am Arm gefasst hatte. Schon damals hatte sie sich eingeredet, dass es genug Komplikationen in ihrem Leben gab und sie keine neuen brauchte, besonders keine in Liebesdingen.
»Ach was, sei nicht albern«, schalt sie sich. »Wir trinken nur Cappuccino und reden, mehr nicht.« Trotzdem konnte sie sich dem Gefühl nicht entziehen, dass da mehr zwischen ihnen war und werden konnte, als sie sich eingestehen wollte. Als sie in seine Augen sah, erkannte sie, dass es ihm ähnlich ging.
„Und Sie? Was beschäftigt Sie zurzeit?“, fragte Arabella verlegen.
„Einiges. Aber ich glaube, ich langweile Sie damit.“
„Nein, überhaupt nicht. Erzählen Sie.“ Wie zufällig berührten sich ihre Hände. Es war wie ein Stromstoß, der sie beide durchfuhr.

fünfundzwanzig

Judith war ein wenig verärgert, weil Arno ihr nicht gesagt hatte, dass er wieder verreisen müsse. Nur eine Woche war vergangen, seitdem Gitta bei ihr übernachtet hatte und sie die Fußspuren auf ihrer Veranda gefunden hatte. Er rief sie von seiner Kanzlei aus an und teilte ihr mit, dass es nur für eine Nacht sei. Er wolle sich in Boxberg mit dem Justiziar in Oliver Nieblings neu erbautem Firmengebäude treffen. Da sein Mandat nach Nieblings Ableben nicht erloschen wäre, müsse er sich bei der Abwicklung der Geschäfte einbringen. Er und der Justiziar wollten vor Ort mit dem Betriebsleiter alles Weitere besprechen. Vor allen Dingen sei es dringend notwendig, die Erben ausfindig zu machen. Dazu müssten sie den Firmencomputer nach Unterlagen der nächsten Angehörigen durchforsten.

Judith fand es merkwürdig: Arno hatte bisher überhaupt nicht erwähnt, dass er die Interessen des Konzernchefs auch nach dessen Tod vertrat. Aber sie war es gewohnt, dass er zu Hause ganz selten über seine Klienten sprach. Nur bei Tom Krings war es anders gewesen.

Sie selbst hatte ihm von den Fußspuren und dem offenen Fenster in seinem Arbeitszimmer erzählt. Auch von den geöffneten Dateien, obwohl sie beide an dem Tag überhaupt nicht an dem Computer gearbeitet hatten.

Sie nahm das Telefon und überlegte, ob sie Gitta anrufen sollte. Aber dann entschloss sie sich, alle ihre Befürchtungen über Bord zu werfen. Schließlich konnte sie nicht jedes Mal, wenn sie allein zu Hause blieb und Angst bekam, ihre Freundin bitten, bei ihr zu übernachten.
Während sie sich einen Kamillentee aufgoss, erinnerte sie sich daran, dass ihre Mutter immer gesagt hatte, Kamillentee würde die Nerven beruhigen. Merkwürdig war, dass sie gerade jetzt daran dachte, obwohl sie schon seit Jahren keinen Gedanken an ihre Mutter verschwendet hatte.
Sie setzte sich ins Wohnzimmer vor den Kamin und schichtete Holzscheite nach, bis das Feuer hell aufloderte. Nur wenig später, nachdem sie den Tee ausgetrunken hatte und ihr wohlig warm wurde, schlief sie im Sessel ein.
Mit einem Mal wurde ihr heiß, immer heißer. Flammen griffen nach ihr, züngelten an ihr hoch. Aber dann sah sie es: Nicht sie, sondern ihre Eltern waren es, die in dem Flammenmeer bis zur Unkenntlichkeit verbrannten, sich nicht retten konnten, weil sie in ihren Betten schliefen und nicht aufwachten. Deren verkohlte Leichen die Feuerwehr aus dem Haus barg, während sie im Schlafanzug vor dem Haus stand.
Das Telefon klingelte erneut und riss Judith aus ihrem Albtraum, verwirrt, schweißgebadet und mit Herzklopfen bis zum Hals.
Schon seit ein paar Wochen gab es diese merkwürdigen Anrufe. Sporadisch. Unregelmäßig. Immer nachts. Wenn sie antwortete, fragte eine höfliche Stimme nach Arno. Wenn er hörte, dass ihr Mann zu Hause war, legte der Anrufer auf.

Aber diesmal war sie sich sicher, dass es Arno war, um ihr zu sagen, dass er gut angekommen sei und in der Angelegenheit vorankomme.

Noch schlaftrunken nahm sie ab und sah auf dem Display eine unterdrückte Nummer. Sie vermutete, dass Arno von einem Telefon in Nieblings Firmengebäude aus anrief. Vielleicht hatte er vergessen, den Akku seines Handys aufzuladen.

Aber nicht Arno war dran. Es war *die Stimme*. Eine Stimme, die sie in den letzten Wochen schon mehrmals gehört hatte. Eine Stimme, die jedes Mal dieselbe Frage stellte: „Ist Herr Steinfeld zu Hause?"

Sie antwortete automatisch: „Nein, tut mir leid. Er ist nicht in der Stadt." Im selben Moment erkannte sie die Stimme. Am liebsten hätte sie sich selbst einen Tritt verpasst.

„Tatsächlich?" Die Stimme klang sanft und höflich. „Du erinnerst dich nicht an mich, nicht wahr, Judith?"

Die plötzliche Vertraulichkeit überrumpelte sie. Er erwähnte einen Namen, der ihr zwar unbekannt war, er sagte aber, sie hätten sich auf einer Party kennengelernt und hätten gemeinsame Freunde. Es täte ihm leid, dass sie sich nicht mehr an ihn erinnere, denn er hätte ihre Gesellschaft genossen; er habe die Harmonie zwischen ihnen gespürt.

Judith dachte nach, versuchte sich zu erinnern, aber ohne Erfolg.

Seine Stimme wurde weicher, leiser. Sie nahm einen seltsamen Rhythmus an, der auf Judith einen fast hypnotischen Einfluss hatte. „Ich bin halb Südamerikaner. Du liebst doch Südamerikaner, nicht wahr, Judith? Du hast es mir selbst gesagt."

Der Gedanke schoss ihr durch den Kopf, dass es Carlos sein konnte, der anrief und sich einen Streich erlaubte. Aber es war nicht die Stimme von Carlos. Außerdem war er nicht der Typ, um solche Scherze zu machen. Und wichtiger: Was für eine Veranlassung hätte er gehabt, so mit ihr zu reden?
Die Stimme am Telefon klang wie ein gleichmäßiger Singsang in ihren Ohren.
„Ich mag dich, Judith. Besonders mag ich Blondinen."
Der Takt beschleunigte sich. Plötzlich änderte sich seine Stimme, sie klang messerscharf: „Weißt du, was ich mit hübschen blonden Frauen anstelle? Sag mir, was du glaubst, was ich mit solchen Frauen mache? Mit Frauen wie dir."
Eisige Angst ergriff Judiths Körper. Sie wollte nicht mehr zuhören, wollte das Telefon wegschleudern und aus dem Haus rennen, aber sie konnte sich nicht bewegen. Ihre Hand, die das Telefon hielt, begann zu zittern. Die Stimme dröhnte in ihren Ohren.
„Ich werde dein schönes Gesicht zu Brei schlagen, ich werde dich zertreten wie eine Kakerlake, du Fotze. Danach werde ich dich zerstückeln und den Hunden zum Fraß vorwerfen. Ich werde ..."
Judith schrie laut auf, ließ das Telefon fallen und rannte durch den Flur, riss die Haustür auf und prallte, wie blind vor Angst, gegen einen Unbekannten, der sie auffing.
„Hallo", sagte der unbekannte junge Mann. Judith starrte ihn mit stummem Entsetzen an.
„Oh, habe ich Sie erschreckt?", fragte der Mann in Jeans, kariertem Flanellhemd und Chucks. Er war gebräunt, ausgesprochen gutaussehend, groß und schlank.

„Das tut mir aber leid, ich wollte nur eine Nachricht meiner Tante bei Ihnen einwerfen. Ich bin Dario."
Erst jetzt begriff Judith, dass es der Neffe ihrer Nachbarin war, den sie bisher nur von Weitem gesehen hatte.
„Ich, ich ..."
„Was ist denn passiert? Kann ich helfen?", fragte Dario. Er klang besorgt. Wie selbstverständlich legte er seinen Arm um sie und führte sie zurück durch den Flur und ins Wohnzimmer.
Sie ließ es mit sich geschehen. Auch, dass er sie aufs Sofa bugsierte und ihr gleich, als ob er zu Hause wäre, ein Glas Brandy eingoss. Er blieb vor ihr stehen, während sie das Glas mit einem Zug austrank und wartete, bis ihr Zittern aufgehört hatte.
„Wollen Sie mir nicht sagen, was los ist? Ich habe Sie schreien gehört."
Stockend erzählte Judith ihm von dem Anruf.
Darios offene braune Augen sahen Judith besorgt an. „Hm, das ist ja schrecklich. Glauben Sie, dass Sie ihn wirklich irgendwo auf einer Party kennengelernt haben?"
„Nein, zumindest nicht so, wie er es gesagt hat. Ich kenne niemandem aus meinem Bekanntenkreis, der so primitiv ist und Drohanrufe macht."
„Ich würde mir keine Sorgen machen, Spinner gibt es überall. Er hat bestimmt nur ins Blaue geschossen mit Südamerika. Hunde, die bellen, beißen nicht."
„Meinen Sie?", fragte Judith.
„Aber ja, solche Anrufe sind beängstigend, aber auch harmlos. Da erlaubt sich jemand einen Scherz. Haben Sie denn welche auf ihrem Handy oder per Mail bekommen?"

Judith schüttelte den Kopf und fing wieder an zu zittern. Dario setzte sich neben sie und legte seinen Arm um ihre Schulter.
„Können Sie noch etwas bleiben?“, fragte Judith, überrascht, dass sie einem Wildfremden vertraute.
„Sicher, ich muss nirgendwo hin.“
Dario blieb bei ihr sitzen, bis Judith nach einer halben Stunde zu ihm sagte, dass es nun nicht mehr notwendig sei. Sie entschuldigte sich bei ihm, sie habe sich wie eine neurotische alte Jungfer verhalten. Dario, der den Anruf eben noch heruntergespielt hatte, riet ihr nun, den Vorfall der Polizei zu melden.
„Also glauben Sie doch, dass es nicht so harmlos war?“
„Könnte sein. Was für einen Eindruck hat der Kerl auf Sie gemacht?“
„Er hörte sich kaltblütig und berechnend an, da steckt mehr dahinter als ein blöder Streich.“
„Wenn Sie es sagen. Kann ich Sie wirklich allein lassen? Sind Sie in Ordnung?“
„Aber ja, vielen Dank für Ihre Hilfe. Jetzt ist alles wieder in Ordnung“, versicherte Judith. Aber im gleichen Augenblick wusste sie, dass nichts in Ordnung war und niemals wieder werden würde.
Dario ging. Vorher nahm er Judith das Versprechen ab, die Polizei zu informieren. Als er fort war, merkte Judith, dass sie überhaupt nichts über ihn wusste. Auch hatte sie vergessen, ihn zu fragen, ob es seine Fußabdrücke auf der Veranda gewesen waren.

Judith fuhr zum Feuerbacher Polizeirevier und zeigte den Drohanruf an. Der Beamte vom Dienst nahm alles auf und fragte, was er ihrer Meinung nach tun solle. Er

war derselbe, der sie auf dem Roserplatz hatte verhaften wollen. In seiner Stimme klang Skepsis mit.
„Er nannte einen Namen“, sagte sie, in dem verzweifelten Versuch, ihrer Meldung Nachdruck zu verleihen und der Initiative des Beamten auf die Sprünge zu helfen.
„Frau Steinfeld, er wird Ihnen bestimmt nicht seinen richtigen Namen genannt haben. Wir können die Rufnummer nicht zurückverfolgen, außer Sie lassen vom Telefonanbieter eine Fangschaltung installieren. Wird allerdings ziemlich teuer für Sie werden.“
„Also muss ich selbst aktiv werden, weil Sie nichts tun. Er hat mich bedroht. Ich glaube, er meint es ernst.“
Der Beamte nickte. „Wie gesagt, wir kriegen ihn nur mit Fangschaltung. Bis jetzt ist ja noch nichts passiert. Sie sagen, Sie wissen nicht, wer angerufen hat, ohne sich zu melden. Auch wäre es nur einmal geschehen, dass er sie bedroht hat. Das fällt noch nicht unter Stalking. Legen Sie sich eine andere Nummer zu. Falls er auf ihrem Handy anruft, können Sie die Nachricht speichern, damit es Beweise gibt. Oder Sie kaufen sich einen Anrufbeantworter. Außerdem haben Sie die Möglichkeit, Teilnehmer mit unterdrückter Nummer von ihrem Festnetz auf Ihren Rechner umzuleiten. Dann können Sie überprüfen, ob Sie den Anruf annehmen wollen.“
„Und was ist, wenn Mandanten meines Mannes anrufen, es dringend ist und sie meinen Mann nicht erreichen, weil sich die Nummer geändert hat oder sie auf den Computer weitergeleitet werden?“
Der Polizist zuckte mit den Schultern. „Wie gesagt, wir können im Augenblick nichts tun. Aber ich habe Ihr Anliegen aufgenommen.“

Frustriert und verärgert verließ Judith die Polizeidienststelle.

Am nächsten Morgen – Arno war direkt von Boxberg aus in die Kanzlei gefahren – rief Judith bei Gitta an und berichtete ihr von dem gestrigen Abend, dem Stalker und ihrem Besuch bei der Polizei.
„Er hat diese Woche dreimal angerufen, vorher vielleicht ein- oder zweimal im Monat. Wenn ich sage, Arno ist da, legt er auf."
„Dann musst du das weiterhin behaupten oder du lässt dir tatsächlich die Fangschaltung einrichten. Damit kriegen sie den Dreckskerl."
„Wenn er mich nicht vorher kriegt."
„Was sagst du denn da? Mal nicht den Teufel an die Wand! Weiß Arno überhaupt von den Anrufen?"
„Ich habe es ihm nicht erzählt."
„Mein Gott, Ju, warum denn nicht?"
„Vielleicht ist es keine so gute Idee, er hält mich sowieso schon für neurotisch wegen der Pistole."
„Ist die wieder aufgetaucht?"
„Ja, Arno hatte sie in seine Schreibtischschublade zurückgelegt. Er fand, es wäre nicht so gut, sie unter dem Kopfkissen zu verstecken. Die Putzfrau könnte sie finden, wenn sie die Betten macht."
„Gut, dann weißt du ja, wo die Waffe ist, falls du sie brauchst. Lass uns ein anderes Mal weiter darüber sprechen. Wie wär's, wenn wir uns morgen treffen?" Gitta beendete das Gespräch, nicht bevor sie Judith dringend ans Herz legte, Arno von den Telefonaten zu berichten. Halbherzig stimmte Judith zu, enttäuscht darüber, dass Gitta so kurz angebunden war.

»Ach was, ich muss auf andere Gedanken kommen«, überlegte sie und öffnete das Fenster, um Luft hereinzulassen. Ehe sie sich versah, würde es wieder Frühling werden, würden die Blumen im Garten blühen und sie wieder im Pool schwimmen können.

sechsundzwanzig

Obwohl es bereits nach 22 Uhr war, rief Viktor im Auftrag von Arabella bei Rechtsanwalt Arno Steinfeld zu Hause an. In der Kanzlei hatte sich niemand mehr gemeldet. Nur der AB war eingeschaltet. Sie hatten beschlossen, die Untersuchung voranzubringen. Selbst wenn das bedeutete, eine Nachtschicht einzulegen.

Ihre Mitarbeiter und sie hatten den ganzen Tag die Gerichtsakten von vier der fünf Mordopfer durchgeackert. Die Anklagevertretung wie auch die Richter waren in allen Prozessen verschieden gewesen. In zwei Fällen hatte der gleiche Gerichtsschreiber Dienst. Da er aber zu jung und außerdem blind war, konnte er als Verdächtiger ausgeschlossen werden. Zumal Arabellas Profil des Täters auf einen kräftigen, gesunden Mann zwischen 40 und 50 schließen ließ. Der Täter war motorisiert, da er Leichen Nummer 1 und 5 nicht am Ort des Verbrechens abgelegt hatte. Er hatte einen selbständigen Beruf und war an keine regelmäßige Arbeitszeit gebunden, da er seine Opfer vorher ausgekundschaftet hatte. Die Morde wurden zu den unterschiedlichsten Tageszeiten verübt. Zusätzlich kannte er sich in den Gerichtsakten aus.

Bei Durchsicht der Prozessakten gab es eine Auffälligkeit: Außer im Fall Niebling, bei dem es zu keiner Verhandlung, sondern nur zu einer Vernehmung im Präsidium gekommen war, hatte die Kanzlei Steinfeld in vier Prozessen die Verteidigung übernommen. Erst nachdem Arabella das Verhörprotokoll von Oliver Niebling durchlas, bemerkte sie, dass damals ebenfalls Arno Steinfeld als Rechtsbeistand fungiert hatte.

Sie waren bereit, zum Staatsanwalt zu gehen. Aber Staatsanwalt Sommer weigerte sich, einen Beschluss beim Richter zur Durchsuchung der Kanzlei anzufordern. Seiner Meinung nach gab es nicht genügend Verdachtsmomente gegen den Anwalt. Er kannte ihn aus verschiedenen Verhandlungen, in denen er ihn eiskalt und mit allen Wassern gewaschen erlebt hatte. Sommer riet Arabella, es erst einmal auf dem direkten Weg zu versuchen – sozusagen auf good will. Falls sie keine Beweise fänden, die ihren Verdacht erhärteten, würde der Anwalt alle Hebel in Bewegung setzen, um ihnen das Leben schwer zu machen. Steinfeld hätte gute Kontakte zu einflussreichen Politikern.

„Verdammte Scheiße, da fehlen aber jemandem die Eier in der Hose", empörte sich Jenny, als sie vom Nein des Staatsanwalts erfuhr. Arabella gab ihr insgeheim Recht, auch wenn sie das so nie gesagt hätte.

Viktor wählte die Privatnummer von Rechtsanwalt Steinfeld. Er stellte das Telefon auf Laut. Es klingelte dreimal. Notfalls hätte er es die ganze Nacht klingeln lassen, so genervt war er inzwischen. Beim vierten Klingelzeichen wurde das Telefon abgenommen und eine weibliche Stimme sagte in reserviertem Ton: „Hallo?"

„Frau Steinfeld?", fragte Viktor.

Nach einer langen Pause wurde die Frage schließlich bejaht.

„Ist Ihr Mann zu Hause?"
Viktor hörte ein Klicken; die Leitung war tot. Er wählte nochmals.
Diesmal antworte sie sofort. „Wenn Sie nicht aufhören, mich andauernd zu belästigen, melde ich das der Polizei."
Ehe sie Gelegenheit hatte aufzulegen, platzte Viktor heraus: „Frau Steinfeld, hier ist die Polizei Stuttgart. Von Zuhm. Wir müssen dringend Ihren Mann sprechen."
Der Ton wurde freundlicher; nicht warm, aber weniger reserviert.
„Es tut mir leid. Ich dachte, es wäre ..." Wieder folgte eine Pause. Dann abweisend: „Mein Mann schläft schon. Sie können ihn morgen anrufen und sprechen. Haben Sie seine Geschäftsnummer?"
„Es ist sehr wichtig, dass wir ihn noch heute sprechen."
„Wenn Sie mir sagen, um was es geht."
Es war offensichtlich, dass sie nicht die Absicht hatte, ihren Mann zu wecken.
„Es geht um Tom Krings. Die Einzelheiten müssen wir mit Ihrem Mann besprechen."
„Ich habe Ihnen doch gesagt, dass es nicht geht", erwiderte die weibliche Stimme hartnäckig.
Aus einer plötzlichen Eingebung heraus fuchtelte Arabella mit der Handkante und deutete Viktor damit an, er solle das Gespräch beenden.
Viktor verstand. „Also gut, wenn Ihr Mann im Augenblick nicht ans Telefon kann, erreichen wir ihn sicherlich morgen früh in seinem Büro. Vielen Dank und entschuldigen Sie die Störung."
Am anderen Ende legte Judith Steinfeld auf, ohne etwas zu erwidern.

Als das Telefon klingelte, war Judith gerade zur Haustür hereingekommen. Sie wusste nicht, ob Arno noch wach war, aber sie wusste, dass er zu Hause war. Sein Wagen stand in der Auffahrt und die Lichter in seinem Schlafzimmer waren gelöscht. Sie hatte nicht die Absicht, ihn zu stören, obwohl sie der Anruf des Kommissars zutiefst beunruhigte. Sie ging ins Arbeitszimmer und schloss die Tür hinter sich. Der Flatscreen leuchtete auf, als sie den Rechner einschaltete. Sie öffnete den Ordner, in der sich die Datei von Robin Kracke befand. Er enthielt Informationen über seinen Prozess und das Strafmaß. Ebenso enthielt er seinen weiteren Lebensweg als Tom Krings, seine Adresse und seine Arbeitgeber. Genau aufgeschlüsselt stand da, in welchem Zeitraum er wo und wann arbeitete. Die Daten waren ihr von Carlos übermittelt worden. Sie hatte sie nur noch in die Datei übertragen.

Beim Frühstück erzählte Judith von dem Anruf der Polizei, und dass es anscheinend um die Akte von Tom ging, die sie einsehen wollten.
„Sonst wollten sie keine haben?", fragte Arno.
Judith zuckte mit den Schultern. „Ich weiß nicht, der Polizist hat nur die Akte erwähnt."
„Meinetwegen können sie die haben. Krackes haben mich angerufen und mir von der Kommissarin berichtet, die Melanie und sie belästigt hat. Jetzt, da die Polizei das von Tom herausgefunden hat, kommt sie vielleicht mal zu Potte und findet den Mörder des armen Jungen."
Judith verzog ihren Mund zu einem schmalen Strich. „Was soll ich sagen, wenn der Kommissar nochmals hier anruft?"

„Ich glaube nicht, dass sie hier anrufen, sondern eher in der Kanzlei. Aber falls doch, sag ihnen, dass ich nachmittags zu Hause bin. Carlos will vorbeischauen, er möchte etwas durchsehen. Es ist dir doch recht, dass er kommt?“

Gedankenverloren nickte Judith. Natürlich war es ihr recht, dass Carlos kam. Nichtsdestotrotz hegte sie den Verdacht, dass er ihr schon seit einiger Zeit aus dem Weg ging.

siebenundzwanzig

Arno verbrachte den Nachmittag zu Hause vor dem Computer. Natürlich hätte Judith ihm die Ordner auch auf seinen Rechner ins Büro schicken können, aber Arno wollte sie nicht auf der Festplatte seines Kanzleicomputers haben.

Carlos saß neben ihm im Arbeitszimmer und hatte die Dateien ausgedruckt. Er wollte sie gerade durchgehen, als es an der Haustür klingelte.

Judith öffnete, und vor ihr standen Arabella Herzog und ein ihr unbekannter Mann. Beide hatten ernste Gesichter. Selbst wenn sie Arabella nicht gekannt hätte, wäre ihr sofort klar gewesen, dass es Polizisten in Zivil waren.

„Wir haben im Büro ihres Mannes angerufen und seine Sekretärin sagte, er sei zu Hause. Können wir ihn sprechen?“

Ihr Verhalten überraschte Judith nicht. Anstatt zu fragen, ob Arno da sei, ließen sie Judith wissen, dass sie von seiner Anwesenheit wussten. Sie trat einige Schritte zurück.

„Kommen Sie herein, ich sehe nach, ob er Zeit hat.“

Arabella ging hinter Judith her. Viktor folgte den beiden Frauen ins Wohnzimmer.

„Wollen Sie sich setzen? Kann ich Ihnen die Mäntel abnehmen oder möchten Sie etwas trinken?“, fragte Judith.

„Nein, nichts, es dauert bestimmt nicht lang“, entgegnete Arabella kühl.
Judith ließ die zwei mitten im Wohnzimmer stehen und ging ins Arbeitszimmer. „Die Polizei ist da“, sagte sie. „Willst du sie sehen oder soll ich sie abwimmeln. Aber ich glaube, dass das nicht ganz so einfach sein wird.“
„Nein, ich habe sie erwartet“, knurrte Arno. „Bringen wir es hinter uns.“
Er ließ Judith bei Carlos zurück und ging ins Wohnzimmer.
Nach nur zwei Minuten kam er zurück, zusammen mit Arabella und Viktor. Sein Gesicht war grimmig. „Sie brauchen meinen Computer mit den ganzen Akten, nicht nur die von Tom.“ Er zählte auf: „Susanna Book, Eric Schneider, Oliver Niebling, Rob Braun und Tom Krings. Außerdem die Liste von Mitarbeitern aus der Kanzlei, die damit zu tun hatten.“
Carlos zuckte zusammen. „Oh nein“, stieß er hervor.
Die zwei Ermittler registrierten es mit Befremden. „Gibt es da ein Problem?“, fragte Arabella. Sie vermied es, Carlos anzusehen. Sie fühlte sich unbehaglich.
„Ja, gibt es“, antwortete Carlos. Er schien verärgert und reagierte kurz angebunden.
Arabellas Miene gefror. Der Nachmittag und die Nacht, die sie mit Carlos verbracht hatte, waren ihr noch lebhaft im Gedächtnis. Auch mit welcher Leidenschaft sie sich geliebt hatten. Sie hatte es nicht vorgehabt. Oder vielleicht doch? Fast schien es, als ob sie darauf gewartet hatte. Wie sie alle Vernunft zu Seite geschoben hatte, und wie begierig sie gewesen war, ihn in sich zu spüren. Sie hatte sich treiben lassen von ihrer Lust – und Carlos ebenso.

Als sie ihm nun gegenüber stand und ihn als Verdächtigen für fünf Morde in Betracht ziehen musste, reagierte sie zwar äußerlich kühl und distanziert, aber innerlich fluchte sie.
Falls es herauskam, dass sie und Carlos vor nicht allzu langer Zeit Sex hatten, während die Untersuchungen gegen die Kanzlei und ihn liefen, würde ein Disziplinarverfahren gegen sie eingeleitet werden. Vielleicht war sie sogar ihren Job los. Weil sie sich von ihren Gefühlen hatte hinreißen lassen, steckte sie in einer prekären Lage, die sich gar nicht erst hätte entwickeln dürfen.
Sie konnte nur hoffen, dass Carlos Stillschweigen über das Geschehen bewahrte.

Arno beobachtete die Szene. Er hatte die Spannung zwischen der Polizistin und Carlos beobachtet, seitdem die beiden im Arbeitszimmer aufeinander getroffen waren.
„Haben Sie irgendwelche Einwände oder brauchen wir einen Beschluss, Herr Steinfeld?“, fragte Arabella höflich, überaus höflich. Aber jedes Wort kam in eisigem Ton. Ohne sich um Carlos zu kümmern, sprach sie nur mit dem Anwalt.
Arno wusste, dass es unvermeidlich war, die Computerordner herauszugeben. Wenn nicht sofort, dann später, sobald ein Richter ihre Herausgabe angeordnet hatte. Wie er das Justizministerium kannte, würden sie das mit Freuden veranlassen. Er hatte die Staatsanwaltschaft in der Vergangenheit mit seinen Freisprüchen zu oft vorgeführt.
Insbesondere hatte er die Beamten der Mordkommission nicht über die wahre Identität von Tom Krings aufgeklärt. Was einer Behinderung der Justiz gleichkam.

Trotzdem konnte er nicht verstehen, dass sie seinen Rechner mit seinen ganzen Ordnern brauchten. Natürlich kannte er Tom und Oliver Niebling, schließlich waren sie – wie auch die drei anderen – seine Mandanten gewesen. Er kannte aber nicht jede Einzelheiten, wie sie ums Leben gekommen waren. Auf seine Nachfrage: „Was haben die Akten oder der Inhalt meines Archivs mit den Morden zu tun?", ließ Viktor ihn im Unklaren: „Darüber können wir im Augenblick keine Auskunft geben."
Arabella unterbrach: „Kann Herr von Zuhm jetzt an ihren Computer und die Dateien herunterladen? Oder müssen wir den gesamten Rechner mitnehmen?"
„Machen Sie, was Sie tun müssen", entgegnete Arno und zuckte mit den Schultern. Seine äußere Ruhe war gespielt. Innerlich tobte er.
Viktor setzte sich an den Schreibtisch und steckte den Stick in den Rechner.
„Augenblick mal", sagte er, als er die Ordner anklickte. „Da passt was nicht in Ihr System. Haben Sie neben den Tätern auch die Opfer gespeichert?"
Carlos, der abwartend mit dem Rücken am Fenster stand, wusste intuitiv, worum es sich handelte. Er hatte beabsichtigt, die beiden Dateien heute verschwinden zu lassen, eventuell die ganze Festplatte auszubauen und die Ausdrucke zu verbrennen.
Verwirrt fragte Arno: „Was sind das für Dateien? Wie heißen die Opfer?"
„Eine Datei ist über Ruth Berger, die andere über Lisa Müller. Sie haben ein System über die Täter. Da sie die beiden Opfer auch in ihrer Datei haben, bedeutet das ..."
Viktor hatte etwas ausgesprochen, ohne zu bemerken, welche Wirkung er damit erzielte.

Arno reagierte verblüfft. Carlos war totenbleich. Arabella spürte die volle Tragweite dessen, was ihr Kollege nach nur kurzer Zeit herausbekommen hatte.
Sie wandte sich an Arno. „Herr Steinfeld, wenn Sie diese Informationen schon in Ihren Akten hatten, warum sind Sie nicht zu uns gekommen? Vor allem, dass Sie wussten, dass Tom Krings in Wirklichkeit Robin Kracke war. Wenn Sie alles schon hier hatten, über Niebling und Ruth Berger und über Tom Krings und Lisa Müller, warum haben Sie uns das verschwiegen?"
Die Frage ignorierend, benommen und ohne etwas Bestimmtes anzusprechen, sagte Arno: „Ich verstehe das nicht, als ich das letzte Mal nachschaute, war da noch nichts."
Aber dann erinnerte er sich, dass er Judith und Carlos nur die Namen Niebling und Krings gegeben hatte. Den von Ruth Berger hatte er bisher überhaupt nicht gekannt. „Ich wusste gar nicht, dass es sie gibt", sagte er.
„Wie sind sie Daten denn dann in ihren Computer gekommen?", fragte Arabella. „Wie kann das sein?"
Carlos unterbrach sie. „Ich bin verantwortlich für Herrn Steinfelds Computerdateien."
Zum ersten Mal mischte sich Judith ein. „Mein Mann hat seit Monaten nicht mehr hineingeschaut oder etwas hinzugefügt. Herr Binder hat zwar die Recherchearbeit geleistet, aber ich habe die Ordner angelegt."
Als die beiden Kommissare gingen, nahmen sie den Computer mit. Arno erhob keinen Einspruch. Er wusste, dass er sich auf dünnem Eis bewegte. Wenn sie wollten, konnten sie ihn belangen, weil er ihnen Robins neue Identität verschwiegen hatte.

achtundzwanzig

„Sie haben Carlos verhaftet.“ Arno fegte wie ein Wirbelwind in Judiths Zimmer.
Sie legte das Buch, das sie gerade las, aus der Hand und sah Arno fassungslos an. Die Worte ergaben keinen Sinn, sie waren nur ein unverständliches Rauschen. Wie festgefroren saß sie in ihrem Sessel.
„Sie halten ihn auf dem Präsidium fest, sie glauben, er sei für die Morde verantwortlich.“ Er schüttelte sie, damit sie endlich begriff.
Langsam reihten sich die Worte aneinander und bildeten einen Satz, trafen sie wie eine Flut. Arnos Handy klingelte. Er redete, schrie jemanden an. Sie erhob sich aus ihrem Sessel. Ihr wurde schwindelig, alles drehte sich. Ihr Kopf fühlte sich merkwürdig an. Sie griff haltsuchend nach der Lehne. Fast taub und blind für ihre Umgebung zog sie sich in sich zurück, konzentrierte sich nur auf sich.
Wie abwesend beendete Arno das Gespräch und packte sein Smartphone wieder in die Sakkotasche. Als er bemerkte, dass Judith völlig bewegungslos dastand, hielt er sie für gleichgültig.
„Ich muss gehen“, sagte er.
„Ich komme mit“, entgegnete Judith fast tonlos.
„Du weißt, dass das unmöglich ist.“ Arno verließ eilig das Zimmer.

Judith hörte ihn nochmals telefonieren. Sie folgte ihm nach unten in sein Arbeitszimmer. Arno packte seinen Laptop ein und stopfte Papiere in die Aktentasche. Als er gehen wollte, stellte sie sich ihm in den Weg.
„Was ist passiert? Ist er schon angeklagt worden?"
„Mein Gott, Judith, ich weiß es nicht. Er hat in der Kanzlei angerufen und Eva hat mich informiert. Ich muss jetzt gehen."
»Gut, dass seine Sekretärin sofort reagiert hat. Ich hätte es auch sofort getan«, überlegte Judith. Und mehr. Inzwischen konnte sie wieder klar denken.
„Sie vernehmen ihn gerade. Ich muss hin. Warte nicht auf mich. Ich komme zurück, sobald ich kann. Und sprich mit niemandem darüber." Arno sprach in klaren, abgehackten Sätzen. Sein Gesicht war schmerzlich verzogen. „Ich glaub das nicht, er ist kein Mörder, er ist unser Freund."
Das war nicht der Arno, den sie kannte, der beherrscht seine Mandanten vertrat. Da trat ein anderer, emotional beteiligter Mensch hinter seiner Professionalität hervor. Arno eilte hinaus und Judith hörte, wie er die Haustür hinter sich zudonnerte. Wenig später schlug die Autotür zu, quietschten Reifen in der Auffahrt.
Nach Minuten der Hektik war das Haus still und ruhig. Judith ging in die Küche und bereitete einen doppelt starken Kaffee zu. Sie goss ihn ein, dunkel wie Sirup, und trank ihn schwarz, ohne Milch. Sie sortierte die Ereignisse, Eindrücke und Beobachtungen von gestern. Sie dachte daran, wie die zwei Polizisten in Arnos Arbeitszimmer die Unterlagen herunterluden, sie durchlasen, die Anmerkungen verfolgten, die Carlos daneben gemacht hatte.

Er hatte ihnen erklärt, wie er über die Niebling-Geschichte gestolpert war. Wie er auf den Spuren von Niebling in einer Kneipe in dem Schwarzwalddorf mit einem Einheimischen Bier getrunken hatte. Nach einigen Bieren und Schnäpsen erzählte der alte Mann von der kleinen Ruth Berger. Dass im Ort das Gerücht umherging, Hagen Schwertfinger hätte etwas damit zu tun. Carlos hatte dem alten Kauz angemerkt, dass er die Familie Schwertfinger, insbesondere Hagen, nicht mochte. Am Schluss ging die Erzählung des Mannes in Lallen über, ohne dass mehr aus ihm herauskam.

Carlos berichtete jede Einzelheit, bis Judith völlig verwirrt war und nicht mehr wusste, was sie glauben konnte.

Und jetzt war er wegen dieser Akten in Haft oder stand kurz davor, verhaftet zu werden. Es musste ja wegen der Akten sein, weswegen sonst?

»Es wird alles gut werden«, beruhigte sie sich. »Es wird eine Lösung geben.«

Arno hatte nicht erwartet, Carlos so vorzufinden. Er sah so frisch aus, als ob er gerade ausgeruht aufgestanden wäre. Im Gegensatz zu Arno wirkte er locker, nicht beunruhigt, sondern machte den Eindruck, als ob er seine Vernehmung für ein lächerliches Missverständnis hielt, das sich gleich auflösen würde.

„Was werfen Sie meinem Klienten vor?“, fragte Arno. Als man ihn zu Carlos ließ, hatte er den zufrieden-arroganten Gesichtsausdruck von Hommelsberger bemerkt.

„Im Augenblick vernehmen wir Ihren Mandanten als Verdächtigen“, erklärte Arabella. „Wir haben ihm seine Rechte erklärt, auch das Recht, Sie anzurufen.“

„Freut mich zu hören“, erwiderte Arno kalt. „Zuerst einmal möchte mit ihm sprechen. Jetzt. Allein. Und dann fordere ich Akteneinsicht.“

Arabella unterschätzte Steinfelds Fähigkeiten nicht. Die Beweise, dass Carlos etwas mit den Verbrechen zu tun hatte, waren zwar nicht ausreichend gewesen. Dessen ungeachtet gab Hommelsberger die Anordnung, ihn ins Präsidium vorzuladen. Sie folgte schweren Herzens. Denn sie konnte einfach nicht glauben, dass sie sich so in ihm getäuscht hatte. Aber sie musste zugeben, dass die Wahrscheinlichkeit seiner Täterschaft immer größer wurde. Der erste Mord geschah nur kurz, nachdem Carlos nach Deutschland zurückgekehrt war. Er hatte keine Alibis. Bis jetzt hatte sich der Festgenommene mit keinem Wort zu den Vorwürfen geäußert. Er schwieg auf alle ihre Fragen.
Über Interpol und im Netz ließ Arabella noch einmal nach Carlos Binder und seiner Vergangenheit suchen – besonders nach den Jahren, die er in Kolumbien verbracht hatte.

Arno war der Verzweiflung nahe.
„Sie können dich nicht länger als 24 Stunden festhalten, ohne dass du dem Haftrichter vorgeführt wirst. Entweder geschieht das, oder sie müssen dich wieder gehen lassen.“
„Ich weiß. Ich bin Jurist. Hör mir zu, Arno, anscheinend haben sie genügend Indizien dafür, dass ich die Morde verübt habe. Ich kann keine Alibis vorweisen.“
„Dann sag nichts. Oder hast du ihnen schon was gesagt?“

„Nein. Nichts."
Arno atmete erleichtert auf. „Dann ist das ja kein Problem."
Bevor Carlos etwas sagen konnte, brachte er ihn mit einer Handbewegung zum Schweigen. „Mach dir keine Sorgen. Was immer sie glauben in der Hand zu haben, ist Mist. Wenn sie meinen, dich anklagen zu können, hätten sie es bereits getan. Ich werde einen Detektiv auf jede einzelne Kleinigkeit und jedes Datum ansetzen. Wir werden beweisen, dass du mit den Verbrechen nichts zu tun hast. Du bist zu so etwas überhaupt nicht fähig."
Er zog die Liste seiner ehemaligen Mandanten aus seiner Aktentasche.
„Ganz oben steht Tom Krings. Was hast du an dem Tag unternommen?"
„Da war ich unterwegs."
„Wo warst du? Was hast du gemacht?"
Carlos zuckte mit den Schultern. „Keine Ahnung. Mal hier und mal dort. Ich habe für dich recherchiert und für die Zeit keine Zeugen. Die Ermittler haben meinen Computer und mein Handy als Beweise sichergestellt."
„Hm, nicht zulässig ohne Beschluss", knurrte Arno. „Hör mir zu."
„Nein, du musst mir zuhören, Arno. Solange sie mich festhalten, sich mit mir beschäftigen, werden sie nicht weitersuchen. Sie sind der Meinung, dass die beiden Akten, besonders die eine Akte über Ruth Berger, von der du nichts wusstest, mit den Fällen zu tun haben. Wer immer in die Akten Einsicht hatte, hat die vergangenen Morde als Vorbild genommen und ist noch da draußen. Überlege dir genau, wer das sein könnte. Wir beide und ..."

„Mein Gott, Judith“, hauchte Arno. Schweißperlen traten auf seine Stirn. Er fühlte, wie sein Herz raste und seine Handflächen feucht wurden. Fast versagte seine Stimme. „Nein, nicht Judith. Völlig unmöglich.“ Er schüttelte den Kopf. Gleichzeitig erinnerte er sich an die Abende und Tage, an denen Judith nicht zu Hause gewesen war. An die Stunden, an denen es keine Nachricht von ihr gab und sie ihm auch nichts über ihre Unternehmungen gesagt hatte. Über ihr verändertes Verhalten, je länger das Jahr fortschritt. Ihr Interesse an Tom und seiner Namensänderung.
Aber dann schob er die Gedanken beiseite. Es musste eine andere Erklärung geben. Irgendjemand hatte ihren Computer gehackt. Schließlich stand es ja jeden Tag in der Zeitung.
Nutzer wurden vor Trojanern und Datenklau gewarnt. Kein Wunder, wenn selbst Regierungen sich nicht an Gesetze hielten und Daten ihrer unschuldigen Bürger ausspionierten, warum sollte sich dann der Einzelne daran halten?
Er räusperte sich, und noch einmal sagte er wie zur Bestätigung: „Völlig absurd. Judith eine Mörderin? Damit würden sie vor Gericht nicht durchkommen.“
„Sicher nicht“, sagte Carlos. „Aber bis dahin drehen sie Judith durch die Mangel und ziehen auch dich mit hinein. Willst du das? Sie werden behaupten, du hättest davon gewusst und würdest Judith decken. Sie werden solange nicht ruhen, bis du deinen Beruf an den Nagel hängen kannst und alles, was du dir in den letzten Jahrzehnten erarbeitet hast, verloren ist.“
„Was sollen wir denn deiner Meinung nach unternehmen?“, fragte Arno. „Falls sie dich in Stammheim einlo-

chen, werfen sie den Schlüssel weg. Nach den Ermittlungspannen sind sie froh, dass sie jetzt einen Schuldigen vorweisen können. Ich traue Hommelsberger alles zu."

„Ich bin mir sicher, dass sich die Wahrheit herausstellen wird. Es kann von mir keine DNA-Spuren geben. Bis jetzt sind die einzigen Indizien die konfiszierten Ordner und fehlende Alibis."

„Warum um Gottes Willen solltest *du* denn die Morde verübt haben, welches Motiv unterstellen sie dir denn?"

Carlos stütze seinen Kopf in die Hände und schwieg für einige Sekunden. Dann rieb er sich sein Kinn. „Sie haben inzwischen herausgefunden, was in Kolumbien geschehen ist. Sie haben in meiner Vergangenheit gewühlt. Meine Frau und mein kleiner Junge wurden dort erschossen – hingerichtet. Die Polizei meint, ich würde hier Stellvertretermorde verüben und hätte die Fünf getötet, weil sie Kindern etwas angetan haben. Ich wäre wie ein Racheengel durch die Lande gezogen."

„Ach was, so ein Schwachsinn", entgegnete Arno. Gleichzeitig aber horchte er auf und bemerkte, dass Carlos zum ersten Mal mit ihm über seine Familie sprach.

„Gibt es sonst noch etwas, was ich wissen sollte?", fragte er.

„Nun ja", Carlos räusperte sich. „Ich habe fast 30 Jahre für meinen Onkel und sein Kartell gearbeitet."

Arno stutzte, sah ihn entsetzt an, fing sich dann aber wieder. „Kartell? Was für ein Kartell?" Aber dann sagte er: „Ich verstehe. Weiß die Polizei das?"

„Bis jetzt noch nicht, aber es ist nur eine Frage der Zeit, bis sie die verwandtschaftlichen Beziehung und das mit dem Drogengeschäft meines Onkels herausbekommen.

Und dann gute Nacht. Bestimmt nehmen sie dann an, wer wie ich so etwas macht, ist zu allem fähig."

„Und? Bist du es?", fragte Arno leise.

„Nein, ich wusste nichts davon. Das kannst du mir glauben. Ich habe nur Verträge gemacht. Reguläre Verträge mit Firmen, mit der Regierung. Ich hatte nie etwas mit dem Drogengeschäft zu tun. Seitdem meine Familie umgebracht wurde, bin ich auf der Flucht vor meinem Onkel. Er hat Angst, ich könnte etwas verraten. Verstehst du jetzt, weshalb ich hier drin sicherer bin als draußen? In den Gefängnissen von Kolumbien wäre ich es nicht, hier schon."

„Soll ich dich deshalb nicht hier rausholen?"

„Ja, und wegen ..." Carlos stockte.

Arno wusste, was er ihm sagen wollte. Wegen ihrer Freundschaft. Wegen Judith.

Als er ihm antwortete, war es ein kaum hörbares Flüstern. „Lass mich darüber nachdenken, vielleicht gibt es einen anderen Weg."

Entschlossen und endgültig erwiderte Carlos: „Es gibt keinen anderen Weg, Arno. Es muss sein."

neunundzwanzig

Judith ging ihre Trainingseinheit durch. Wiederholte sie dreimal. Sie war so nervös, dass sie sich nicht konzentrieren konnte und Fehler in den Abläufen machte. Am Schluss hatte sie eine Zerrung in der linken Hand, weil sie die Gewichte ihrer Hantel falsch eingestellt hatte. Mittlerweile war es Abend geworden. Sie hörte das Telefon läuten, ging aber nicht hin. Ihr Handy meldete eine SMS. Arno schrieb kurz, es würde später werden. Sie wusste nicht, was sie davon halten sollte; ob es ein gutes oder schlechtes Zeichen war.

Als er endlich kam, hatte Judith den Tisch im Esszimmer gedeckt. Eigentlich hatte sie keine Lust etwas zu kochen oder zuzubereiten, aber dann doch Brot, Butter, Salat und eine kalte Platte mit Wurst und Käse angerichtet. Abgesehen davon, dass sie noch stiller war als sonst, wirkte sie so wie immer.

Arno beobachtete sie heimlich und versuchte sie zu sehen wie ein Fremder. Er fand es schwierig. Seit Jahren hatte er sie nur wahrgenommen, aber nicht gesehen. Sie war keine gewöhnliche Frau. Niemand würde sie dafür halten. Sie war zu groß und schlank, fast zu dünn. Im Verhältnis dazu waren Brüste und Hintern geradezu üppig. Ihr trainierter Körper strahlte Grazie aus, gepaart mit einer Sexualität, die anziehend wirkte.

Judith reichte ihm die Salatschüssel. Er nahm sie und betrachtete dabei ihre Hände. Sie waren manikürt, lang und schlank, mit schmalen Handgelenken. Sie sahen zerbrechlich aus, aber er hatte einmal gesehen, wie sie ein Stück Sperrholz in zwei Hälften gespalten hatte. Auf sein Kopfschütteln hin und der Warnung, sie könne sich verletzen, hatte sie ihm schulterzuckend erklärt: „Arno, das Brett wird nicht mit den Händen, sondern mit dem Willen zerschlagen."

Sie aßen schweigend. Judith räumte den Tisch ab, während er die 18 Uhr-Nachrichten im Dritten Programm ansah. Die Hauptmeldung war die Verhaftung von Carlos. Arno hatte damit gerechnet. Trotzdem schlug die Meldung wie ein Blitz ein. Judith kam gerade noch rechtzeitig aus der Küche, um Hommelsberger zu sehen, der vor einer Batterie Mikrofone in einer Pressekonferenz sprach. Neben ihm saßen die drei Kommissare. Zwei Frauen und ein Mann. Sie sahen aus wie Statisten, obwohl Arno wusste, dass sie die Ermittlung geleitet hatten und für die Festnahme verantwortlich waren. Am Ende der Nachrichten schaltete Judith den Apparat aus und sagte: „Hommelsberger ist ein Narr, ein inkompetenter Schwachkopf."
In ihrer Stimme hörte er Verachtung. Als er sie überrascht ansah, verriet ihr Gesicht keine Regung, kein Gefühl, aber er bemerkte eine Spur von Grausamkeit in ihren Augen.
Plötzlich wurde ihm bewusst, dass er sie längst nicht so gut kannte, wie er es bisher gedacht hatte. Selbst nach 15 Jahren Ehe konnte er ihre Reaktionen nie vorhersagen.

Er stand auf und verließ das Esszimmer. Judith folgte ihm.
„Heute nicht, Judith, ich bin erschöpft", sagte er mit müder Stimme.
„Arno, ich halte es nicht mehr aus. Ich muss wissen, was los ist. Ist Carlos in Haft?"
„Ja", sagte er und wünschte, sie würde ihn gehen lassen. Langsam stieg er die Treppe hinauf. Judith rief ihm nach: „Arno, ich muss dir etwas sagen."
Oben auf dem Treppenabsatz drehte er sich um, betrachtete ihre Gestalt, die sich im Gegenlicht dunkel abhob und sagte: „Ich will es nicht hören, Judith." Und dann sagte er etwas, was er schon seit langer Zeit nicht mehr gesagt hatte: „Ich liebe dich. Was immer auch passiert, sollst du wissen, dass ich dich liebe."
In seinem Zimmer angekommen, zog er sich schnell aus, kickte die Schuhe in eine Ecke und warf die übrige Kleidung mitsamt Krawatte achtlos zu Boden. Er schaltete seine Mailbox an. Es war 21 Uhr. So früh war er seit Jahren nicht mehr zu Bett gegangen.

Januar

dreißig

Judith wusste nicht, wie lange das Telefon schon klingelte. Sie hatte wie jeden Abend, seitdem Carlos verhaftet wurde, Tranquilizer genommen, um ein paar Stunden schlafen zu können. Die Leuchtziffern des Radioweckers zeigten ein Uhr morgens. Noch halb benommen langte sie nach dem Telefon. Am anderen Ende war das Pflegeheim, in dem Arnos Mutter lag. Judith ahnte, dass etwas Schlimmes passiert sein musste, ansonsten würde die Nachtschwester nicht anrufen und sie aus dem Schlaf reißen.

Sie ging zu Arno, rüttelte ihn wach und gab ihm das Telefon. „Wann?“ Dann: „Wie schlimm ist es? Wo ist sie jetzt?“ Er hörte nur kurz zu, legte den Apparat hin und stand hektisch auf.

„Was ist denn los?“, fragte Judith.

„Sie haben Mutter nach Mannheim ins Zentrum für Verbrennungsopfer geflogen. Sie wird dort auf der Intensivstation behandelt. Sie behaupten, Mutter hätte im Bett geraucht und als die Schwester es bemerkte, war es zu spät.“

„Mein Gott wie schrecklich. Wie geht es ihr? Ich verstehe nicht. Seit wann raucht denn deine Mutter?“, fragte Judith.

„Das ist es ja, überhaupt nicht. Ich verstehe das auch nicht. Angeblich hatte sie gestern spät abends noch Be-

such von einem Burschen, der behauptete, ihr Enkel zu sein. Obwohl die Pflegekräfte wissen, dass ich der einzige Angehörige bin. Sie wissen auch, dass es hier keinen Enkel gibt. Trotzdem haben sie ihn zu ihr gelassen."
„Könnte es nicht dein Neffe gewesen sein, der Sohn deiner Schwester?"
„Nein, wie kommst du da drauf? Die leben doch in Amerika. Das hätte ich aber gewusst, wenn die hier wären."
„Natürlich", entgegnete Judith. „Merkwürdig."
„Ja, ziemlich merkwürdig. Aber ich muss jetzt los, Judith, pack mir ein paar Sachen ein. Ich werde bei meiner Mutter bleiben, bis ich weiß, wie es weitergeht. Außerdem werde ich klären, wie so eine Schlamperei überhaupt geschehen konnte. Einer meiner Junganwälte wird sich darum kümmern. Wozu bezahle ich denn tausende von Euro, wenn die Schwestern noch nicht einmal aufpassen können? Die Heimleitung muss sich auf was gefasst machen."
„Willst du jetzt mitten in der Nacht mit dem Auto nach Mannheim fahren?"
„Ja, ich muss, sofort. Wenn ich warte, komme ich vielleicht schon zu spät."
Judith packte, während er duschte. Sie bot ihm an mitzufahren, was er aber ablehnte. Erst als er weg war, dachte sie an ihren Feuertraum vor dem Kamin. Jetzt kam es ihr vor, als hätte sie gewusst, dass so etwas passieren würde. Es war geradezu unheimlich. Manchmal dachte sie an jemanden und begegnete ihm nur wenig später. Es kam vor, dass sie sich an einen Film erinnerte, den sie vor langer Zeit gesehen hatte und genau in dem Augenblick ertönte aus dem Radio die dazugehörige Filmmusik. Oder sie hatte von etwas geträumt und das

Ereignis trat unmittelbar danach ein. Nicht, dass sie abergläubisch war oder sich für hellseherisch hielt. Dazu war sie viel zu realistisch eingestellt.

Ihre Gedanken wechselten zu Carlos und sie fragte sich, welche Auswirkung Arnos plötzliche Abreise auf den Prozess haben könnte. Sicherlich konnte er sich jetzt nicht mehr so intensiv auf die Verteidigung vorbereiten wie bisher. Andererseits war sie auch nicht übermäßig besorgt. Carlos konnte nichts passieren. Arno würde das nicht zulassen, auch wenn er sich jetzt um seine Mutter kümmern musste.

Ganz früh am nächsten Morgen rief sie Arno auf seinem Handy an.
Sie erfuhr, dass es seiner Mutter den Umständen entsprechend gut ginge. Sie lebe noch, obwohl sie schwere Verbrennungen am Oberkörper hatte. Die Ärzte hatten sie in ein künstliches Koma versetzt. Arno wollte bei ihr bleiben und vom Krankenhaus aus die Angelegenheiten der Kanzlei regeln. Er habe außerdem seiner Sekretärin mitgeteilt, wo er zu erreichen sei und sie werde per Mail alles Wichtige schicken.
Als sich Judith nach Carlos erkundigte, wurde Arno unwirsch und entgegnete gereizt: „Glaub' mir Judith, das ist im Augenblick meine kleinste Sorge. Da ist alles soweit vorbereitet. Viel wichtiger ist für mich, dass ich bei meiner Mutter bin, wenn die Ärzte sie aufwecken."
Noch einmal fragte Judith, ob sie ihm beistehen solle, aber Arno lehnte ab. Sie könne doch nichts tun, als nur warten. Das könne sie auch zu Hause. Sobald sich der Zustand seiner Mutter ändere, würde er sie anrufen.

Um sich abzulenken, beschloss Judith in den Garten zu gehen. Sie zog einen Skipullover und gefütterte Stiefel an. Der Tag war hell und klar, die Luft kalt. Es hatte bisher kaum Nachtfrost gegeben. Wie in jedem Winter füllte sie Körner in das Vogelhäuschen. Dabei beobachtete sie die Spatzen, die sich im Sturzflug näherten.
Nach einer Weile ging sie wieder ins Haus und versuchte Gitta zu erreichen, in der Hoffnung, dass sie sich wieder bereit erklärte, bei ihr zu bleiben, bis Arno zurück war. Aber Gitta meldete sich nicht. Unruhig ging sie von einem Raum zum anderen, ließ es mehrfach bei Gitta klingeln. Gerade, als sie sich überlegte, in ein Hotel zu ziehen, klopfte ein junger Schutzpolizist in makelloser, blauer Uniform mehrmals gegen die Scheibe der Küchentür. Ihr erster Gedanke war, dass Arno etwas passiert sein musste.
Sie öffnete die Tür und der Beamte fragte: „Frau Steinfeld?“. Unfähig einen Ton herauszubringen, nickte sie.
„Ihr Mann hat angerufen. Er sagt, wir sollen ein Auge auf das Haus haben, solange er weg ist. Letztens hat es wohl einen Einbruchsversuch gegeben. Ihr Mann scheint ziemlich besorgt zu sein.“
Vor Erleichterung trat Judith zur Seite und bat den Polizisten herein.
„Nein danke, es wirkt ja alles ruhig. Ich wollte Ihnen nur sagen, dass wir alle halbe Stunde draußen vorbeifahren. Achten Sie nur darauf, Türen und Fenster geschlossen zu halten.“
Er ging wieder und Judith sah ihm nach, wie er wieder in sein Auto stieg. Sie befolgte seinen Rat und zog die Tür wieder zu. Dann kontrollierte sie sämtliche Fenster im Haus.

Sie war gerührt, dass Arno an sie gedacht hatte, obwohl er bestimmt andere Sorgen hatte und besonders gestresst sein musste. Ihr fiel auf, dass es das erste Mal war, dass er während seiner Abwesenheit polizeiliche Überwachung angefordert hatte.
Beruhigt durch die Präsens der Uniformierten verwarf sie die Idee, in ein Hotel zu ziehen. Sie war kein ängstlicher oder nervöser Typ. Sie hatte noch niemals Angst verspürt, bis zu dem Zeitpunkt, als die Telefonanrufe begannen. Nichts, hatte sie geglaubt, könne jemals in die Privatsphäre ihres Hauses eindringen. Aber nun war jemand eingedrungen und hatte mit seiner Stimme Gift in ihr Ohr geträufelt.
„Worte, nichts als Worte", beruhigte sie sich.
Aber dann versuchte sie noch einmal Gitta zu erreichen, bis ihr einfiel, dass die Freundin beim letzten Gespräch erzählt hatte, sie wolle mit Alain verreisen. Nur dunkel konnte sich Judith an ein Datum erinnern.

Der Abend verlief ereignislos. Einmal, als sie aus dem Küchenfenster sah, fuhr der Streifenwagen vorbei. Er drehte in der Sackgasse und blieb kurz vor dem Haus stehen, bevor er wieder langsam weiterfuhr. An diesem Abend klingelte das Telefon nicht.
Sie las ein wenig, sah fern und versuchte nicht an Arno oder Carlos zu denken. Sie wollte an gar nichts denken. Es war kurz vor Mitternacht, als sie beschloss, ins Bett zu gehen. Bevor sie nach oben ging, kontrollierte sie im Arbeitszimmer die Schreibtischschublade, ob die Pistole wieder drin lag. Kurz entschlossen nahm sie die Waffe mit in ihr Zimmer und legte sie wieder unter das Kopfkissen.

Weil ihr das Zimmer stickig vorkam, kippte sie ihr Fenster.
Kühle Luft wehte herein. Sie duschte, stieg danach schnell ins Bett und zog die Daunendecke bis unters Kinn.

Als sie aufwachte, strömte die Wintersonne durchs Fenster. Es war nach acht; sie hatte gut und lange geschlafen. Sie streckte sich und fühlte sich gut. Der Tag konnte beginnen.
Weil heute ihre Zugehfrau freihatte, erledigte sie schnell die wenigen Hausarbeiten. Dann sah sie auf ihrem Handy nach, ob Arno ihr eine Nachricht geschickt hatte. Aber die Mailbox war leer.
Sie rief in der Kanzlei an und fragte Arnos Sekretärin, ob sie etwas von ihm gehört hatte. Eva Klein berichtete, es wären Anweisungen per Mail gekommen und alles würde wie gewohnt weiter laufen, auch wenn der Chef nicht da wäre.
Judith überlegte, einen der Junganwälte zu fragen, wie weit sie inzwischen mit der Verteidigungsstrategie für Carlos gekommen seien. Aber dann entschloss sie sich, es zu lassen. Arno würde es falsch auffassen und über die Einmischung in seine Angelegenheiten verärgert reagieren.
Frustriert wählte sie Gittas Nummer. Aber nur der Anrufbeantworter meldete sich. Mittlerweile fragte sie sich, ob etwas mit Gitta passiert war. Sie versuchte es auf ihrem Handy. Auch da erreichte sie die Freundin nicht.
Nach einer Stunde rief sie nochmals an. Sie empfand Erleichterung, als das Telefon nach dem zweiten Klingeln abgenommen wurde. „Gitta?“

„Gitta ist nicht da, hier ist Alain. Was gibt es? Kann ich ihr etwas ausrichten?“
„Nein. Das heißt, doch. Ich habe mir Sorgen gemacht. Ist etwas passiert?“
„Du liebe Güte, nein, nicht dass ich wüsste. Gitta wollte nach dem Abendessen wieder da sein. Ich kann ihr aber wirklich etwas ausrichten. Möchtest du, dass sie dich zurückruft?“
„Ja, falls sie Zeit hat.“
Alain versprach, für Gitta eine Notiz neben das Telefon zu legen. Befriedigt verließ Judith das Haus, um frisches Gemüse und Obst zu besorgen.
Als sie nach ihrem Einkauf wieder in die Auffahrt einbog, fuhr gerade wieder der Streifenwagen vorbei. Der Polizist hupte und winkte. Judith lächelte und winkte zurück.
Sie bereitete einen Earl Grey zu und nahm ihn mit der Tageszeitung ins Wohnzimmer. Die Nachmittagssonne schien kraftlos durch das Fenster und verblasste, je später es wurde. Es war still im Haus. Die Zeitung glitt ihr aus den Fingern. Judith lehnte sich müde ins Sofa zurück. Schläfrig und entspannt fiel sie in einen leichten Schlaf.
Mit einem Ruck erwachte sie. Das Zimmer war pechschwarz.
Sie war im ersten Augenblick verwirrt und wusste nicht, wo sie war. Ihr Handgelenk pochte. Sie knipste die Stehlampe an und sah auf ihre Armbanduhr. Es war nach 21 Uhr. Sie hatte vier Stunden auf dem Sofa geschlafen.
Die Zeitung lag verstreut auf dem Fußboden. Judith sammelte sie ein und legte sie ordentlich zusammen, bevor sie in die Küche ging und Geschirr in die Spülma-

schine lud. Dann nahm sie das übrige Geschirr aus sämtlichen Küchenschränken und spülte es. Sie wischte die Schränke dreimal gründlich aus, bevor sie alles wieder einräumte.
Während sie in der hell erleuchteten Küche vor den großen Fenstern arbeitete, fühlte sie sich wie in einem Goldfischglas.
Sie hatte es in der Vergangenheit abgelehnt, Gardinen anzubringen. Ihr Haus lag in einer Sackgasse. Die wenigen Spaziergänger, die auf der Straße vorbeigingen, hätten nur mit größter Anstrengung etwas im Innern entdecken können. Aber jetzt hätte sie viel für Gardinen gegeben, so beobachtet fühlte sie sich. Jede einzelne ihrer Bewegungen schien von verborgenen, unsichtbaren Augen registriert zu werden. Rasch machte sie das Licht aus. Sie stellte sich im Dunkeln ans Fenster und beobachtete die Straße, die unter dem Schein einer einzelnen Laterne verlassen und trostlos wirkte. Sie ging ins Wohnzimmer und sah nach hinten hinaus. Da sie die Außenbeleuchtung nicht einschalten wollte, konnte sie nichts im Garten erkennen.
Es war schon halb Zwölf, als das Telefon klingelte. Das Geräusch war so schrill, dass Judith zusammenfuhr. Dann erinnerte sie sich. Gitta. Sie hatte eine Nachricht für Gitta hinterlassen. Eilig lief sie in den Flur und nahm das Telefonat entgegen.
„Hallo, bin ich froh, dass du zurückrufst."
„Frau Steinfeld?" Die Stimme klang höflich, freundlich, unbekannt. Es war nicht die Stimme, die sie in den letzten Wochen in Panik versetzt hatte.
„Ist Ihr Mann da?"
Überrumpelt sagte sie: „Nein, tut mir leid."

„Kommt er noch später nach Hause?"
Vorsichtig geworden, erwiderte Judith: „Ja, ich schlage vor, dass Sie ihn im Büro anrufen."
„Dort wird er erst in ein paar Tagen erwartet, Frau Steinfeld."
Die Stimme klang angenehm, freundlich. Sie enthielt ein leises Lächeln. Er legte auf. Judith ebenso.
Es war nicht derselbe Mann gewesen. Er hatte sie nicht bedroht. Trotzdem war Judith beunruhigt. Sie starrte das Telefon an. Dann stöpselte sie es aus. Für den Rest der Nacht würde es keine Anrufe auf dem Festnetz mehr geben.
Falls Arno sie sprechen wollte, sollte er es auf dem Handy versuchen oder eine Mail schicken.
Da sie das Küchenlicht nicht wieder einschalten wollte, tastete sie unter der Spüle nach der Taschenlampe und überprüfte in ihrem Schein die Türen und Fenster. Sie zog an einem Fenster des Wohnzimmers die Vorhänge zu. Die Rückseite des Hauses mit Ausblick auf die Terrasse und den Garten bestand aus einer Glasfront mit Schiebetüren, die sie nachträglich hatte einbauen lassen. Der Handwerker hatte sie davor gewarnt, dass es fast keine Möglichkeit gäbe, eine Schiebetür zu sichern. Auch mit heruntergelassenen Rollläden wäre es eine Kleinigkeit einzubrechen: „Geben Sie mir ein Brecheisen und die Tür ist aufgehebelt", hatte der Mann gesagt.
Sie hatte ihm nicht geglaubt und auf den Einbau bestanden. Arno wollte an der ganzen Front dichte Vorhänge anbringen. Aber da Judith das Gefühl des Eingesperrtseins nicht mochte, blieben die Schiebetüren ohne Gardinen, genau so wie die Küchenfenster. Ja, genau wie in

einem Goldfischglas, nur dass ich hier der Goldfisch bin, und der Hai ist dort draußen, dachte sie.

Jetzt tat es ihr leid, dass sie sich nicht wenigstens auf Stores oder Rollos geeinigt hatten. Als sie sich hinkniete, um den unteren Riegel der Schiebetür einzuhaken, sah sie hinten im Garten, nahe der Grenze zum Nachbargrundstück, ein Licht flackern. Zusammengekauert beobachtete sie, wie es sich im Gebüsch hin und her bewegte. Es war so still, dass sie ihren eigenen Atem hörte.

Das Licht kam näher. Regungslos beobachtete sie den Schein. Ein Prickeln lief über ihren Rücken. Alle Sinne standen auf Alarm. Mit einem Mal hatte sie keine Angst. Wenn sie eine Gefahr erkannte, hatte sie noch nie Angst empfunden. Damit konnte sie umgehen. Womit sie nicht umgehen konnte, war das Unsichtbare: Ein gesichtsloser Telefonanruf, eine Drohung oder eine Falle – wenn sie die Gefahr nicht sehen konnte, schwand ihre Selbstsicherheit und machte der Panik Platz.

Sie wartete, bis sich das Licht der linken Ecke des Hauses näherte. Leise, mit katzenartigen Bewegungen schlich sie sich in die unbeleuchtete Küche. Wenn sie um das Haus herumging und sich ihm von hinten näherte, würde sie im Vorteil sein.

Geräuschlos drehte sie den Schlüssel der gläsernen Küchentür, die nach draußen zur Veranda und in den Vorgarten führte. Sie hatte die Tür halb geöffnet, als eine große, schwarze Gestalt die Stufen zur Veranda hochkam. Instinktiv schaltete sie das Außenlicht an.

„Frau Steinfeld?" Es war Dario, ihr junger Nachbar, der in der Hand einen Baseballschläger hielt und mit den Augen gegen das grelle Licht anblinzelte.

Die Spannung fiel von Judith ab. Sie lächelte schwach und trat zurück, damit er eintreten konnte.
„Mein Gott, haben Sie mich erschreckt."
„Oh, habe ich Sie überrascht? Ist alles in Ordnung? Ich dachte, ich hätte in ihrer Küche einen Einbrecher mit Taschenlampe gesehen."
„Das war ich. Ich war nervös, weil ich dachte, jemand beobachtet mich. Alles war so hell erleuchtet. Deshalb habe ich die Lampen ausgemacht und die Taschenlampe genommen", erklärte Judith verlegen.
„Ach so. Haben Sie denn jemanden herumschleichen sehen?"
„Nein, außer Ihnen niemand." Sie lachte. „Ich habe *Sie* für einen Einbrecher gehalten."
Dario lachte mit. „Ich doch nicht."
„Wollten Sie damit jemanden erschlagen?" Judith zeigte auf den Baseballschläger.
„Ja, genau, den Dieb", erwiderte Dario und lachte wieder. „Was hat Sie denn so nervös gemacht?"
„Da war wieder so ein Anruf."
„Der gleiche wie letztes Mal?"
„Nein, anders. Aber ..."
„Was aber?"
„Es war nur ein Klient ... denke ich." Sie kam sich idiotisch vor.
„Möchten Sie, dass ich mal im Haus nachsehe?"
„Nein, danke. Es geht mir gut. Ich bin sicher, es ist alles in Ordnung." Gleichzeitig überlegte sie, was Dario wohl von ihr halten mochte. Sicher hielt er sie für eine neurotische Hausfrau.
Dario ging, ließ ihr aber vorsichtshalber seine Handynummer da. Sie verschloss die Küchentür hinter ihm.

»Vielleicht sollte ich mich ablenken und noch ein paar Übungen machen«, überlegte sie und öffnete die Tür zum Keller.

Aus dem Untergeschoss hörte sie ein kratzendes Geräusch, dann ein Poltern. Entschlossen, sich nicht ein zweites Mal Angst einjagen zu lassen, stieg sie vorsichtig die Treppe hinunter. Ihre Sinne waren alarmiert, der Körper angespannt.

Der Wasch- und Haushaltsraum sowie der Gerätekeller schienen unberührt, die ebenerdigen Fenster verschlossen. Auch im Fitnessraum gab es auf den ersten Blick nichts Ungewöhnliches. Die Tür zu der kleinen Einliegerwohnung hatte sie schon seit Wochen nicht mehr geöffnet. Nachdem sie alles überprüft hatte, zog sie jede Tür fest zu, ließ nichts hinter sich offen, während sie den engen Gang zum Heizungskeller entlang ging. Das war der einzige Kellerraum, den sie fast nie betrat. Sie machte das Licht an und sah sich um. Er war leer.

Sie wollte gerade gehen, als sie einen Luftzug spürte und nach oben blickte. Das Kellerfenster, das so schmal war, dass nur ein Schlangenmensch oder ein Kind dort eindringen konnte, stand einen Spalt breit offen. Sie holte eine Leiter aus dem Geräteraum und wollte es schließen. Da bemerkte sie, dass das Gitter vor dem Fenster fehlte. Ihr fiel ein, dass Arno es vor einem Monat auswechseln lassen wollte, weil es nicht mehr richtig festsaß und das Schraubengewinde ausgeleiert war. Das Gitter sollte Mäuse fernhalten. Aber offensichtlich hatte es der Handwerker nicht repariert, sondern nur mitgenommen. Sie machte sich in Gedanken eine Notiz, gleich morgen früh dort anzurufen und sich zu beschweren.

Glücklicherweise war der Heizungskeller der einzige Raum im Haus, dessen Tür außen einen Riegel besaß. Sie schloss und verriegelte die Feuertür. Auf dem Weg zurück zur Treppe überprüfte sie noch einmal alles. Im Fitnessraum stellte sie fest, dass eine Hantel vom Regal gefallen war. Das ist das Geräusch gewesen, das ich gehört habe, dachte Judith und stieg erleichtert wieder die Kellertreppe hinauf.
Im Gehen zwang sie sich, an etwas anderes zu denken. Sie wollte das Gefühl, von tausend Augen verfolgt zu werden, als beherberge ihr Haus einen fremden, ungebetenen Gast, wegschieben.
Wie jemand, der im dunklen Wald pfeift, wollte sie sich beweisen, dass es nichts zu befürchten gab. Sie wollte sich nicht einschüchtern lassen und ihren normalen Tagesablauf beibehalten.
Als sie unter Dusche stand, fiel ihr die Szene aus „Psycho" ein:
Janet Leigh unter dem Wasserstrahl stehend, nichtsahnend, am Duschvorhang die gekrallte Hand des Mörders mit dem Messer, das gurgelnde Blut im Abfluss.
Ach was, dachte Judith. Kino. Nicht real. Trotzdem hatte sie es eilig, aus der Dusche zu kommen und trocknete sich schnell ab. Sie streifte ihren Bademantel über. Mit dem Rücken zur Tür vor dem beschlagenen Spiegel griff sie nach dem Deospray, das auf einem Regal neben dem Waschbecken stand. Sie nahm die Spraydose mit in ihr Schlafzimmer. Ihr Pyjama lag auf dem Bett.
Judith wollte gerade das Deo benutzen, als sie hinter sich ein leises, schlurfendes Geräusch hörte. Sie war nicht allein. Langsam, mit angespanntem Körper drehte sie sich um. Im Türrahmen stand er, schweigend. Ihre

Blicke trafen sich. Starrten sich an. Judith verharrte in voller Konzentration. Sie erkannte das Gesicht. Erkannte die böse funkelnden Augen. Kevin, der Junge, der Handtaschendieb. Der Junge, dem sie ein Bein gestellt und geschlagen hatte. Der Räuber, gegen den sie ausgesagt, der sie im Gerichtssaal mit rasender Wut angestarrt hatte.
Auch heute trug er ein T-Shirt und hautenge Vintage-Jeans mit Gürtel. Keine Jacke hatte ihn behindert, damit er sich durch das Kellerfenster schlängeln konnte.
In einer Hand hielt er ein Messer, mit dünner Klinge. Sie sah rasiermesserscharf aus. Leicht geduckt, die Arme ausgebreitet, kam er auf sie zu. Wie angewurzelt stand Judith da, beobachtete, wie er langsam näher kam. Fast wie in Zeitlupe näherte er sich ihr, den Fluchtweg versperrend.
Als er ihr fast auf Armeslänge nahe war, blieb er stehen. Er keuchte, flach, wie hyperventilierend.
Judith maß den Abstand zwischen ihnen. Sie hatte ihre Angst überwunden und war an dem Punkt angelangt, der jenseits von Angst lag. Sie sah es ihm an, dass er sie testete.
Es war wie ein Spiel, das sie bei der Katze ihrer Nachbarin beobachtet hatte. Es gab immer etwas, was die Katze verriet, wenn sie kurz davor war, die Maus zu fangen. Eine Anspannung in den Muskeln. Ein Ausdruck in den Augen. Judith erwartete seinen Angriff, voll konzentriert.
Er machte einen plötzlichen kurzen Satz, in der Erwartung, sie würde wegspringen. Als sie sich nicht rührte, entspannte er sich. Grinsend. Das Messer bereit, trat er einen Schritt vor, behielt sie im Auge und griff nach ih-

rem Bademantelgürtel. Blitzschnell hob Judith den Arm und sprühte ihm das Deodorant ins Gesicht. Er ließ das Messer fallen und taumelte zurück. Er würgte. Rieb sich die Augen. Judith nutzte den Moment und schlug ihm mit der Handkante unter die Nase. Er schrie. Aus seinen aufgeplatzten Nasenlöchern rann Blut. Seine Lippen formten einen Namen: „Jerome, Jerome."

Die Augen des Jungen waren blutrot, die Tränen flossen in Strömen. Er tastete sich zur Tür, um zu fliehen. Judith packte ihn am Gürtel und zog ihn zurück ins Zimmer. Noch immer konnte er nicht richtig sehen, aber er machte kehrt und stürzte sich auf sie. Sie trat einen Schritt zurück und drehte sich aus der Schulter heraus zur Seite, traf diesmal seinen Nasenrücken. Mit einem Schlag zerschmetterte sie den Knochen. Er taumelte gegen die Kommode.

Sie versetzte ihm einen Schlag mit der Handkante gegen die Schläfe. Sie wusste, dass der Schlag tödlich sein würde.

Leblos glitt er zu Boden. Blut sickerte in den Teppichboden.

Sie stieß ihn mit ihrem Fuß an. Dann beugte sie sich hinunter, um seinen Puls zu fühlen. Doch sie hätte auch so gewusst, dass der Junge tot war.

Judith kam es vor, als ob Stunden vergangen waren, aber der Überfall und der Kampf hatten weniger als drei Minuten gedauert. Sie nahm das Telefon, um die 110 zu wählen. Es kam kein Freizeichen. Dann fiel ihr ein, dass sie ja das Festnetztelefon ausgestöpselt hatte.

Fieberhaft suchte sie ihr Handy. Aber es war nicht da. Obwohl sie sich sicher war, dass sie es vor dem Duschen neben ihr Bett auf den Nachttisch gelegt hatte.

Hände legten sich von hinten um ihren Hals. Fassungslos, da unfähig zu begreifen, wo dieser zweite Mensch herkam, drehte sie sich um. Die Hände folgten ihrer Umdrehung wie ein Uhrwerk, hielten aber trotzdem unerbittlich fest.

Sie blieb wie erstarrt stehen. Es war ihr nicht in den Sinn gekommen, dass der Junge nicht allein sein könnte. Der Mann, der sie würgte, war älter, sein Gesicht war rund, der Körper massig, die Haare offen und fettig, die tiefliegenden Augen düster und hasserfüllt. Sie erkannte ihn wieder. Auch ihn hatte sie im Gerichtssaal gesehen: Jerome, der Bruder des Jungen, der jetzt tot in ihrem Schlafzimmer lag.

Für den Bruchteil einer Sekunde starrten sie einander an, die Gesichter nur Zentimeter voneinander entfernt. Dann hieb Judith beide Arme zwischen seine und befreite sich aus seinem Griff. Mit einem Satz war sie außer Reichweite. Der Mann wandte den Blick von ihr ab und sah den leblosen Körper hinter ihr auf dem Boden. Sein Gesicht verzerrte sich vor Hass.

„Du Fotze", zischte er. Dann sah er das Messer und hob es auf.

Judith wich zurück. Ihr Fuß stieß an etwas Weiches und sie stolperte über die Leiche. Bevor sie ihr Gleichgewicht wiederfand, sprang er mit unglaublicher Behändigkeit auf sie zu und hielt ihr das Messer an die Kehle. Sie fiel rückwärts auf ihr Bett und er kniete auf ihr. Sein schwerer Körper hielt sie fest, ihre Arme waren unter ihm eingeklemmt. Er verströmte einen schweißig-schimmeligen Geruch. Als er allmählich ruhiger wurde, seine Wut jetzt unter Kontrolle haltend, fragte er spöttisch: „Ist Herr Steinfeld zu Haus?"

Als Judith seine Stimme wiedererkannte, spürte sie die Angst, die seine Anrufe bei ihr ausgelöst hatten. Als er die Furcht in ihren Augen sah, legte er das Messer hinter sich auf die Bettdecke. Er würde es im Augenblick nicht mehr brauchen.
Sie versuchte sich aufzurichten. Er schlug ihr mit dem Handrücken ins Gesicht, auf die Augen und auf den Kopf. Der Schmerz lähmte sie. Ein Auge schwoll in Sekundenschnelle an. Mit dem unverletzten Auge versuchte sie etwas zu erkennen, aber auch da war alles unscharf, ohne richtige Perspektive. Mit einer Hand hielt er ihr den Mund zu, zog mit der anderen aus seiner Hosentasche ein baumwollenes Halstuch und stopfte es ihr zwischen die Zähne.
Sie wusste, dass er sie töten würde. Sie waren mit der Absicht gekommen, sie zu töten. Jerome wusste, dass sie ihn identifizieren konnte, wenn er sie am Leben ließ. Er hatte nicht die Absicht, sie ein zweites Mal aussagen zu lassen. Er war absichtlich ohne Maskierung in ihr Haus eingebrochen, weil er wollte, dass sie sah, wer es war, der ihrem Leben ein Ende bereitete.
Judith hörte, wie jemand unten an der Haustür klingelte. Die Polizei ist zurück, war ihr erster Gedanke, aber wegen des Knebels konnte sie nicht rufen. Nur ein dumpfes Krächzen kam aus ihrer Kehle. Jerome ließ sich kurz ablenken und erhob sich. Judith griff neben sich unter das Kopfkissen. Tastete nach der Pistole. Sie lag nicht mehr an ihrem Platz.
Nach vier Versuchen hörte das Klingeln auf. Im gleichen Augenblick sprang Judith auf, wollte an dem Angreifer vorbei in den Flur laufen, im Gehen zog sie das Tuch halb aus ihrem Mund. Aber er holte sie ein, warf sie ge-

gen den wandhohen Spiegel, wollte ihr Gesicht mit seiner Faust treffen. Sie wich aus. Wütend donnerte er gegen den Spiegel, bis der klirrend zerbrach. Er packte sie, schmiss sie aufs Bett, setzte sich wieder auf sie, bis sie von seinem Gewicht fast keine Luft mehr bekam. Vergeblich versuchte sie, den Knebel aus ihrem Mund zu reißen. Aber er stopfte ihn wieder hinein, dabei wischte er seine blutige Faust an dem Tuch ab. Als er sah, dass sie sich nicht mehr wehren konnte, griff er hinter sich und zog aus seinem Gürtel ihre vermisste Pistole.
„Hast du das gesucht?“, fragte er. „Du hast doch nicht geglaubt, dass wir so unvorsichtig sind. Ach übrigens, wie geht es deiner Schwiegermutter?“ Er kicherte bösartig und schlug ihr nochmals ins Gesicht.

Judith kannte den Tod, kannte ihn in all seinen quälenden, langsamen Formen. Sie wusste, dass sie an der Reihe war, nachdem er mit ihr fertig sein würde, dass es qualvoll und lange dauern würde. Aber auch, dass sie dazu noch nicht bereit war.
Mit letzter Kraft zog sie ihren rechten Arm unter seinem schweren Körper heraus, holte mit der unverletzten Hand aus, bekam seine langen, fettigen Haare zu fassen, krallte sich mit ihren Fingernägeln in seine Kopfhaut und riss seinen Kopf zurück.
Gleichzeitig hörte sie von draußen ein Poltern und Rufe. Glas klirrte.
Sie fühlte, wie der Druck auf ihr nachließ, bis er verschwand. Sie nestelte das Tuch aus ihrem Mund, lag da, immer noch nach Luft ringend, nur vage einen Tumult von unten wahrnehmend.

Verzweifelt versuchte Judith etwas zu erkennen. Durch das Blut, das ihr in die Augen drang, konnte sie fast nichts sehen. Sie tupfte sich mit dem Zipfel des Bademantels das Gesicht ab. Der Frotteestoff war blutgetränkt. Ihr Kopf fühlte sich wie Brei an.
Ein kalter Luftzug streifte sie, weil das Fenster geöffnet wurde. Ein dumpfer Fall war zu hören, ein Knacken, als ein Ast brach.
Mit letzter Kraftanstrengung rollte sie sich zur Bettkannte und stützte sich mit ihrer unverletzten Hand ab, um aufzustehen. Ein Fuß landete auf der Brust des toten Jungen. Der Brustkorb gab unter dem Druck nach. Ruckartig zog sie ihren Fuß zurück.
Allmählich klärte sich der Blick ihres unverletzten Auges, sie sah nach unten. Niemals würde sie die leeren Augen des Jungen vergessen, sie waren das Fenster, durch die sie keine Seele sehen konnte. Sie waren leere Fenster, die ins Dunkle führten.
Ihr Zimmer sah aus, als hätte ein Orkan darin gewütet. Der Sessel umgefallen, der Spiegel zerbrochen, scharfe Glasscherben übersäten den Boden. Ihre Schminkutensilien – Cremes, Puderdosen, Parfümflaschen – standen nicht mehr an ihrem Platz auf der Kommode, sondern waren umgekippt, lagen vereinzelt und zerstreut auf dem Boden. Teppich, Bettdecke und Wände übersäten Blutspritzer. Das Messer, mit dem er ihre Kehle durchschneiden wollte, lag auf der Bettdecke, wo es Jerome hingeworfen hatte.
Judith schauerte es. Trotzdem reagierte sie, automatisch und schnell. Sie wollte das Messer beseitigen, aber sie wollte es nicht anfassen. Mit einem Papiertuch hob sie es auf, öffnete eine Schublade ihrer Kommode und

schob es unter einen Stapel neuer Nachtwäsche. Sie lag noch immer original verpackt zwischen Seidenpapier und Plastikfolie. Niemand würde das Messer hier vermuten.

Obwohl sie noch immer benommen war, bemerkte sie an einer Glasscherbe des Spiegels Blut. Es war Jeromes Blut, das an der Scherbe kleben blieb, als er das Glas zertrümmerte. Rasch nahm sie noch einmal ein Papiertuch vom Schminktisch, hob die Scherbe auf, wickelte sie ein und packte sie zu dem Messer in die Schublade. Ihr fiel das Halstuch ein, mit dem Jerome sie geknebelt hatte und an dem ebenfalls sein Blut war. Sie legte es dazu. Unter dem geöffneten Fenster entdeckte sie auf dem Fußboden die Pistole. Bei seiner Flucht war sie dem Angreifer aus der Hose gerutscht. Judith hob sie mit dem Gürtel ihres Bademantels auf, dann platzierte sie die Waffe in die offene Hand des toten Jungen und schloss seine Finger um das kalte Metall. Plötzlich hörte sie ein Geräusch. Aus Angst, Jerome könnte zurückkehren, schloss sie hastig das Fenster. Ab jetzt galt ihr einziger Gedanke dem Entkommen. Sie stürmte in Richtung Zimmertür und prallte erneut gegen Dario.

„Mein Gott, was ist passiert?“, fragte er. Das Entsetzen stand ihm ins Gesicht geschrieben, als er das viele Blut an ihr und den Toten auf dem Teppichboden sah.

„Ich habe jemanden umgebracht“, flüsterte Judith und sank ohnmächtig in seine Arme.

Als Judith wieder aufwachte, lag sie auf dem Sofa im Wohnzimmer. Ihr Kopf fühlte sich benommen an. Noch immer war ein Auge zugeschwollen und schmerzte. Sie blinzelte, um überhaupt etwas erkennen zu können. Jemand hatte ihr Jeans und ein T-Shirt angezogen. Ihr blutiger Bademantel lag eingepackt in einer Asservatentüte auf dem Couchtisch. Ein Sanitäter verstaute gerade sein Stethoskop und Blutdruckgerät. Neben ihm stand der Streifenpolizist, der ihr noch vor Kurzem zugesichert hatte, sie würden das Anwesen überwachen. Das ganze Haus wuselte von uniformierten Polizisten und Personen in weißen Kapuzenoveralls. Sie arbeiteten stumm, präzise.

In einem Sessel gegenüber hatte eine Frau Platz genommen, die etwas in ihr Tablet schrieb. Judith erkannte Arabella Herzog.

Arabella blickte auf. „Schön, Sie sind aufgewacht", sagte sie. „Können Sie mir ein paar Fragen beantworten?"

„Natürlich", krächzte Judith. Ihr hinterer Rachen fühlte sich trocken und rau an. „Wasser!"

„Hier, das Wasser." Erst jetzt sah sie Dario, der in der Tür zur Küche gestanden hatte und nun mit einem vollen Glas zurückkam.

Judith richtete sich auf und trank es in einem Zug aus. Mit einem dankbaren Blick zu Dario stellte sie das Glas ab. Ihr Nachbar kehrte wieder zur Küchentür zurück, stehend verfolgte er die Szene.

„Was ist geschehen?" fragte die Kommissarin wieder. Inzwischen hatte sich der zweite Ermittler, den Judith schon von seinem letzten Besuch kannte, zu ihr gesellt. Auch eine junge Kommissarin, die eifrig mitschrieb, stand daneben.

Judith schilderte den Angriff. Dass Kevin der Junge war, den sie bei einem Handtaschenraub gestellt hatte und dass er seitdem einen Hass auf sie schob. Dass er wahrscheinlich schon früher einmal in ihrem Haus gewesen

war und wie sie das geöffnete Fenster im Arbeitszimmer ihres Mannes entdeckt hatte. Sie erzählte von dem Computer, dessen Dateien aufgerufen worden waren. Sie schilderte, wie der Junge durch das Fenster im Heizungskeller einsteigen konnte. Wie er sie überfallen, mit der Pistole bedroht, sie geschlagen hatte, wie sie sich gewehrt hatte und er tot umfiel. Dass sie es Klingeln gehört hatte und plötzlich Dario auftauchte.
„Wie sind Sie denn ins Haus gekommen?", fragte Viktor in Darios Richtung.
„Ich habe merkwürdige Geräusche gehört. Schließlich war es nicht das erste Mal, dass es Vorkommnisse im Haus gab und Frau Steinfeld sich fürchtete", sagte dieser.
„Und die Geräusche haben Sie bis zu ihrem Grundstück nebenan gehört? Sie sind rübergekommen und dann haben Sie einfach mit dem Baseballschläger die Scheibe zur Küchentür eingeschlagen?"
„Natürlich, und ich würde es wieder tun. Ich habe mir Sorgen gemacht, das Haus beobachtet und geklingelt. Als mir niemand öffnete, obwohl ich wusste, dass Frau Steinfeld zu Hause war und oben sämtliche Lampen brannten, habe ich gemerkt, dass da was faul ist. Die Streifenpolizisten wissen, dass sie schon einmal wegen Einbrechern gerufen wurden. Fragen Sie sie."
„Das haben wir schon. Wir kennen die Meldungen, auch die der Drohanrufe."
Judith atmete auf. Sie verschwieg den zweiten Angreifer. Sie berichtete nicht von Jerome, der sie misshandelt hatte, der sie hatte töten wollen und geflohen war. Mit keinem Wort erwähnte sie das Messer, die blutige Glasscherbe und das Knebeltuch.

Aber sie erzählte von ihrem Verdacht, dass Kevin ihren Mann von zu Hause weggelockt hatte. Dass der Junge wahrscheinlich ihre Schwiegermutter im Pflegeheim aufgesucht und eine brennende Zigarette in ihr Bett gelegt hatte.

„Okay, wir überprüfen das", erklärte Arabella.

Als die Spurensicherung mit den uniformierten Polizisten und den Ermittlern abzog, blieb Dario bei Judith sitzen.

„Wer hat mich denn angezogen?", fragte sie.

„Ich", erwiderte Dario. „Solange die Polizei noch nicht da war. Ich konnte Sie doch nicht in dem blutigen Bademantel mit Nichts darunter hierher tragen. Alle Welt hätte Sie nackt gesehen."

Judith errötete. „Schon in Ordnung. Vielen Dank für meine Rettung."

Dario zuckte mit den Schultern. „Kein Problem. Das hätten Sie für mich auch getan."

„Ja, das hätte ich." Mit einem Mal wurde Judith bewusst, dass das noch nicht einmal gelogen war.

einunddreißig

Arabella fand es merkwürdig, dass sie nun zum zweiten Mal, wenn auch unter anderen Umständen, das Haus der Steinfelds betreten musste. Irgendetwas an Judiths Schilderung irritierte sie. Bis jetzt aber wiesen alle Spuren im Haus auf den Jungen als Einbrecher hin. Sollte der Überfall tatsächlich so geschehen sein, hatte die Frau des Anwalts einen gefährlichen Verbrecher zur Strecke gebracht. Als Arabella die Geschichte mit der Schwiegermutter und dem Besuch des angeblichen Enkels überprüfte, und der Pflegekraft ein Foto von Kevin zeigte, konnte diese sich an den Jungen erinnern. Auch dass es nach seinem Besuch zu einem Schwelbrand im Bett der Seniorin gekommen war. Diese Geschichte stimmte also. Wie es aussah, war der Überfall auf Judith perfekt geplant gewesen.

Die andere Geschichte, mit diesem Nachbarn Dario, konnte sie nicht einordnen. War es Zufall, dass er zum richtigen Zeitpunkt eintraf? Dass er einen Einbrecher vermutete, zu Hilfe eilte und sich dann Zutritt zum Haus verschafft hatte?

Arabella glaubte nicht, dass es viele Mitbürger gab, die aufmerksam und hilfsbereit waren, selbst wenn sie sich dadurch in Gefahr brachten. Sie war durch ihre jahrelange Arbeit, in der sie in die Abgründe der menschlichen Seele gesehen hatte, skeptisch geworden. Wie

auch immer, dieser Dario hatte Judith Steinfeld das Leben gerettet.
Judith – merkwürdig. Ihre ehemalige Klassenkameradin. Ihr Verhalten konnte Arabella ebenso nicht einordnen. Mit keiner Silbe hatte sie erwähnt, dass sie sich kannten, obwohl sie wusste, dass Judith es wusste. Für einen Moment überlegte Arabella, ob nicht Judith die fünf Morde verübt hatte. Sie hatte mit den Ordnern gearbeitet. Aber sie passte nicht ins Profil.
Und was für ein Motiv hätte sie haben sollen? War sie kaltblütig genug dazu? Gab es einen Zusammenhang zur Brandstiftung vor 25 Jahren, bei der Judiths Eltern ums Leben kamen? Nach ihrer Recherche im Archiv der Zeitung hatte sie sich die alten Polizeiakten zuschicken lassen.
Für kurze Zeit hatte Judith im Radar der Ermittler gestanden, aber man konnte ihr nichts nachweisen. Damals konnte der Täter nicht gefunden werden und die Fallakte wurde geschlossen. Noch ein ungesühntes Verbrechen. Arabella verdrängte den Gedanken und wandte sich ihren aktuellen Fällen zu.

In der Polizeiakte des toten Kevin stand als nächster Angehöriger: Jerome Lang. Er war unter der gleichen Adresse wie Kevin gemeldet.
Arabella nahm Jenny mit, um ihm den Tod seines Bruders mitzuteilen. Obwohl sie es hasste, solche Nachrichten zu überbringen, gehörte es zu ihren Aufgaben und blieb ihr oft nicht erspart.
In erster Linie wollte sie das Zimmer des jugendlichen Täters sehen, denn der erste Augenschein war wichtig. Nach ihnen würde die Spurensicherung anrücken. Viel-

leicht fand sich irgendein Hinweis auf den Einbruch und versuchten Mord.
Die Brüder wohnten in Zuffenhausen im Gebiet Salzwiesen in einem grauen, mehrstöckigen Mietshaus, mit Ausblick auf eine große Baustelle, riesige Kräne und die Stadtbahn. Umgeben wurde es von anderen grauen Mietshäusern, davor Wäschetrockenplätze mit Schildern, auf denen „Fußballspielen und Skatebordfahren verboten" stand.
Auf dem Weg in den dritten Stock begutachtete Arabella an den Wänden des Lifts die mit Filzstift gemalten, obszönen Zeichnungen und Aufforderungen.
Jerome öffnete ihnen die Korridortür. Er füllte fast die ganze Breite der Tür aus. Hinter ihm quoll aus der Wohnung der Gestank ungewaschener Körpern hervor und verband sich mit dem Geruch alter, nasser Wollsocken. Arabella fiel auf, dass Jeromes rechte Hand mit einer Mullbinde umwickelt war.
„Dürfen wir hereinkommen?", fragte Arabella. „Es gab da ein Ereignis mit ihrem Bruder. Er ist in ein Haus eingebrochen. Die Besitzer haben sich gewehrt, dabei kam es zu einem Kampf. Wir müssen Ihnen leider mitteilen, dass ihr Bruder tödlich verletzt wurde. Unser herzliches Beileid."
Jerome schien nicht sonderlich überrascht über ihren Besuch und die Nachricht vom Tod seines Bruders zu sein. Er wirkte nervös, hektisch.
„Dürfen wir einen Blick ins Kevins Zimmer werfen?"
Jeromes kleine Augen fixierten die beiden Polizistinnen. „Wenn's denn sein muss", entgegnete er misslaunig, und mit einer Behändigkeit, die Arabella ihm nie zugetraut hätte, drehte er sich um und ging voraus. Sie be-

merkte, dass er humpelte. Im Gehen hörte sie ihn murmeln: „Fick dich, du blöde Schlampe."
Jenny fragte erbost in voller Lautstärke: „Was haben Sie da gerade gesagt?" Sie drehte sich zu Arabella hin und sagte: „Er soll sein verfluchtes Maul halten, sonst vergesse ich mich."
„Ni... Ni... Nichts, da geht's rein", verhaspelte sich der dicke Mann und zeigte mit dem Finger auf das Ende des engen Flurs.
Auf ihrem Weg, vorbei an Bergen aus vollen Müllsäcken, blickte Arabella in einen anderen Raum, der anscheinend Jeromes Büro beherbergte. Auf einem Schreibtisch standen drei Computerbildschirme und ein Laptop. Daneben, auf einem Rolltisch, eine Batterie Bierflaschen, leere Pizzaschachteln und ein offener Pappbehälter; darin Pommes eines Fast-Food-Restaurants. Durchs Zimmer zog sich ein Kabelgewirr, das den Laptop mit anderem elektronischen Equipment verband. Der penetrante Gestank übervoller Aschenbecher vermischte sich mit den anderen Gerüchen.
„Sie sind IT-Berater und arbeiten von zu Hause aus?", fragte Jenny, während sie versuchte, das Chaos und den Gestank zu ignorieren.
„Ja, wenn ich Aufträge reinbekomme. Ich mache auch Hausbesuche, um Rechner einzurichten, zu reparieren oder neu zu konfigurieren. Ein paar Computer, die sie hier sehen, sind von Kunden", erklärte er wie zur Rechtfertigung.
„Hat Kevin auch einen Computer?", fragte Arabella.
„Ja."
„Dürfen wir den mitnehmen?"
„Wenn's denn sein muss."

„Wo waren Sie denn gestern Nacht?“, fragte Jenny. Ihr war der Typ unsympathisch. Keinen Respekt hatte er vor ihnen gezeigt. Vor allen Dingen aber, weil sie kein Anzeichen von Trauer oder Tränen in seinem Gesicht bemerkte. Außerdem hatte er seinen Bruder anscheinend noch nicht einmal vermisst. Hatte noch nicht einmal gefragt, wo und wie sein Bruder genau gestorben war. Entweder war er von Natur aus nicht gerade empathisch, oder er wusste bereits, was geschehen war.
Jeromes verquollene Augen lauerten sie an. „Ich war hier.“
„Gibt's dafür Zeugen?“
„Ja, ich war online und habe World of Warcraft gespielt.“
„Ach so“, sagte Jenny. „Die ganze Nacht? Wir müssen das nachprüfen.“
„Tun Sie, was Sie nicht lassen können. War's das? Ich muss mich jetzt um die Beerdigung und alles Andere kümmern.“
Es klingelte. Die Spurensicherung stand vor der Tür.
Als Arabella mit Jenny das Gebäude verließ, schüttelte sich Jenny. „Wie mich das ankotzt.“
Arabella sah sie fragend an.
„Ich bin in so was großgeworden. In so einem Haus. In Neugereut. Verstehen Sie mich nicht falsch. Meine Eltern sind einfache Menschen. Sie haben alles versucht. Sie wollten, dass ich es einmal besser im Leben habe als sie. Aber jedes Mal, wenn ich so was sehe, werde ich daran erinnert. Ich habe mir schon oft überlegt, was aus mir geworden wäre, wenn ich es nicht geschafft hätte. So jemand wie Kevin?“
„Hmm, ich verstehe“, sagte Arabella. „Ich bin mir sicher, Sie wären nie so geworden.“

April

zweiunddreißig

Der Frühling kam mit Riesenschritten. Die Luft war warm und angenehm. Judith nutzte die ersten kräftigen Sonnenstrahlen, um sich in einer Liege auf der Terrasse auszuruhen. Abgesehen von ihrem Handgelenk, das bei Regen schmerzte, hatte sie sich von ihren Verletzungen vollständig erholt.

Am anderen Ende der Terrasse saßen Arno und Dario und unterhielten sich leise. Es war eine ruhige, harmonische Szene, Judith räkelte sich zufrieden. Seit jener Nacht waren sie und Dario Freunde geworden. Er kam öfter spontan zu ihnen herüber. Auch Arno mochte Dario, zumal er wusste, wie schrecklich der Überfall ohne das mutige Eingreifen des jungen Mannes ausgegangen wäre. Er selbst machte sich Vorwürfe, dass er nicht zu Hause gewesen war.

„Aber da kannst *du* doch nichts dafür“, beschwichtigte ihn Judith. „Dieser Typ, dieser Kevin“ – sie erwähnte den Namen nur mit Grauen – „also der hat es doch drauf angelegt, dass du weg bist, weil du bei deiner Mutter sein würdest, und dass ich dann allein im Haus bin.“

„Ja, aber wenn ich …“

Judith sah ihm an, dass er sich so schnell nicht beruhigen konnte. Zwar waren inzwischen Sicherheitstüren und -fenster eingebaut und Arno hatte Überwachungskameras, Bewegungsmelder und eine Alarmanlage installieren lassen. Dennoch hieß es vorsichtig zu sein. Jerome war noch immer da draußen. Aber sie glaubte nicht daran, dass er noch einmal versuchen würde, sie zu ermorden. Sie hatte ihn in der Hand. Er hielt still. Nur ein Anruf bei der Polizei, und er würde für lange Jahre hinter Gittern verschwinden.

Die ersten Tage nach dem Angriff waren traumatisch gewesen.
Zuerst schützte sie der Schock. Gegen Arnos und des Arztes Einwände hatte sie sich nach drei Tagen aus dem Krankenhaus, in das sie ihr Hausarzt dann doch noch vorsorglich eingewiesen hatte, selbst entlassen.
Zu Hause angekommen, ging sie als erstes in ihr Schlafzimmer. Sie wusste, wenn sie das nicht sofort tat, würde sie den Raum nie mehr betreten und sich nie mehr sicher fühlen. Obwohl sie nur kurz weggewesen war, sah der Raum fast wieder so aus wie vor dem Überfall. Ihre Putzhilfe hatte ganze Arbeit geleistet. Sogar die Blutflecke auf dem Teppich waren verschwunden.
Erst als sie die Schublade der Kommode öffnete und das eingewickelte Messer fand, wurden die Schrecken der Nacht wieder lebendig. Abrupt stieß sie die Schublade wieder zu.
Um nachzudenken, hatte sie aus dem Fenster gesehen und dabei den friedlichen Ausblick auf den Garten und den Flieder genossen. Der abgebrochene Ast lag noch immer unter dem Baum. Judith nahm sich vor, ihn zum Grüngut zu legen.
Als sie sich wieder umdrehte, sah sie unter der Kommode, zwischen Teppichrand und Fußleiste eingeklemmt, etwas glitzern. Im ersten Augenblick hatte sie gedacht,

es wäre ein Schmuckstück von ihr, das bei dem Kampf unter das Möbel gefallen wäre. Aber als sie sich hinkniete und das blinkende Teil aus der Nähe besah, merkte sie, dass es ein nadeldünner Glassplitter des Spiegels war, den die Polizisten übersehen und der Staubsauger nicht erfasst hatte. An einer Seite war getrocknetes Blut und daran klebte ein Haar. Ein dunkles, langes. Das weder von ihr, noch von Arno – der überhaupt keine Kopfhaare mehr hatte – oder von ihrer Zugehfrau sein konnte. Sie hob den Splitter mit einem Papiertaschentuch auf und wollte ihn gerade im Bad in einen Mülleimer werfen, als ihr Carlos einfiel. Sie hatte das Haar entfernt und zu dem eingewickelten Messer in die Schublade gelegt.

Noch immer machte sich Arno Gedanken darüber, dass er Judith zu oft alleine gelassen hatte. Abgesehen von einem Kurztrip war er seit dem Einbruch und Überfall an jedem Abend zu Hause gewesen. Denselben Fehler, sie zu lange allein zu lassen, würde er kein zweites Mal machen. Er würde auf sie aufpassen, und wenn er doch länger verreisen musste, würde sie mitfahren.

Er sah Judith an. Ihren Körper, der träge in der Sonne lag, ihre geschlossenen Augen, die Lippen zu einem Lächeln gezogen. Er hatte sie ab dem Augenblick geliebt, als er sie lachend, mit erhobenem Kopf, die offenen glänzenden Haare in der Sonne, auf dem Neckarschiff an der Reling stehen sah. Geliebt hatte er sie immer. Aber in den letzten Wochen hatte er sich aus unerklärlichen Gründen wieder in sie verliebt. Eine solche Verliebtheit, wie er sie seit der Zeit vor ihrer Hochzeit, als er Judith unbedingt haben wollte, nicht mehr für sie empfunden hatte.

Judith versuchte, nicht an Carlos zu denken. Sie verstand nicht, warum Arno sich geweigert hatte, mit ihr über ihn zu sprechen. Ihm war sichtlich unbehaglich, wenn die Rede auf seinen Freund und die Nachahmungsmorde kam.
Carlos saß in U-Haft und nur Arno als sein Anwalt durfte ihn besuchen.
Seitdem erwähnte sie Carlos nie wieder, stellte keine Fragen mehr, gab keine Kommentare ab. Es war, als ob er ganz aus ihrem Leben gestrichen wäre. Mittlerweile reagierte sie mit völliger Gleichgültigkeit, weil sie wusste, dass sie verrückt werden würde, wenn sie es sich gestattete, darüber nachzudenken. Arno hatte vorgeschlagen, sie könnten doch eine längere Reise unternehmen, vielleicht eine Kreuzfahrt, damit sie Abstand zu allem bekommen würde. Aber Judith wollte nicht, und so hatte er es nicht wieder erwähnt.

In der Sonne fühlte sich Judith wunderbar beschwingt und lebendig. Sie streckte sich wohlig und sah auf ihre Uhr. Die Zeit war genau richtig. „Ich muss noch schnell zum Bäcker. Dario, bleib doch noch zum Kaffee. In einer halben Stunde bin ich zurück."
Arno erhob sich, um sie zu begleiten.
„Ich brauche nicht lange", versprach sie
Prüfend sah er sie an, wollte darauf bestehen, aber überlegte es sich und sagte: „Nimm mein Auto, wenn du willst."
Mehr amüsiert als erfreut über das besondere Angebot – schließlich hatte sie diesmal keine große Fracht zu transportieren – schüttelte sie den Kopf. „Meines steht in der Auffahrt."

Unten in Feuerbach angekommen, kaufte sie ein Ciabatta und einen Hefezopf. Dann bummelte sie entlang der Stuttgarter und Grazer Straße bis zum Wilhelm-Geiger-Platz. Vor dem Bezirksrathaus plätscherte Wasser in einem runden Brunnen. Auf dessen filigran gearbeitetem, schmiedeeisernem Dach saß der Biber, dass Wahrzeichen von Feuerbach. Der Platz war mit bunten Blumenrabatten, und jetzt, Ende April, bereits mit dem Maibaum für die Erste-Mai-Hocketse geschmückt. Ebenso befand sich eine der letzten drei öffentlichen Telefonzellen des Stadtbezirks auf dem Platz. So viel sie wusste, gab es rund um das Rathaus nirgendwo Überwachungskameras.

Judith zog hinter dem Futter ihrer Handtasche ein zerknittertes Blatt Papier hervor. Die meisten Namen auf dem Blatt waren durchgestrichen. Nur drei waren noch übrig. Sie strich sie ebenfalls von der Liste, sie waren der Mühe nicht wert.

Jeromes Name, seine Adresse und seine Telefonnummer waren ganz unten eingetragen. Mit dem Feuerzeug, das sie immer noch bei sich trug, obwohl sie seit über einem Jahr nicht mehr rauchte, zündete sie den Zettel an und warf ihn auf den Asphalt. Das Feuer züngelte kurz, bevor das Papier nur noch als Asche liegenblieb.

Sie sah auf ihre Armbanduhr. Jerome würde da sein, das wusste sie.

Judith wählte die Nummer, bedeckte die Sprechmuschel mit einem Ende ihres Schals. Als er antwortet, fragte sie: „Jerome, ist dein Bruder zu Hause?"

Es war das dritte Mal, dass sie ihn anrief und jedes Mal hatte sie gespürt, wie sich das Entsetzen am anderen Ende verstärkte. Sie hörte, wie er nach Luft schnappte,

schnaufte. Dann Schweigen. Lächelnd legte Judith auf, ohne auf Antwort zu warten.
Als sie wieder zu Hause war, kochte sie eine frische Kanne Kaffee und servierte den Hefezopf mit Butter und selbstgemachter Erdbeermarmelade. Später öffnete sie die Flasche Champagner, die sie für diese besondere Gelegenheit auf Eis gelegt hatte.

Am nächsten Sonntag – Judith richtete gerade einen kleinen Brunch aus und hatte dazu Dario eingeladen – läutete es an der Haustür. Und genau so, wie an dem Frühlingstag vor über einem Jahr, stürmte Gitta an Arno vorbei, durch die Tür zum Wintergarten und zerstörte die Ruhe. Sie war rot wie eine Tomate, außer Atem und schwenkte eine Boulevardzeitung wie eine Fahne über ihrem Kopf.
Ihre Ankunft war so hektisch, so unerwartet, dass Arno und Dario verblüfft stehen blieben. Judith blieb unbeeindruckt sitzen.
Gitta warf die Zeitung auf den Tisch.
„Es ist nicht Carlos", rief sie. Ihre Stimme war nur ein Dezibel leiser als eine Alarmglocke. „Er ist unschuldig, er war es nicht!"
Arno wurde bleich.
Dario riss das Blatt hoch. Judith hatte ihm die Geschichte von der Verhaftung erzählt und dass der Anwalt unschuldig hinter Gittern saß. „Mein Gott, es hat wieder einen Mord gegeben. Diesmal ist es eine Frau", las er.
Arno starrte Judith an. „Da gibt es wahrscheinlich keinen Zusammenhang."
„Doch", bestätigte Gitta. „Sie sind sich ganz sicher. Es hat irgendetwas mit einem Schild Nummer 6 zu tun. Et-

was, was nur der Mörder wissen konnte. Diesmal können sie ihn anhand der Fingerabdrücke und der DNA fassen." Sie nahm Dario die Zeitung aus der Hand und breitete sie auf dem Tisch aus. „Hier steht: Aus nicht genannter zuverlässiger Quelle steht eine Verhaftung unmittelbar bevor."

Arno war mittlerweile grün im Gesicht.

„Was für eine Quelle?" Seiner Stimme fehlte das übliche Timbre. Kraftlos setzte er sich wieder hin.

„Ist doch egal, Hauptsache, sie haben ihn bald verhaftet."

„Falls die Polizei die Fingerabdrücke vergleichen kann. Da gibt es doch eine Datei, in der alle Straftäter gespeichert sind?", fragte Dario.

„Natürlich", bestätigte Arno. „Die gibt es. Auch eine DNA-Bank."

„Dann müssen sie Carlos doch freilassen, oder?", plapperte Gitta weiter.

„Das kommt darauf an", entgegnete Arno. Er fixierte Judith noch immer. Sein Gesicht war inzwischen marmorweiß.

„Natürlich werden sie das", sagte Judith gelassen.

„Die Mühlen des Gesetzes mahlen langsam. Es kann dauern, bis sie jemanden freilassen", wandte Dario ein.

„Ich werde mich wohl besser mit der Staatsanwaltschaft in Verbindung setzen." Arno stand auf und bewegte sich wie ein Roboter, zog sein Smartphone aus der Hosentasche und ging in Richtung Arbeitszimmer, um zu telefonieren.

„Mich wundert nur, warum der Staatsanwalt dich noch nicht informiert hat?", rief Gitta ihm hinterher. Er drehte sich um, wollte ihr antworten. Aber Gittas Aufmerksamkeit wurde inzwischen auf die Servierplatten gelenkt. „Oh, ihr macht einen Brunch? Hmm lecker. Ihr hättet mich doch dazu einladen können." Gitta zog eine Schnute. „Hab ich einen Hunger." Sie legte sich eine Scheibe Wildpastete, geräucherten Lachs, etwas Crème fraîche und Weißbrot auf einen Teller.

Ungerührt von alldem sagte Judith: „Ich glaube, ich gehe in die Küche und öffne eine Flasche Crément."

Während sie in der Küche leise hantierte, hörte sie, wie Arno beiläufig Gitta fragte, ob sie mit Judith den betreffenden Tag, an dem er verreisen musste, verbracht hätte. Gitta erklärte, sie hätte vorgehabt, bei Judith zu bleiben, das sei schließlich Ehrensache. Aber dann hätte sie dringend zum Zahnarzt gemusst und die Behandlung sei sehr schmerzhaft gewesen. Anschließend hätte sie sich bei ihr zu Hause von den Strapazen ausgeruht. Ob ihr Wegbleiben ein Problem gewesen sei?

„Nein, das nicht ...", antwortete Arno, verließ den Wintergarten und schloss die Tür zu seinem Arbeitszimmer hinter sich.

Judith trug das Tablett mit der eisgekühlten Flasche und vier Gläsern hinaus. Sie ließ sich nicht anmerken, dass sie das Gespräch belauscht hatte.

Wenige Minuten später kam Arno zurück. Er rannte fast, seine Gesichtsfarbe war wieder hergestellt und seine Augen glänzten vor Erleichterung. „Sie haben ihn identifiziert. Zweifelsfrei. Du würdest nie darauf kommen, Judith."

dreiunddreißig

Schweigend packte Arabella die Fotos der sechs getöteten Verbrechensopfer zu den Akten. Jenny wischte mit einem Schwamm die aufgemalten Diagramme von der Flipchart-Tafel, während Viktor sein Tablet ausstöpselte und es in seine Umhängetasche packte.

Hommelsberger rauschte zur Tür herein.

„Grüß Gott. Ich möchte Ihnen gratulieren: Gute Arbeit, die Sie da geleistet haben. Jetzt können unsere Bürger wieder beruhigter schlafen." Sein rundes Gesicht strahlte vor Zufriedenheit wie ein Honigkuchenpferd.

Arabella kniff die Lippen aufeinander. Auch Jenny und Viktor sagten nichts, bis sich Arabella zu einem kurzen „Danke", aufraffen konnte.

Mit einem: „Also dann, ich muss mal weiter", verabschiedete sich ihr Chef lautstark.

Jenny ließ sich auf einen Stuhl plumpsen. „Ich könnte kotzen." Sie verzog angeekelt ihr Gesicht.

„Schon wieder?", fragte Viktor.

„Nervt dich das nicht? Das ist doch so was von blöd."

Arabellas Augen funkelte sie an. „Aber Jenny, Sie haben doch mitbekommen, was Herr Hommelsberger gesagt hat, als wir den Verdächtigen hier hatten und ihn vernommen haben?"

„Meinen Sie, als Sie die Ungereimtheiten, das fehlende Motiv vorbrachten?", fragte Jenny.

„Ja, genau." Arabellas Stimme klang spitz. „Ich habe noch im Ohr, was Herr Hommelsberger sagte – ähm – wie er uns zurechtwies: Ich bin hier der Chef und es wird so gemacht, wie ich es will. Das ist unser Täter. Endlich können wir ihn der Öffentlichkeit präsentieren. Wir haben auf dem Messer seine Fingerabdrücke, die wir mit AFIS vergleichen konnten. Außerdem war seine genetische Spur am Tatort. Ebenso ein Haar von ihm, das auf dem Opfer gefunden wurde. Die DNA konnte wegen seiner früheren Vergehen einwandfrei identifiziert werden. Für die Tatnacht hat er kein Alibi."
Viktor runzelte die Stirn. „Zusätzlich gibt es die angehängte 6. Die fortlaufende Nummerierung. Das kann doch nur unser Täter gewusst haben. Das ist vorher nie in der Presse gewesen. Ein Indiz, das auf unseren Serienkiller hinweist."
Arabella erinnerte sich daran, dass sie sich schon beim Empfang des Polizeipräsidenten gewundert hatte, dass Carlos von den Nummern an den Leichen wusste. Es war genau eine der Indizien gewesen, die ihn in Verbindung mit den Morden gebracht hatten. In der Vernehmung hatte Carlos ausgesagt, dass ein Reporter seine Quelle gewesen wäre. Namen würde er keine nennen.
Was Arabella immer noch sauer aufstieß, war das Fehlen von Jeromes Motiv. Tatsächlich aber hatte Carlos für die Morde einen viel logischeren Beweggrund als der Festgenommene.
„Sie vergessen, dass die abgerissene andere Hälfte der Karte und die Namen und Adressen der Opfer Nummer 1 bis 6 in Jeromes Cowboystiefeln gefunden wurden. Schließlich haben wir auf seinem Computer die Steinfeld-Ordner mit den Daten aller Mordopfer entdeckt. Er

war am Rechner des Anwalts bei dem Einbruch, der dokumentiert ist." Viktor sah wie zur Bestätigung in die Runde.
„Sicher, ich kenne die Beweise", entgegnete Arabella.
Noch einmal ließ Viktor den Fall vor seinem inneren Auge Revue passieren; so schnell gab er seinen Standpunkt nicht auf. „Außerdem passt Ihr Profil auf ihn. Es passt alles, na ja, fast alles."
„Ja, ich weiß, alles deutet auf ihn hin. Trotzdem verspüre ich einen schalen Geschmack bei der Sache", entgegnete Arabella. „Ist es nicht merkwürdig, dass wir die Dateien nicht beim ersten Mal fanden, als wir die Rechner im Rahmen der Tötung seines Bruders durchsuchten, sondern erst nach Auffinden von Leiche Nummer 6? Auch kann er für die Tatzeit von zwei Morden Alibis nachweisen."
Jennys Gesicht verzog sich wieder. „Ja, überraschender Weise ebenso für die Nacht des Überfalls auf Frau Steinfeld. Aber dann stellte sich heraus, dass er einen Typen aus der Nachbarschaft auf seinem Computer hat spielen lassen. Vielleicht sind seine anderen Alibis auch gefaked."
„Ich denke, er hat die Dateien mit den fünf Mordopfern auf irgendeinem Server, den wir noch nicht gefunden haben, zwischengelagert", mutmaßte Viktor. „Er ist schon viel früher, schon kurz nachdem Frau Steinfeld seinen Bruder auf dem Parkplatz verprügelt hat, das erste Mal eingebrochen. Seine Fingerabdrücke wurden zwar nicht gefunden, weil die Putzfrau ziemlich gründlich ist, aber wahrscheinlich haben Kevin und Jerome da schon den Plan gefasst, Frau Steinfeld umzubringen. Für ihn war es ein Klacks, die Passwörter zu knacken.

Er hat ein Spyware-Programm auf den Computer der Steinfelds geladen. Und als er gesehen hat, was auf dem Rechner ist, da hat er begriffen, dass das seine Chance ist. Er wollte Frau Steinfeld die Morde anhängen, falls sein Bruder sie nicht erwischt."

„Sie vergessen, Viktor, dass Nummer 1 und 2 viel früher getötet wurden. Noch vor dem Vorfall auf dem Parkplatz in Feuerbach. Es wäre schon ein arger Zufall, dass er ausgerechnet Susanna Book und Eric Schneider aussuchte, obwohl er die Ordner noch nicht kannte."

„Es gibt solche Zufälle ...", warf Viktor ein.

„Könnte sein. Dennoch sind es mir zu viele in der ganzen Geschichte."

Jenny nahm die Fallakte in die Hand. „Aber er ist doch schon vorbestraft wegen etlicher Delikte? Also wirklich kein Unschuldslamm."

„Ja, ja, wegen Schlägereien und eines erpresserischen Überfalls, deshalb haben wir seine DNA in der Datenbank gespeichert", bestätigte Arabella.

„Kein Wunder, dass der kleine Bruder in seine Fußstapfen getreten ist, bei dem Vorbild", meinte Viktor.

„Ja, aber Mord, Serienmorde?" In Arabellas Stimme schwang Unzufriedenheit mit. Natürlich war sie froh, dass Carlos endlich frei kam. Jedoch nagten sie Zweifel an der Schuld Jeromes. Schon einige Male war ihr der Gedanke in den Sinn gekommen, dass es umgekehrt war und Judith Steinfeld die Morde verübt hatte und sie Jerome in die Schuhe schob. Aber war eine Frau zu so grässlichen Morden fähig? Besaß sie überhaupt die körperliche Kraft dazu? Und wo war das Motiv? Hatte Carlos deswegen geschwiegen, weil er von Judiths Taten wusste? Fragen über Fragen, die unbeantwortet blie-

ben, weil die Untersuchung auf Anweisung von Hommelsberger als beendet erklärt wurden. Eigentlich gehörte es zu ihren Pflichten, für die Aufklärung der Fragen zu sorgen. Aber ohne Polizeiapparat im Rücken würde es sehr schwierig werden, auf eigene Faust zu ermitteln. Außerdem hätte Hommelsberger, falls es herauskäme, einen Grund, sie kaltzustellen.
Arabella räumte ihren Schreibtisch auf. Ihre Stimme klang bitter, als sie sagte: „Wie auch immer, Sie haben den Chef gehört: Der Beschuldigte Jerome Lang ist festgenommen. Alles Weitere liegt beim Staatsanwalt und dem Richter. Ich kann nur hoffen, dass wir uns nicht getäuscht haben und der wahre Mörder noch da draußen rumläuft."

Ganz zum Schluss legte Arabella die Fotos von Kevin und Jerome in die Beweismittelkiste. Ihr Telefon klingelte.
Sie nahm ab. „Hm, aha, verstehe, bitte schicken Sie mir das." Nach einigen Minuten legte sie auf. „Verflixt." Nachdenklich stützte sie ihren Kopf in eine Hand.
„Ist was los?", fragte Jenny.
„Ja, das kann man wohl sagen. Das war ein Anruf aus Stammheim. Jerome hat gestern versucht, sich mit seinem Hemd zu erhängen. Der Zug war aber nicht stark genug, um ihm das Genick zu brechen. Der Knoten hat seine Atemwege zusammengedrückt, er wurde bis zur Bewusstlosigkeit stranguliert. Laut Arzt gelangte noch genug Luft in seine Lunge, um ihn am Leben zu erhalten. Der Druck hat aber eine Arterie beschädigt. Er wurde auf den Hohenasperg verlegt. Wie es aussieht, bekam er heute Morgen ein Blutgerinnsel in der Arterie,

was zur Folge hatte, dass die Versorgung des Hirnstamms beeinträchtigt wurde. Er ist ins Koma gefallen. Es sieht schlecht aus. Der genaue Bericht geht uns und der Staatsanwaltschaft noch zu."

Jenny schluckte. Fassungslos sagte sie: „Warum hat Jerome das getan? Verfluchte Scheiße, jetzt kann ihm noch nicht einmal der Prozess gemacht werden."

„Nein, in nächster Zeit nicht. Überhaupt ist es fraglich, ob er überlebt und mit welchen Schäden. Wir werden wahrscheinlich nie die ganze Wahrheit erfahren, insbesondere nicht, ob er tatsächlich unser Serienmörder ist."

Viktor wirkte nachdenklich. „Ich glaube, wir sind so oft davon überzeugt, dass die Dinge so sind, wie sie sich darstellen. Aber dann stellt sich heraus, dass sie doch nicht so sind, wie sie sich uns zeigen ..." Er schüttelte den Kopf. „Die Frage ist ziemlich müßig. Die Akte ist geschlossen. Aber mal was anderes: Hätten Sie nicht Lust, heute Abend ins ‚Zwölfzehn' zu gehen?", fragte er. „Du bist natürlich auch eingeladen, Jenny."

„Warum?", fragte Arabella. „Was ist da los?"

„Ich habe da einen Gig mit meiner Band."

„Tatsächlich? Sie haben eine Band? Was spielen Sie denn? Welche Richtung?" Das Erstaunen stand Arabella ins Gesicht geschrieben. So eine Überraschung. Sie hätte bei Viktor eher an ein klassisches Orchester und an ein Cello als an eine Band und eine E-Gitarre gedacht.

„Wir spielen New Wave", erklärte Viktor.

„Wie krass ist das denn?", rief Jenny. „Mann oh Mann, die Abwechslung haben wir aber auch bitter nötig."

Eigentlich hatte Arno sich vorgenommen, Carlos am Tor der Haftanstalt abzuholen und noch einmal in Ruhe

über das Geschehene zu reden. Aber Carlos lehnte ab. Er wolle jetzt allein sein und überlegen, was er in Zukunft mit seinem Leben anstellen wolle.
„Du kannst jeder Zeit wieder bei mir anfangen", versicherte ihm Arno.
„Ich glaube nicht, dass ich dort weitermachen kann, wo ich aufgehört habe", antwortete Carlos. „Es ist zu viel geschehen."
„Was willst du denn tun?"
„Ich weiß noch nicht. Lange verreisen. In der Südsee Krabbenfischer werden." Er lachte mit einem Anflug Zynismus und kratzte sich am Kopf. „Ich muss eine Weile nachdenken. Außerdem wäre es für deine Kanzlei kein gutes Aushängeschild, wenn ein Ex-Knacki dort arbeitet."
„Aber du bist unschuldig."
„Natürlich, das bin ich. Aber es bleibt immer etwas hängen. Wenn ich hierbleibe, werde ich jeden Tag daran erinnert", beendete Carlos die Diskussion.

Arabella hatte vorgehabt, Carlos direkt nach seiner Entlassung anzurufen, es dann aber immer wieder hinausgeschoben. Sie war ihm dankbar, dass er bei seiner Vernehmung mit keinem Wort die Nacht erwähnte, in der sie Sex hatten.
Schon seit einiger Zeit ging ihr der Gedanke durch den Kopf, wie es gewesen wäre, wenn sie ihn viel früher kennengelernt hätte.
Wenn sie ihn statt Mathias, unter anderen Umständen, in einer anderen Stadt getroffen hätte. Und sie nicht nach Stuttgart gezogen wäre. An ihr nagten die Zweifel. War er das, wofür sie ihn hielt? Sie hatte sich, wider alle

Vernunft, wirklich in ihn verliebt. War er tatsächlich aufrichtig zu ihr gewesen?
Als Arabella keine Nachricht von Carlos bekam und sie die Ungewissheit nicht mehr aushielt, rief sie auf seinem Handy an. Die automatische Ansage teilte ihr mit: „Kein Teilnehmer unter dieser Nummer."
Sie telefonierte mit der Kanzlei Steinfeld. Von einer Sekretärin erfuhr sie, dass Rechtsanwalt Binder nicht mehr bei ihnen arbeite. Und nein, sie wisse nicht, wo er zurzeit sei.
Es ließ ihr keine Ruhe. Sie musste die Angelegenheit unbedingt klären.
Auf ihrer Fahrt nach Cannstatt überlegte sie hin und her, was sie ihm sagen sollte. Würde Carlos sie überhaupt hereinlassen und ihr zuhören?
Sie klingelte. Niemand öffnete ihr. Als sie gerade bereit war zu gehen, kam eine ältere Frau aus der Haustür, den Putzeimer und Besen wie Schild und Lanze vor sich her tragend.
„Zu wem wollen Sie denn?", fragte sie.
„Zu Herrn Binder", entgegnete Arabella.
„Ach der. Die Wohnung steht leer. Der ist ausgezogen."
„Seit wann denn?"
„Seit einer Woche."
Zwar ließ sich Arabella vor der Frau ihre Enttäuschung nicht anmerken, trotzdem fühlte es sich wie ein Schlag in die Magengrube an. Gleichzeitig aber war sie erleichtert. Vielleicht war es besser so. Was hätte sie Carlos als Entschuldigung sagen können? Das es ihr leid tat, dass sie nicht anders handeln konnte, weil es ihr Job war? Alle Entschuldigungen erschienen ihr auf einmal so sinnlos.

Sie ahnte, selbst wenn sie ihn angetroffen und mit ihm gesprochen hätte, würde es nie mehr sein wie vorher.
Zuhause angekommen, brannte kein Licht in der Wohnung. Mathias war nicht anwesend. Es fehlte der übliche Zettel mit einer Nachricht auf dem Küchentisch. Auch auf ihrem Smartphone war keine SMS von ihm. Sie vermutete, dass er ihr aus dem Weg ging und nicht so bald zurückkehren würde.
Mit einem Mal fröstelte es Arabella. Sie stellte ihre zwei bereits gepackten Koffer in den Flur. Dann fing sie an, ihre restliche Habe in Umzugskartons zu verstauen.

Als Arno Judith von dem Gespräch mit Carlos erzählte, sagte sie: „Ich verstehe." Sie lächelte ihn an.
„Was sollen wir mit Mutter machen, wenn sie aus dem Krankenhaus entlassen wird?", fragte Arno. „Sie braucht intensive Pflege. Ich will nicht, dass sie noch einmal in ein Heim kommt. Auch finde ich, nach allem, was sie durchgemacht hat, sollte sie bei uns leben. Schließlich haben wir Platz genug und du hättest Zeit, sich um sie zu kümmern." Er sagte es bestimmend. Gleichzeitig sah er Judith fordernd an.
Seine Worte perlten wie Regentropfen an ihr ab.
„Aber sicher", entgegnete sie. „Ganz wie du möchtest. Aber ich meine, wir sollten nichts übereilen."
Arno bemerkte nicht, dass in ihren eisblauen Augen kurz ein winziger rotgelber Punkt aufblitzte, der verblasste, als sie erneut lächelnd sagte: „Wer weiß, was bis dahin noch alles geschieht. Lass uns das dann entscheiden. Im Moment freue ich mich auf den Sommer."
Sie räkelte sich im Liegestuhl und setzte ihre übergroße Sonnenbrille auf.

Auszug aus

Und nie sollst du vergessen sein

Juli 1997

Endlich war sie am Ziel angekommen. Es hatte länger gedauert, als sie gedacht hatte und ihr Herz raste wie wild. Sie war ganz benommen von der gerade bewältigten Anstrengung und sie spürte die Schweißtropfen auf ihrer Stirn. Sie war erleichtert, glücklich und doch schienen ihre Glieder kalt und starr zu sein.

Obwohl es immer noch weit mehr als 20 Grad warm war, fröstelte sie und eine Gänsehaut überzog ihren schlanken Körper. Reiß dich zusammen, es wird schon alles gut gehen, ermahnte sie sich, als sie erneut ein kalter Schauer durchfuhr.

Sie versuchte sich zu beruhigen, doch es ging nicht. Sie keuchte. Sie war nach dem schweißtreibenden Marsch hinauf zur Wegscheide immer noch völlig außer Atem und ihr Puls pochte wie wild an ihre Schläfen. Die Luft war schwer, trocken und staubig und es roch nach abgemähten Feldern und sattem Heu.

Um sie herum war es dunkel. Einsam.

Sie stand oben auf der Anhöhe und schaute zurück. Hinter ihr lag in der Talsenke in einem hellen Lichterglanz Nöggenschwiel, das Rosendorf des Schwarzwalds.

Es feierte das 28. Rosenfest.

Und sie war die neue Königin der Rosen.
Es war keine zwei Stunden her, da war sie gekrönt und feierlich in ihr neues Amt eingeführt worden. Nun wartete ein Jahr voller Empfänge, Auftritte und Präsentationen auf sie. Ob als Blumen-Botschafterin im Ausland, gefragte Expertin auf Rosen-Messen oder Repräsentantin der gesamten, zwischen Rhein und Hochschwarzwald gelegenen Urlaubsregion – sie wusste, was sie in den kommenden zwölf Monaten alles erwarten würde.
Sie schloss für einen kurzen Augenblick die Augen, während die warme Sommerluft ihren zarten, fast schon zerbrechlichen Körper streichelte. Ihre dunkelbraunen langen Haare tanzten, als der Wind auflebte und eine kräftige Brise über sie hinweg wehte. Nur mit Mühe konnte sie ihre filigrane Krone festhalten, die beinahe vom Wind weggeweht wurde. Der schwarze faltenreiche Rock ihres Trachtenkleids, dessen samtener Brustbereich mit aufwendigen Goldstickereien dekoriert war, und die mit roten Rosen bedruckte Schürze flatterten im Spiel des Windes und legten dabei ihre schlanken, leicht gebräunten Beine frei. Die grobmaschig gestrickten weißen Kniestrümpfe hatte sie bereits kurz nach der feierlichen Zeremonie ausgezogen, nachdem die rund 2.000 Stimmen ausgezählt waren und sie mit fast 90 Prozent Zustimmung zur klaren Siegerin der diesjährigen Wahl gekürt worden war.
Schon als kleines Mädchen hatte sie sich nichts sehnlicher gewünscht, als einmal Rosenkönigin zu werden.
Immer und immer wieder hatte sie sich in Mamas Kleider gehüllt, eine selbst gebastelte Krone ins Haar gesteckt und sich vor dem Spiegel gedreht, um im Anschluss daran ihren Puppen ihre selbst verfasste Rede als frisch gekrönte Rosenkönigin zum Besten zu geben.
Das war zehn Jahre her. Nun war ihr größter Wunsch endlich

in Erfüllung gegangen. Aber was hatte sie davon? Sie wusste, dass sie ihren Traum nie würde ausleben können. Denn sie wollte ihn gegen einen noch viel schöneren eintauschen. Einen Traum, der nicht nur wahr werden, sondern von jetzt auf gleich ihr gesamtes Leben verändern würde.
Unter ihr flackerten in den Straßen rote, gelbe und weiße Lampions, die den Ort in ein warmes Licht tauchten. Das ganze Dorf – und mit ihm mindestens noch mal so viele Touristen, Urlauber und Rosenliebhaber – war auf den Beinen, denn niemand wollte sich das Ereignis des Jahres entgehen lassen. Das Rosenfest war der jährliche Höhepunkt des schönen und warmen Sommers in Nöggenschwiel. Das Rosendorf, das 360 Tage im Jahr einen romantisch-verträumten Dornröschen-Schlaf hielt, blühte am Wochenende des Rosenfests auf. An diesem Wochenende feierte das ganze Dorf die Rosenkönigin mit der Wahl am Samstag und dem prächtigen Rosenumzug am Sonntagnachmittag.
Die Ferienwohnungen, Apartments und Zimmer waren auf Jahre im Voraus gebucht und die Stammgäste genossen die Feierlichkeiten, die es in dieser traditionellen Art und Weise nirgendwo anders gab. Ob Hinweisschilder, Straßenlaternen oder Fensterbretter – alles war mit Rosen verziert, mit Blumenarrangements dekoriert und bunten Girlanden geschmückt. Vor allem die Gärten, Pavillons und Beete waren ein einziges Blumenmeer in den schönsten Farben.
Und das alles würde sie jetzt hinter sich lassen. Sie strich sich die Haare aus dem Gesicht. Ein Lächeln umspielte ihre Lippen. Sie freute sich auf das, was sie erwartete, wäre da nicht dieser furchtbare Streit gewesen. Ein Streit, der beinahe alles zunichte gemacht hätte. Aber daran wollte sie jetzt nicht denken. Nicht jetzt.
Es schauderte sie erneut.

Aus dem Augenwinkel sah sie, wie das Scheinwerferlicht eines Autos zwischen den Tannen und Fichten des kleinen Wäldchens an der nahegelegenen Bundesstraße unruhig auf und ab tanzte. Unwirklich wie kleine Sterne am Horizont flakkerten die gelben Punkte, die langsam immer größer wurden, je näher der Wagen kam. Sie wich ein wenig von der Straße zurück, als das Auto sie fast erreicht hatte. Für einen Moment hatte sie das Gefühl, der Fahrer hätte aufgeblendet und sie grüßen wollen. Doch der Wagen verlangsamte sich nicht, sondern ließ sie im Sommerwind zurück.

Es wird schon alles gut werden. Er kriegt sich schon wieder ein. Er liebt mich doch, dachte sie, als sie dem Wagen gedankenverloren hinterher sah. Er würde sie schon gleich abholen und mitnehmen, so hatte er es ihr versprochen.

Sie schloss die Augen. Trotz all der Ungewissheit fühlte sie sich frei und ungezwungen. Sie war glücklich und doch war es ein Glück mit einem bitteren Beigeschmack. Denn sie wusste, sie würde ihren Vater so sehr verletzen wie noch kein Mensch zuvor.

Sie stellte sich gerade sein Gesicht vor, wie er erst nach Luft ringen, dann furchtbar wütend werden und anschließend zusammenbrechen würde, wenn sie ihm ihren Entschluss mitteilen würde.

Ihr Vater. Sie war sein Ein und Alles. Das wusste sie schon lange bevor ihre Mutter von jetzt auf gleich mit einem Lehrerkollegen durchgebrannt war. Und nun würde sie durchbrennen und ihrem Vater ebenfalls das Herz brechen. Aber es ging einfach nicht anders, und er würde es sicherlich verstehen, wenn erst einmal ein wenig Zeit ins Land gegangen war. Sie beglückwünschte sich dabei selbst zu ihrem genialen und doch so einfachen Plan.

Denn sie musste fliehen – vor dem Dorf und seinen Menschen und vor ihm.
Schon wieder hatte er sie angesprochen. Nur: Dieses Mal hatte er es nicht heimlich getan wie sonst, wenn er sie vor der Kirche, an der Bushaltestelle oder nach dem Einkauf im Lädele abpasste. Er hatte sie vor allen Leuten und mitten auf der Tanzfläche der Rosendorfhalle angesprochen. Er hatte so stark geschwitzt, dass ihm der Schweiß an seinen Schläfen heruntergelaufen war. Seine Finger hatten nervös am untersten Knopf seines kurzärmeligen Karohemdes gespielt, als er sie angesprochen hatte.
„Hallo!“
Er hatte gezögert und vorsichtig nach links und rechts geschaut, ehe er fortgefahren war: „Gut siehst du aus. Fast zu schön, um wahr zu sein.“ Seine Augen hatten kurz aufgeblitzt und ein Funkeln in sich getragen, das ihr jetzt noch einen unheimlichen Schauer über den Rücken laufen ließ.
Sie war so perplex gewesen, dass sie ihn irritiert angestarrt hatte. Nicht imstande, irgendetwas darauf zu erwidern. „Danke“, war das Einzige, was ihr über die Lippen gekommen war.
Er hatte süffisant gelächelt und sie von oben bis unten gemustert. Fast so, als wolle er sie mit seinem Blick in sich aufsaugen.
Ein Teil von ihr sein.
„Schenkst du mir einen Tanz?“, hatte er gefragt, und sie erinnerte sich, wie das Funkeln in seinen Augen einem tiefen Verlangen gewichen war.
„Ich … Ich … will mich nur kurz frisch machen“, hatte sie mehr gestottert als geantwortet in der Hoffnung, er würde ihr jetzt keine Szene machen. So war sie dann schnell zu den Waschräumen geeilt. Kurz vor den Toiletten war sie scharf

nach rechts abgebogen und durch den Seitenausgang der Halle ins Freie geflüchtet, um das Rosenfest, die vielen Menschen und vor allem ihn endlich hinter sich zu lassen.
Sie musste noch einmal tief durchatmen. So langsam machte sie sich Sorgen, wo ihr Lebensretter denn nun endlich bleiben würde. Nun stand sie bereits weit über eine halbe Stunde auf der Anhöhe und wartete auf ihn. Sie konnte den süßen Duft der Freiheit schon förmlich riechen. Mit ausgebreiteten Armen drehte sie sich im Wind und spürte das Leben.
Ihr Leben.
Plötzlich überkam sie das Gefühl, dass sie nicht alleine war. Sie hielt inne und hörte in die Stille hinein, die nur vom Säuseln des Windes und dem Zirpen der Grillen unterbrochen wurde. In weiter Ferne vernahm sie das sanfte Rauschen der Bäume und die ausgelassenen und fröhlichen Stimmen der an der Rosendorfhalle feiernden Menschen.
War da jemand? Ein Schatten? Sie konnte in der Dunkelheit nichts erkennen. Es gab keine Straßenlaternen an dieser Weggabelung und das diffuse Mondlicht war zu kraftlos, als dass es den Weg beleuchten könnte. Wie ein seidiger Schleier hatten sich die Wolken vor den Mond geschoben und ihn sanft eingehüllt.
„Schatz, bist du's?“, fragte sie mit leicht zittriger Stimme in die stille, dunkle Nacht. Doch niemand antwortete ihr.
Hatten ihre Augen sie also nur getäuscht? Oder war es gar das eine Glas Rosenschnaps zu viel gewesen, das ihre Sinne beeinträchtigte und ihre Wahrnehmung trübte?
Panik machte sich in ihr breit. Wo bleibt er nur, fragte sie sich, als sie plötzlich jemanden hinter sich atmen hörte.

Alexander Emmerich **Wut im Quadrat. Mannheim-Krimi**

263 Seiten; 13,5 x 20,5 cm; Broschur
€ 12,95 978-3-7650-8800-1
E-Book: € 9,99 978-3-7650-2101-5

Noch bevor die junge Olivia von Sassen ihren neuen Job als Kriminalhauptkommissarin antritt, beobachtet sie am Mannheimer Rangierbahnhof einen Mord. Doch als sie die Polizei ruft, ist die Leiche verschwunden – war das alles nur Einbildung?
Schnell wird sie in die Wirren ihres ersten Mannheimer Falls gezogen, für den sie selbst die einzige Zeugin ist.
Das spannende Debüt von Alexander Emmerich rund um die Mannheimer Quadratestadt und ein junges, unkonventionelles Ermittlerduo.

Alexander Emmerich **Der Doktor und sein Fälscher. Mannheim-Krimi**

248 Seiten; 13,5 x 20,5 cm; Broschur
€ 12,95 978-3-7650-8806-3

E-Book: € 9,99 978-3-7650-2106-0

Angst geht um an der Mannheimer Universität: Während der Graduierungsfeier der School of Economics wird ein ehemaliger Privatdozent aus einem Fenster des Universitätsgebäudes gestoßen – er ist sofort tot. Als am nächsten Morgen auch noch der Hausmeister der Hochschule erschossen aufgefunden wird, erhöht sich der Druck auf die Ermittler Olivia von Sassen und Moritz Martin. Doch hängen die Morde wirklich zusammen? Haben sie es mit einem Serienkiller zu tun? Eine heiße Spur führt die Kommissare in die Heidelberger Altstadt ...

Alexander Emmerich **Mauerfall. Mannheim-Krimi**

224 Seiten; 13,5 x 20,5 cm; Broschur
€ 12,95 978-3-7650-8802-5
E-Book: € 9,99 978-3-7650-2113-8

Eine Leiche im Luisenpark und ein obskures Pentagramm am Tatort werfen Fragen auf. Hat es das Mannheimer Team um Olivia von Sassen mit einen Ritualmord zu tun?
Die Kommissarin selbst gerät ins Fadenkreuz der Ermittlungen. Sie kennt die wahre Identität des Toten und darf darüber zu niemandem ein Wort verlieren. Die Schlinge zieht sich um sie zu, und ihre Berliner Vergangenheit holt sie ein. Wie damals stellt sich für sie die Frage nach Leben und Tod ...

DER KLEINE BUCH VERLAG

www.derkleinebuchverlag.de